U0610669

10 years
太阳鸟十年精选

王蒙 主编

愿陪你在暮色里闲坐，
一直到老

辽宁人民出版社

© 王蒙 2017

图书在版编目（CIP）数据

愿陪你在暮色里闲坐，一直到老 / 王蒙主编．—沈阳：辽宁人民出版社，2018.1
ISBN 978-7-205-09126-2

Ⅰ．①愿… Ⅱ．①王… Ⅲ．①中国文学—当代文学—作品综合集 Ⅳ．①I217.1

中国版本图书馆CIP数据核字（2017）第266294号

出版发行：辽宁人民出版社
　　　　　地址：沈阳市和平区十一纬路25号　邮编：110003
　　　　　电话：024-23284321（邮　购）　024-23284324（发行部）
　　　　　传真：024-23284191（发行部）　024-23284304（办公室）
　　　　　http://www.lnpph.com.cn
印　　刷：沈阳百江印刷有限公司
幅面尺寸：160mm×230mm
印　　张：14.75
字　　数：230千字
出版时间：2018年1月第1版
印刷时间：2018年1月第1次印刷
责任编辑：赵维宁　艾明秋
装帧设计：丁末末
责任校对：金丹艳
书　　号：ISBN 978-7-205-09126-2
定　　价：48.00元

总序
PREFACE

　　这套"太阳鸟十年精选"所收录的文章均选自过去十年我为辽宁人民出版社主编的太阳鸟文学年选。太阳鸟文学年选作为每年国内出版的多种文学年选中的一种，已经坚持了近二十年。它说明辽宁人民出版社的这套太阳鸟文学年选具有相当的历史性，表现了辽宁人民出版社编辑们的坚持不懈，这也是年选权威性的一个方面。

　　太阳鸟文学年选近二十年来，纳入其编选范围的文体大致六种，即中篇小说、短篇小说、诗歌、散文、随笔和杂文，这一次编辑将选文的体裁限定在了"美文"，杂文记忆中也只选了三四篇。整套书共十三种，包括《途经生命里的风景》《异乡，这么慢那么美》《故乡，是一抹淡淡的轻愁》《这世上的"目送"之爱》《历史深处有忧伤》《愿陪你在暮色里闲坐，一直到老》《你所有的时光中最温暖的一段》《那个心存梦想的纯真年代》《一生相思为此物》《掩于岁月深处的青葱记忆》《在文学里，我们都是孤独的孩子》《艺术，孤独的绝唱》《那个时代的痛与爱》，除《那个时代的痛与爱》主题相对分散，其他内容包括国内国外、故乡亲人、历史人物、童年校园、怀人状物、读书谈艺，可以说涵盖了人生的方方面面，可供阅读群体广泛。集中国十年美文创作于一书，这个书系的作者也涵盖了中国当代文学写作，尤其是散文写作的大量作家，杨绛、史铁生、袁鹰、余光中、梁衡、王巨才、王充闾、周涛、陈四益、肖复兴、李辉、王剑冰、祝勇、张晓枫、刘亮程、毛尖、李舫、宗璞、蒋子龙、陈建功、李国文、刘心武、李存葆、陈世旭、梁晓声、陈忠实、贾平凹、铁凝、张承志、张炜、余华、韩少功、王安忆、苏童、周大新、格非、迟子建、刘醒龙、刘庆邦、池莉、范小青、叶兆言、阿来、刘震云、赵玫、麦家、徐坤等。还有黄永玉、范曾、韩美林、谢冕、雷达、阎纲、孙绍振、温儒敏、南帆、陈平原、孙郁、李敬泽、闫晶明、彭程、刘琼等艺术家和评论家。他们的阵容，令人想起改革开放以来中国当代文学的版图。

为了"优中选优"，我重新翻阅了近十年的太阳鸟文学年选散文卷和随笔卷，并生出一些感慨。文学应该予人以美，包括语言之美、结构之美、韵律之美，更包括思想之美、情感之美、叙事之美，言之有思，言之有情，言之有恍若天成的启示与灵性。美好的东西总是让人念念不忘，文章也是如此。重读这些当年选过的文章，依然让人或心潮澎湃，或黯然神伤，或感同身受，或心向往之，一句话，也就是我最入迷的文学品性：令人感动。

大概十年前，为了继承和发扬赵家璧先生在良友图书公司主持"中国新文学大系"的传统，我曾为出版社主编过"中国新文学大系"第五辑，我在序言中曾说，文学是我们的最生动、最刻骨铭心的记忆，是我们的"心灵史"。我希望这套选本，也能不辜负读者与历史的期待。

王蒙

2017 年 9 月

目录

CONTENTS

大美者无言

舒　婷

————————

小时候起，就不断听厦门人说，鼓浪屿的女人越老越美丽。

盼来盼去，盼了半个多世纪，我都老成这个样子，却一点也没有要美丽起来的迹象。这才明白，鼓浪屿的女前辈们都是些性情女子，经天时、地利、人和的共同打造，那样的美人真正已经绝代！看当下女硕士、博士们比比皆是，鼻梁挂的眼镜再厚，嘴里洋文再流利，身上香水再昂贵，举手投足，仍缺了一点点根基。这一点点缺失，往往是终生无法企及的。

一樽醇美葡萄酒的酿造工艺里，已经包含了许多微妙的不可知因素，甚至还必须追溯到一粒葡萄从胚芽到采摘的过程中，所感悟的雨水、阳光、土质和农人的呼吸哩。

渐行渐远隐入鼓浪屿岁月深处的窈窕背影中，黄萱的名字因许多人自发的忆念和怀想，逐渐被关注。尤其《陈寅恪的最后20年》一书出版后，人们在大师背后，影绰看见了一位端庄雅致的知识女性。从黑白老照片看，黄萱的容貌应当不算太沉鱼落雁吧？无论在她养尊处优的豆蔻年华抑或是艰难困苦的抗战时期，她都绽放着最纯朴最率真的笑容，一览无遗地袒露洁白无垢的心地，恬淡内敛的聪慧，以及宠辱不惊的阅世方寸。

我不认识黄萱，不等于没有见过其人。也许有哪一个黄昏，我慢跑经过临海的漳州路，曾经与一位手执红色非洲菊的清香婆婆擦肩而过。为她慈祥温暖的微笑、睿智坦白的目光和淡雅体面的衣着所吸引，我回首再三，心中一阵阵感慨：鼓浪屿的随便哪一个角落，常常能与这样的老人不期而遇啊。即使我知道她就是黄萱，于她，于我的性格，恐怕也不会因此止步。内心的崇敬往往比言辞的喷射更加真实恒久。

漳州路在天风海涛之畔。沿着路边岔出去的是一条设计独特的护廊小斜坡。坡上那一座古朴小别墅，是鼓浪屿首富黄奕住连亘的业产之一。黄奕住先生在岛上最辉煌的房产是黄家花园，庭院幽深花木葳蕤，南北楼为辅，以中楼那精美富丽的建筑风格为顶级代表作。漳州路上这座面海小楼古色古香，尽去奢华，是同一张设计图纸中的五座小别墅之一。据说是黄奕住用黄家花园的剩余材料所建造，女儿黄萱住在这里。

黄萱的母亲是黄奕住的原配王氏，比黄奕住小八岁，本来是送错门的童养媳，却将错就错留了下来。上世纪初，福建沿海的华侨家庭都一样，丈夫漂洋过海寻求发展，妻子寂寞留守乡村；上要侍奉公婆，下要照顾小叔细姑；白天莳秧种菜，夜来养猪纺纱，等等。王氏之孝顺贤惠，勤力好强，对黄萱影响至深。她曾叮嘱女儿周菡：若写书，一定要写写祖母与太婆那相依为命的两代人。

我经常在路上遇见周菡。周菡总是两条辫子盘起，不染头发不施脂粉，素面朝天，清爽干净。步子很欢，声音很亮，兴致勃勃，一门心思追随着家族里热衷教育的百年传统。周菡曾经是副区长，弃官就教做了少年宫主任，躲进小学做了数学教师、班主任，顺便当了两年副校长，又自告奋勇当上教研室、社区教育办主任……还兼任过区政协副主席。

她的角色变换太快，让人不知怎么称呼才好，于是就直呼其名。正合周菡心意。

从王氏到黄萱到周菡，三代女性一脉相承的是什么？我无力深入研究，所以不敢妄言。夏夜，当我踏着婆娑树影在鼓浪屿老街漫步，一波一波漾过来，又一点一滴逸回去的芳香，是茉莉？是紫荆？还是含笑花？它们相互渗透百般缠绕丝丝入扣，若一心要析辨出它们的化学成分，那才是煞风景啊。

鼓浪屿女儿，说好懂也不好懂。

1919年，五十一岁的黄奕住不堪荷兰殖民政府的勒索苛剥，严拒改变国籍，携资两千多万银元，从印尼三宝垄归国。当年便把在原籍南安的母亲，接到鼓浪屿颐养。九岁的黄萱随母亲和祖母同来鼓浪屿，刚好进小学读书。

黄萱的童年是在闽南农村度过的。她的不慕虚荣，平实低调的性格，与其自幼亲近土地有关。黄萱的善待保姆"沙妈"并为其善终养老，在家族里有口皆碑；暮年黄萱以照料小花园自娱，她手植的茶花、石蒜、非洲菊，把幼年的一角田野风光带到浪花眷恋的百叶木窗前。

黄萱比我尚健在的婆婆大一岁，同样上过女子师范学校。婆婆很快奉命结婚，虽然终生只是家庭妇女，因那几年师范教育而受益匪浅。婆婆性格开朗，能说会写，与常年在南洋的公公互通鱼雁；且初通篮球、排球、乒乓球，在侨联和街道活跃着，比起其他那些不识字的侨眷，日月便可以打发得如梭似箭。

而由于家境极为优越，黄奕住更注重文化修养的缘故，黄萱继续接受闺阁教育，鼎盛之时竟有四名家教分别设课国文、英文、音乐等。很多人不明白，像黄奕住这样的开明士绅，屡投巨款于公众教育，却不让女儿上大学，有点奇怪吧？其实黄奕住虽然头脑敏锐、性格坚韧，能筹谋、善经营，毕竟出身乡间"剃头担"，文化程度不高，使他决心要让女儿成为真正的名媛淑女。为此，黄奕住特别为英文已经很不错的女儿，重金延请一批像鄢耀枢、贺仙舫这样的名儒硕彦，施教经书格律，一习就是整整五年，为黄萱的古典文学打下深厚基础。

可惜，因为生活曾经一再颠沛流离，原本自家里的收藏早就没有了。黄萱遗物里的那许多线装书，都是后来为陈寅恪工作时而购下的。

（那个时代的观念里，女人受教育，其中一项便是女德的习修。比方我母亲，比黄萱晚生二十年，就读于鼓浪屿教会女中，除了国文、算术和音乐，必修课程里还设了裁缝、插花、烹调和体育。母亲的棋艺很臭，裁剪不错，钢琴略胜，书法尤佳。所以她工作单位的黑板报、通告栏，包括"文革"期间的大字报，都指定她挥墨。母亲懊恼沮丧，恨不得剁了手去，因此从不教我书法。）

已出落成大家闺秀的黄萱，若是被父亲指定一桩门当户对的婚姻嫁出，很难保证后半生会不会像岛上深宅大院里的那些孤独侨眷，以模糊的面孔，怀着不为人知的悲欢，默默无闻地老下去，直至寂静。旧时婚姻对女性的命运真是至关重要哪。据说，黄奕住的择婿标准民主开明，完全尊重女儿的选择。而黄萱自己也很坚定，必须是有学识有见地的正派青年，绝不考虑有钱人家的少爷公子。经亲戚们推介，厦门周宝巷周殿薰的儿子周寿恺进入黄家视野。黄萱几乎不假思索地芳心暗许，黄奕住推波助澜，两人见面后鱼雁往返，终于缔结婚约。

周殿薰1910年入京会考，中过殿试甲等，授吏部主事。不久辞官回厦，是厦门第一任图书馆馆长，同文中学第一任华人校长，组织"鹭江诗社"，编选过几种书籍。说周殿薰饱学诗书一点不为过。儿子周寿恺，家族大排行十四，后辈称十四叔。1925年考入福州协和大学，次年转进北京燕京大学；1928年医学预科毕业，获理学士学位；1933年获北京协和医学院医学博士学位，很年轻就成了国内知名的内科专家。夸他是出身名门，青年才俊也很贴切。这样的乘龙快婿，黄奕住自然好生欢喜。

本来是美满姻缘。不料婚礼上，新郎竟没有到位！黄氏家族一片哗然可以想象，愤慨、声讨、猜疑皆有之，教黄萱如何面对！

周家虽然世代书香门第，但比起黄家当时财势倾天，毕竟清贫些。据周菡推测：也许父亲周寿恺觉得家境贫富太悬殊伤了自尊而临阵脱逃？也许在医学院那些才华出众的女生中，已有他心仪的倩影？假使两者都不是，我猜想，周寿恺在京城接受高等教育，现代文明的熏陶使他生出更浪漫更绮丽的爱情梦幻，是否其中一个未揭晓的原因呢？

此时，表面随和的黄萱忽然显示出孤行决断的一面，给周寿恺发去一封短笺（教育的好处啊），言简意赅，表示从此不再谈婚论嫁。即使谣传周寿恺已在上海娶妻生子，黄萱也一心认定伊人，毫不动摇。

晨起望星，夜来问月，风一页一页吹起桌上摊开的书本（是《漱玉词》还是《红楼梦》?)，黄家花园那几树玉兰花，不忍一位豪门千金的蚀骨之痛，摇下洁白馨香的花瓣，去抚慰一袭素色旗袍的弱肩。

经过多次迟疑和动摇，周寿恺终于在1935年9月与黄萱结婚。时年周寿恺二十九岁，黄萱二十五岁，在当年，可真是大男大女了。

爱才如命的黄奕住喜出望外，前嫌尽去，亲自赶往上海主婚。婚礼上黄奕住公开邀请爱婿到他创建的中南银行任副总经理，被周寿恺一口回绝。次日，夫妻俩联袂北上，开始相濡以沫的共同人生。

这一段历史虽然颇具戏剧性，却是真实的。也许黄萱的后人不喜旧事重提？可是我认为，这正是黄萱一生中最为果断明智，同时也是最感情用事最不计后果的一次重大抉择，充分考量出一位闽南弱女子身上刚柔兼济的素质，因而得到上天的赐福！

只有黄萱这样一个女子，才能无怨无悔伴随周寿恺浪迹天涯，倾力支持他的一个又一个重大选择：为丈夫全心投入抗战而带着幼儿借住香港娘家，随即又举家在贫瘠的贵州山区辗转，过俭朴艰苦的日子，婚后十年竟搬了九次家！临解放，已是国民党少将医官的周寿恺拒绝留台，回到大陆追寻祖国医学事业，夫妻俩必须承担前途未卜的风险，黄萱均义无反顾。

多年后，当了中山医学院副院长的周寿恺，终于发自肺腑对贤妻说："如果在众多的教授夫人中重新选择，我还是会选择你。"夫妻间的悄悄话，自是不必顾及其他教授夫人会怎么想。至少对于周寿恺本人，确实是一桩终生无悔的美满婚姻。

周寿恺的医学工作繁忙而且责任重大，根据他俩的家庭观念，黄萱的本分应是在家相夫教子。但是，当黄萱放下家事，每天出去工作，做丈夫的也绝不抱怨。傍晚，宽大的封闭式阳台上有一只秋千椅，两人并肩坐着，慢慢地荡轻轻地摇。据侄女秀鸾回忆，像周寿恺这样端肃自律的医学家，高兴时，还会为太太哼着歌。在黄萱早出晚归为陈寅恪工作的那些漫长的日子里，只要有时间，周寿恺就会到汽车站去接妻子，然后恩恩爱爱回家。

1950年下半年，听说陈寅恪在家里给研究生上课，黄萱很想去旁听，邀了侄女秀鸾同去。感谢这位侄女生动的描摹文字："陈先生的课堂设在他家的阳台上，阳台一头支起一块小黑板。先生坐在黑板前的藤椅上，穿一袭长袍，因少晒太阳，肤色很白，长脸、高额，可惜本应闪烁智慧之光的双目，没有表情，似乎是迷茫一片。"黄萱静静坐在边上，没有引起注意。

1951年11月间，身为岭南大学医学院院长夫人的黄萱，经同院教授陈国桢夫人关颂珊的正式推荐，来到陈寅恪家里，试任助手。

此时，陈寅恪已经失明好些年，因而感觉更加敏锐。虽然他至死都没有见过黄萱的模样，仅凭短暂的接触，从自己丰富的阅历中，分厘不差捕捉到他一向心仪，竭力赞赏过的"门风家学之优美"，立刻请揖进门。

　　我想要说的是，他们互相吸引。我还想说，一位女性的优雅内涵，比起如花似玉的容貌，更经岁月锤炼。必须到四十岁左右，才能成熟为雍容脱俗的，窖藏一般的特殊芳泽。此时的黄萱，因婚姻美满、生活安定而气定神闲，而珠圆玉润，虽人到中年，却是知识女性生命中，最具魅力的黄金时段。

　　赫赫家门的翅翼下孵化出来的陈寅恪，天生具有名士气质，内心犹保持"物以类聚，人以群分"的传统见解。这样情操高度洁癖的人，怎可能长时间忍受身边的凡夫俗子！（几天前我到香港开一个世界华文联会，有幸聆听受教于几位名声极隆的大学者，其中有饶芃子教授。她说起当年暨南大学最美妙的风景，便是头戴镶着红珠子的瓜皮帽，身飘府绸马褂，紧紧扎着阔腿裤脚，脚穿棉袜布鞋的陈寅恪先生，如何挽着旗袍半遮着绣花布鞋的师母，在校园里徐徐缓缓。现在看起来浪漫得不行吧？当年陈寅恪这种不管不顾的复古情调，可是太招摇太妄为太招祸了。）

　　正当陈寅恪年过花甲，门生纷离之日，一位年龄恰如其分，修为接近、趣味默契的红颜知己（可叹啊，原本一个最美好的词汇，现在被滥用成什么样子了！），成为日日相听（非相见）的工作伙伴，是多么的幸运！"故黄萱的出现，实在是历史对这位更感孤独的文化老人的顾怜。"——《陈寅恪的最后20年》

　　这一份工作，包括陈寅恪个人才学的巨大磁场，对于勤读不辍的黄萱，自觉或不自觉，未尝不是一个走出家庭参与社会的有力推动；一次奉献热能，学有所用的生命大转折；同时更是一种可遇而不可求的缘分。于是黄萱，这一颗看起来十分平凡的小星星，一经纳入陈寅恪的轨道，立刻和谐地旋转起来，发出微弱不熄的淡蓝之光。

　　1952年11月22日，因学校经费不够，中山大学聘任黄萱为陈寅恪的兼任助教，只付一部分工资。

可以断定，黄萱全力投入工作，与付酬多少无关。解放初，周寿恺的工资已经爬上"三百八十五高坡"，即月薪三百八十五元，以当时的生活水准，维持家庭开支绰绰有余，黄萱到此时也无须贴补。这使得她特别轻松舒畅，不是因为金钱本身，而是她非常体谅丈夫自尊的心情。

1953年夏天，陈寅恪一家搬到周家楼上，与周家一道楼梯相通。"带着浓浓旧时王谢人家痕迹的两户人家，以礼相待，挚诚相见，人生品味俱同，更因黄萱已为寅恪先生工作这一层而有更多共同的语言。芳邻的温馨，人情的暖意，给了陈寅恪先生有几许的欢乐。"——《陈寅恪的最后20年》

想象黄萱轻步上楼去工作，顺便端着亲手焙制的美味西式糕点，送到陈家的餐桌上；想象那傍晚时分，黄萱在自己家中，手指灵巧地织着毛衣（这也是她最擅长的啊），耳闻楼上传来陈先生的吟哦之声，不觉露出会心的微笑；想象陈先生卧病在床，黄萱为他诵读《再生缘》，略带福建乡音，愈加悦耳（至少我听起来是这样啊）；想象在东南区一号的草坪上，黄萱与陈先生的夫人唐晓莹一起，主持教授夫人们的义卖冷餐会。唐晓莹是前清台湾巡抚唐景崧的孙女，能诗工画。她俩挽臂相依亭亭并立，相映得彰，周围的粉黛是否都一齐无颜色了？

想象终归仅是想象，我等俗而又俗的后人，只能凭借想象去构筑数十年前不可重返的场景。也许，周家与陈家均是谦谦君子相敬如宾，工作之余，互不相扰？

1954年夏天，任职华南医学院副院长的周寿恺，必须把家迁至市区竹丝村的宿舍，距陈家十公里，来回得倒两路公交车，要耗去三四个小时。这样一来，对彼此都是大难题。也是担心影响工作，柔弱的黄萱只好向陈寅恪请辞。直到今天，黄萱依然记得当时陈寅恪说的话："你去了，我要再找一位合适的助教也不容易，你一走我就无法工作了。"态度如此诚恳语气如此落寞，深受打动的黄萱遂又留了下来。

于是，黄萱每天早上七时起，快步赶去车站，挤两个小时汽车，九时整坐在陈先生面前开始工作。工作结束后已过中午一点钟，再挤两个小时的汽车回家。早餐是来不及吃的，就在陈家订了一份牛奶。午餐有时也会在陈家留用。虽然黄萱比陈寅恪小二十岁，陈寅恪还是要求家中的孩子们都称她伯母。这样的礼仪周到与尊重体贴，也让黄萱铭谢在心。

刚开始工作那一年，对两人都很不容易。大师精通十几国文字，包括突厥文等艰深语种。他治学严谨，涉猎渊博，其思路如瀑布如奔马如神龙入云如流星四泻，黄萱一时如何跟得上？黄萱好几次想打退堂鼓，话到嘴边又咽下。因为本来脾气很大很怪的陈寅恪，却不厌其烦地放慢语速配合新助手，甚至一字一字写在黑板上，让黄萱一字一字地记录。这以后漫长的十三年，陈寅恪也从未对黄萱发过脾气。

谈到陈寅恪这位旷世奇才的学问，黄萱充满敬仰之情。陈先生的记忆力惊人，能清楚地记得哪段史料出自哪本书哪一页。偶尔记不太清楚了，就让黄萱帮忙查阅，可黄萱只要读上前后几句，陈老就能批出所需资料的具体出处。

黄萱为陈寅恪工作十三年。在这十三年间，陈先生完成了《论再生缘》《元白诗笺证稿》《柳如是别传》等重要著作，累计近百万字。

1955年9月15日，由陈寅恪提出，中山大学正式聘黄萱为专任助教，一直到退休。她真是永远的助教，工资只有七十四元。

关于金钱，有些可笑的传说。我们曾经读到一段资料：1969年，中山大学历史系清查小组在"清理阶级队伍"运动时，逼令黄萱交出"从剥削阶级家庭得来的不义之财"。"第一次面对面交锋，黄萱就交出两万元存款"。事后清查小组成员分析，第一次交锋远未触及核心。第二次谈话，清查小组规定黄萱反复学习"《南京政府向何处去》《敦促杜聿明等投降书》两篇光辉著作"，"黄萱流下了眼泪"。结果，"第二次交锋黄萱交出九万元"，"第三次交锋黄萱交出二十万元"，"第四次交锋黄萱再交出公债八百元"。在数天之间，"毛泽东思想显示了巨大的威力"，"黄萱被迫交出了三十二万劳动人民的血汗钱"。

很可能，这是所谓"清查小组"编造出来的赫赫战果之一。黄萱临终前对前来探视的陆健东先生提出的要求，就是请他在《陈寅恪的最后20年》再版时，务必更正修改这一段。因为，周菡说：这段杜撰太没意思了，金钱对于黄萱，哪有催人落泪之功效？

"文革"风暴初起，黄萱立即把存在自己名下的一大笔存款，全数交到中大历史系，并在尚未大乱之时换得一纸收条，以至这些大部为国外亲人寄存的金钱，最后得以完璧归赵。至于大户人家女眷们视之如命的首饰珠宝，解放初，黄萱就主动将它们全部低价卖给国家支援建设去了，日后冲进门来抄家的野蛮家伙们一无所获。

都以为金钱对于黄萱，从来不是问题，其实不然。周寿恺受难之时，一位厦门老友在广州结婚，黄萱因囊中羞涩未能买个小礼物而快快不乐，遂翻箱倒柜找出一条全新的桌布，居然喜形于色！周寿恺去世，老保姆不肯再留，为了补发欠她的工资，筹足她返乡的路费，黄萱忍痛卖掉名牌钢琴，仅得三两百元。晚年她在鼓浪屿自娱的只是一台珠江牌的普通旧琴。黄萱为人的慷慨善良，同情弱小，正是深记着老父黄奕住的教导："信誉重于生命。"

作家韩石山写道："外人或许会说，黄萱能给陈先生这样的学界泰斗当助手，青史留名，真乃三生有幸。此话诚然不谬，但反过来，陈先生能得到黄萱这样的助手，又何尝不是枯木逢春，有幸三生呢？"

陆健东先生在《陈寅恪的最后20年》一书中，还有精辟而动人的断言："如果陈寅恪晚年所找的助手不是黄萱而是其他人，则陈氏晚年著述便无法预料了。黄萱的身份，缓冲了陈寅恪与时代的不可调和的矛盾。"

周寿恺曾经说过，陈寅恪能无保留地接受黄萱做助手，是看准了黄萱为人的笃诚与信义，绝不会将陈寅恪的私事随便张扬的。在众多身沐师恩的后学末进一起避嫌远离的时候，毫无心机的黄萱走近陈寅恪的荒凉困境，恪守职责尽心协助，使其在暮年获得情谊滋润，温馨的慰藉，激活起磅礴充沛的创造力，取得意想不到的巨大成功。正如陈寅恪在《关于黄萱先生工作鉴定意见》里所书："总而言之，我之尚能补正旧稿，撰著新文，均由黄先生之助力。若非她帮助我便为完全废人，一事无成矣。"

"文革"中，饱受惊吓与折磨的陈寅恪，自知来日无多。对来探望他的黄萱说："我治学之方法与经历，汝熟之最稔，我死之后，望能为文，以告世人。"黄萱恳辞相对："陈先生，真对不起，你的东西我实在没学到手。"陈寅恪黯然："没学到，那就好了，免得中我的毒。"二十年后，黄萱不无感伤地说："我的回话陈先生自是感到失望。但我做不到的东西又怎忍欺骗先生？先生的学识恐怕没有人能学，我更不敢说懂得其中的一成。"

周菡曾经问过妈妈，那段与陈先生的对话，让她一生如此不安，说话时还有谁在场？黄萱的回答是：只有她和陈先生二人，陈夫人正出去拿什么东西了。黄萱后来把这事告诉了上海复旦大学蒋天枢先生，此人是陈寅恪的学生，也是托命之人。蒋先生将这段事公布于众，又引起了好多人的注意。他生前与黄萱经常通信，鼓励她写回忆录，但终于未能成文。

周菡认为母亲将此事说出来，可能是想让蒋先生和其他人了解陈先生的遗愿，希望他们能替自己为陈先生实现这个嘱托？

正如陈寅恪对黄萱有过的定语："拿得起，放得下。"黄萱深谙孰可为孰是不可为的处世准则。"花如解笑还多事，石不能言最可人"。大美者无言，或者说，面对大美者无言？这也是一种境界，并非所有人都能坚持。

但是，当上海古籍出版社要出版陈寅恪的遗著时，黄萱不辞劳疾，两次抱病赴沪，为遗文补充材料，并与其他校勘人员书信来往，达十几封。这是她认为自己能为陈先生所做的，而且必须全力做到的。

其实，论黄萱的文字造诣，不但能配合大师，擦出灵感的火花，她自身也有深厚的积累和相当的才气。据说每天四五小时在公交车上，黄萱总是饶有兴致观察身边的人和事，回家后及时记下一些杂感随笔，却从未示以外人。"文革"期间，这本子连她的多数藏书一起被毁，连女儿也不知道黄萱有过怎样的思绪和文采。在周菡收集的资料中，翻阅一部分黄萱写给亲朋好友的信，款款娓娓，又自然又亲切，文字功力略见一斑矣。

1969年10月7日天亮之前，历尽苦痛贫病交加的一代大儒陈寅恪，无声无息含冤逝世，享年七十九岁。四十五天后，患难与共四十载的爱妻唐晓莹，从容交代完后事，亦相随而去。

1970年，医术精湛的内科专家周寿恺受尽毒打，竟以区区阑尾炎"不治身亡"，连黄萱也未能见上最后一面，令人唏嘘！

1973年，六十三岁的黄萱在广州从中山大学退休。1980年迁回故土鼓浪屿，落叶归根，悄然住进父亲留下的老房子里。从此，以书为抱，与琴互诉，不事声张，淡泊自甘；2001年5月，九十一岁的黄萱在儿女的怀抱之中合眼睡去，再没有醒来。

黄萱的最后二十年比陈寅恪幸运多了。晨昏起居有爱女陪伴，隔墙是老友旧亲常来常往；推窗目送云帆鸥鸟翻卷白浪，开门即是亲手照料的花木，不喧哗不耀眼，安安静静地依偎在她身边，铺展在她脚下。

一架老钢琴，在女主人甩一甩衣袖如杳鸿飘远之后，袅袅犹有余音。

（本文参考了周菡女士提供的宝贵资料，并请她费心勘误过。在此表示由衷的感谢。）

附：

关于黄萱先生工作鉴定意见
陈寅恪

（一）工作态度极好。帮助我工作将近十二年之久，勤力无间始终不懈，最为难得。

（二）学术程度甚高。因我所要查要听之资料全是中国古文古书，极少有句逗，即偶有之亦多错误。黄萱先生随意念读，毫不费力。又如中国词曲长短句亦能随意诵读，协和韵律。凡此数点聊举为例证，其他可以推见。斯皆不易求之于一般助教中也。

（三）黄先生又能代我独立自找材料，并能供献意见修改我的著作缺点，及文字不妥之处，此点尤为难得。

总而言之，我之尚能补正旧稿，撰著新文，均由黄先生之助力。若非她帮助我便为完全废人，一事无成矣。

上列三条字字真实，绝非虚语。希望现在组织并同时或后来读我著作者，深加注意是幸。

1964年4月22日

原载《上海文学》2007年第3期

鲁迅："故人云散尽，余亦等轻尘"

阎晶明

————————

一

标题上的两句诗，摘自鲁迅悼念年轻时结识的乡友范爱农的诗三章。这首诗写于1912年，其年鲁迅不过才三十一岁。他在北京听到范爱农穷困潦倒之际溺水身亡，悲伤之情可以想见。但以范爱农与鲁迅不算远但也并不算近的交情，尤其是以鲁迅事业刚刚开始和他刚过"而立"的年龄来判断，产生"故人云散尽"的悲凉，说出"余亦等轻尘"这样凄冷的话，仍然让人觉得有点意外。一个没落者的死亡在鲁迅心里激起如此大的波澜，这在一定程度上映照出鲁迅敏感的性情和内心深处早已植根的悲凉的底色。陀思妥耶夫斯基是鲁迅唯一称之为"伟大"的作家，他对陀氏最信服的一点，就是那种冰冷到极点，将一个人的悲哀彻底剖开来的笔法。"一读他二十四岁时所作的《穷人》，就已经吃惊于他那暮年似的孤寂。"（《陀思妥耶夫斯基的事》）三十一岁的鲁迅借悼念亡友而表达出的情绪，又何尝不是与陀思妥耶夫斯基情感上的某种暗接呢。

二

1933年2月7日深夜。整整两年前的这个暗夜，柔石等五烈士被杀害。鲁迅这一天的日记有一些特别，他一反平常只是客观记载书信收寄、友朋往来、银钱收支的做法，特别写道："柔石于前年是夜遇害，作文以为记念。"这是一个阴雨灰暗、深不见底的寒冷的夜晚，人们早已进入了梦乡，自己的妻儿也已安然入睡，鲁迅却被两年前这个夜晚的一个可怖的意象折磨着，无法平息内心的伤痛。时光的流淌，世事的纷乱，一定让大多数人已经将两年前遇害的几位死者忘却，而鲁迅，却仍然被这种残酷的记忆所折磨。他无法忘却，在阴冷的雨夜，回忆两年来不能忘却的痛苦记忆。往事清晰地呈现在眼前，"前年的今日，我避在客栈里，他们却是走向刑场了；去年的今日，我在炮声中逃在英租界，他们则早已埋在不知哪里的地下了"；而"今年的今日"呢，"我才坐在旧寓里，人们都睡觉了，连我的女人和孩子"。在这寂静的时刻，"我又沉重的感到我失掉了很好的朋友，中国失掉了很好的青年，我在悲愤中沉静下去了，不料积习又从沉静中抬起头来，写下了以上那些字"。"那些字"，就是著名的《为了忘却的记念》。这样的文字，鲁迅宁愿不做，这样的记忆，他也宁愿没有。"夜正长，路也正长，我不如忘却，不说的好罢。"

三

声称要"忘却"的鲁迅，其实是抹不去心中记忆的人。他总是用"忘却"这个词来表达他对死者深切的怀念。纪念或者说记念，为什么是为了忘却？他不是要忘却死者，他是不愿想到那死者是热血的青年，而且是被无辜地杀害。"我早已想写一点文字，来记念几个青年的作家。这并非为了别的，只因为两年以来，悲愤总时时来袭击我的心，至今没有停止，我很想借此算是竦身一摇，将悲哀摆脱，给自己轻松一下，照直说，就是我倒要将他们忘却了。"同样提到"忘却"一词的，还有《记念刘和珍君》。"离三月十八日也已有两星期，忘却的救主快要降临了罢，我正有写一点东西的必要了。""为了忘却"，其实是因为不能忘却，这不能忘却的悲哀，时常会来袭击一颗本已沉重的心。所以鲁迅才用这样一种极端的、背反的说法来表达自己的感受。沉痛的感情，复杂的思维，体现为一种奇崛的表达。

四

面对死亡，鲁迅总是想得更多。父亲死的那一年，鲁迅才不过是十五岁的少年，直到中年以后，他才想到用笔怀念父亲。但《父亲的病》这篇回忆性的文章，其实另有深意。这深意绝不仅仅是对庸医的批判，这固然是文章中涉及笔墨最多的话题，而我更读到了鲁迅在其中表达出的生死对话的不可能和没有意义。"精通礼节"的衍太太，要少年鲁迅向弥留之际的父亲呼喊，以挽留他的灵魂和气息。鲁迅特别写到父亲最后的回应："什么呢？……不要嚷。……不……"多少年后，鲁迅这样表达他对父亲的忏悔："我现在还听到那时的自己的这声音，每听到时，就觉得这却是我对于父亲的最大的错处。"这"错处"是什么？鲁迅虽未明说，但我们可以感知，是那无用的呼喊"父亲"的声音，非但不能够挽留生命的逝去，反而干扰了死者平静离开人世时的安宁。那一声声呼喊在鲁迅笔下其实已不是一种亲情的急切表达，而是与庸医的诊法一脉相通的愚昧的威逼、迷信的诱惑。他更希望死亡的灵魂能按自己的方式安然远去。他写《阿长与〈山海经〉》，怀念已经死了三十年的阿长，死亡的悲哀已经淡去，然而鲁迅仍然有一个深切的愿望："仁厚黑暗的地母呵，愿在你怀里永安她的魂灵！"

五

从 1912 年到 1936 年，鲁迅写过十多篇怀念亡人的诗文。如果要我找出其中最明显的共同特征，那就是鲁迅通常并不在"朋辈成新鬼"之际即刻去写悼文，他往往会在相隔一段时间之后，甚至是在别人已经将死者淡忘的时候，才发出一种幽远的回响。

范爱农，溺水死于 1912 年，相隔十四年之久的 1926 年 11 月，鲁迅写下追忆文章《范爱农》。

韦素园，病逝于 1932 年 8 月，《忆韦素园君》写于 1934 年 7 月，相隔两年。

柔石、白莽、冯铿、胡也频、李伟森"左联五烈士"，遇害于 1931 年 2 月 7 日，《为了忘却的记念》写于整整两年后的 1933 年 2 月 7 日。

刘半农，病逝于 1934 年 7 月 14 日，《忆刘半农君》写于同年的 8 月 1 日，相隔十八天。

章太炎，病逝于 1936 年 6 月 14 日，《关于太炎先生二三事》写于同年 10 月 9 日，相隔三个多月。

刘和珍、杨德群，遇害于 1926 年 3 月 18 日，《记念刘和珍君》写于同年 4 月 1 日，相隔两周。

《阿长与〈山海经〉》，那是怀念已经去世 30 年的阿长妈；他以《父亲的病》为题，追忆了 30 多年前父亲临死时的情景。

要知道鲁迅为什么并不在听到噩耗的第一时间就提笔悼念亡者，还得先说明，这并不是一种做文章的"修辞"方法。刘和珍、杨德群被害的当天，鲁迅本来在写随感录《无花的蔷薇之二》，这些短小的篇什里，前四节是他对论敌陈西滢及现代评论派的讽刺和批判，但到第五节开始，那是鲁迅听到执政府门前发生惨案之后，他已无心再写论战文章了，他认为其时"已不是写什么'无花的蔷薇'的时候了。虽然写的多是刺，也还要些和平的心。现在，听说北京城中，已经施行了大杀戮了。当我写出上面这些无聊的文字的时候，正是许多青年受弹饮刃的时候。呜呼，人和人的魂灵，是不相通的"。在文章的末尾，鲁迅特别注明："三月十八日，民国以来最黑暗的一天，写。"这是鲁迅文章中极少见的"有意味"的标注。1931年，柔石等人被害的消息传来，鲁迅也并非无动于衷，他很快就为《前哨》杂志的纪念专号写了《纪念中国无产阶级革命文学和前驱的血》一文。不过，这些文字都是针对令人悲愤的事件发出的猛烈的批判之声，真正以怀念死者为话题的文章，却都在稍后甚至数年后写成。

六

鲁迅不在第一时间写悼念文章，源于他的一种根深蒂固的看法，"死者已经被人遗忘，人们只记得谁的挽联妙，谁的悼文好"。死亡变成了一次应景"作文"的比拼，这是鲁迅更深层次的悲哀，他是不愿意参与到其中的。所以他写的悼念文章，更像是一种追思，而且写作的原因，也时常要说明是被人要求和催逼之后的行为。《记念刘和珍君》里这样说明自己写作的原委："中华民国十五年三月二十五日，就是国立北京女子师范大学为十八日在段祺瑞执政府前遇害的刘和珍杨德群两君开追悼会的那一天，我独在礼堂外徘徊，遇见程君，前来问我道，'先生可曾为刘和珍写了一点什么没有？'我说'没有'。她就正告我，'先生还是写一点罢，刘和珍生前就很爱看先生的文章。'"然而，事实的惨烈早已超出了写文章的冲动，"可是我实在无话可说。我只觉得所住的并非人间"。这就是鲁迅当时最真切的感受。他写《忆韦素园君》，文章开头就说明："现在有几个朋友要记念韦素园君，我也须说几句话。是的，我是有这义务的。我只好连身外的水也搅一下，看看泛起怎样的东西来。"他写《忆刘半农君》，开头第一句就声明"这是小峰出给我的一个题目"。"这题目并不出得过分。半农去世，我是应该哀悼的，因为他也是我的老朋友。"不难看出，或被人"正告"，或为尽"义务"，或完成"命题"文章，鲁迅写悼文，并没有一上来就渲染自己和死者之间的友情，如何悲痛，如何哀伤。淡淡的感情铺垫后面，其实另有深意。

七

鲁迅总是用"记念"这个词表达自己用笔怀念死者的心情，而不是人们通常使用的"纪念"，其实是他复杂、隐忍、痛苦、悲愤、哀伤、深重的心境的简洁表露。"为了忘却的记念"，"记念刘和珍君"，一字之差，却大有可以回味的余地。很多人把《记念刘和珍君》想当然地、惯例式地误写成《纪念刘和珍君》，如果真切地体味到鲁迅的用心，这样的区别就不应以"文字"之由简单忽略。

鲁迅害怕悼文成为"应景"之作，他也不相信悼文对死者真有什么意义，然而记忆总是来折磨他，感情的碎片非但没有因时光的流逝而消散，反而聚拢为一股强大的潜流，冲击着自己的心灵。他回忆韦素园，上来就说："我也还有记忆的，但是，零落得很。我自己觉得我的记忆好像被刀刮过了的鱼鳞，有些还留在身体上，有些是掉在水里了，将水一搅，有几片还会翻腾，闪烁，然而中间混着血丝，连我自己也怕得因此污了赏鉴家的眼目。"翻动这些难免悲伤的记忆，是鲁迅所不愿意的，却又是他难以排释的。

记忆的不能抹去，说到底是感情的无法淡漠。

八

鲁迅毕竟是鲁迅，他并不因人已死就必得其言尽善。读鲁迅"记念"亡人的文章，我们常能感到他评人论事的客观，就好像真的还在和那死者对话，坦直地说出自己要说的话。然而你从中感受到的，是一种与死者面对面的坦诚交流，甚至是对死者人格的一种尊重，而不是生者的刻薄，特别是在对方已经无权回应的情形下，这种刻薄是令人生厌的。他怀念柔石，想起同他一起外出行走的情景，"倘不是万不得已，我是不大和他一同出去的，我实在看得他吃力，因而自己也吃力"。他对同为进步青年作家，最终一起被杀害的柔石的女友冯铿的第一印象是，"我疑心她有点罗曼谛克，急于事功"，而且认为"她的体质是弱的，也并不美丽"。他并不为死者讳。

《关于太炎先生二三事》的开头，鲁迅讲述有人因参加章太炎先生追悼会的人数不足百人而慨叹，并因此认为青年对本国学者"热诚"不够。鲁迅却直言自己并不认同这一看法，其中一个重要原因就是，章太炎先生曾经也是一个革命家，然而"后来却退居于宁静的学者，用自己所手造的和别人所帮造的墙，和时代隔绝了。纪念者自然有人，但也许将为大多数所忘却"。而且坚持认为"先生的业绩，留在革命史上的，实在比在学术史上还要大"。他并不为尊者讳。

1933年，鲁迅为已经被害七年时间的李大钊写过《〈守常全集〉题记》，回忆了印象中的李大钊，他这样形容记忆中的李大钊："他的模样是颇难形容的，有些儒雅，有些质朴，也有些凡俗。所以既像文士，也像官吏，又有些像商人。"即使是对李大钊的文章著述，他也并不一味说好，认为"他的理论，在现在看起来，当然未必精当的"。但又坚信，"虽然如此，他的遗文却将永驻，因为这是先驱者的遗产，革命史上的丰碑"。"未必精当"四字，是鲁迅对李大钊为文的突出印象，他必须要说出来。他甚至在文章中承认，对李大钊的死，自己"痛楚是有些的，但比先前淡漠了。这是我历来的偏见：见同辈之死，总没有像见青年之死的悲伤"。只有鲁迅才会这样说，既不失真切的感情，又见出独特的风骨。

对于刘半农去世，鲁迅说自己"是应该哀悼的"，并不隐藏淡漠之意，而且对自己和刘半农是"老朋友"这个定义，也坦言"这是十来年前的话了，现在呢，可难说的很"。他回忆了与刘半农的交往过程，叙述了为刘标点的《何典》作"题记"而"很伤了半农的心"，坦白后来在上海与刘相遇，"我们几乎已经无话可说了"。在文章的结尾，鲁迅更直率地说道："我爱十年前的半农，而憎恶他的近几年。"这是一个诤友的直白，因为"这憎恶是朋友的憎恶，因为我希望他常是十年前的半农"，"我愿以愤火照出他十年前的战绩，免使一群陷沙鬼将他先前的光荣和死尸一同拖入烂泥的深渊"。一种深邃的爱意洋溢在冷峻的、直率的笔端。

九

鲁迅怀念死者，并不只是一种哀伤感情的表达，一种友情的回忆。他常常会突出这些死者身上的"战士"品格，强化他们为了民族和国家，为了自己热爱的事业所作出的贡献和努力。刘和珍、柔石等赴死的青年自不必说，对自己的老师章太炎，他一样更看重他作为"革命家"的经历，对刘半农，他愿意和期望他始终是一名新文化运动的战士。

但鲁迅并不去刻意拔高死者的价值，并不为他们追认"烈士"之名。他同时十分认可他们身上难得的、质朴的人格品性。他谈柔石，特别强调他性格中那股"台州式的硬气"，对柔石"迂"到令人可怜的气质，更是流露出一种欣赏。因为柔石身上有一种难得的品性，"只要是损己利人的，他就挑选上，自己背起来"。他回忆殷夫，为他那种心性的单纯和天真既怜爱又悲伤。他把刘半农的突出性格浓缩为一个字：浅。但鲁迅非但不因此看轻他，反而认为这是刘半农最可贵的性格特点。鲁迅曾经用一个精辟的比喻来形容刘半农的"浅"：

"假如将韬略比作一间武库罢，独秀先生的是外面竖一面大旗，大书道：'内皆武器，来者小心！'但那门却开着的，里面有几支枪，几把刀，一目了然，用不着提防。适之先生的是紧紧的关着门，门上粘一条小纸条道：'内无武器，请勿疑虑。'这自然可以是真的，但有些人——至少是我这样的人——有时总不免要侧着头想一想。半农却是令人不觉其有'武库'的一个人，所以我佩服陈胡，却亲近半农。"

这是只有鲁迅才会有的评人论事的笔法，透着目光的锐利和心性的坦诚。鲁迅最看重韦素园做事的认真劲儿，认为"他太认真，虽然似乎沉静，然而他激烈"。所以，虽然韦素园并不是什么了不起的英雄豪杰，鲁迅却在他身上寄予了最真挚的友情。他对韦素园的评价带着浓浓的感情，认为他"并非天才，也非豪杰，当然更不是高楼的尖顶，是名园的美花，然而他是楼下的一块石材，园中的一撮泥土，在中国第一要他多。他不入于观赏者的眼中，只有建筑者和栽植者，决不会将他置之度外"。

<h1 style="text-align:center">十</h1>

在紧紧抓住亡友们身上突出的、足可珍惜的性格的同时，鲁迅同样把这些"战士"式的亡者视为寻常人，对他们的死给家庭造成的灾难和给亲人带来的痛苦给予了特别的关切。他对刘和珍的印象是"微笑"与"和蔼"，对杨德群则是"沉勇而友爱"。范爱农死了，鲁迅仍然记得，"他死后一无所有，遗下一个幼女和他的夫人"。并且在十四年之后仍然挂念着，"现在不知他唯一的女儿景况如何？倘在上学，中学已该毕业了罢"。面对病痛中的韦素园，悲哀的缘由就包括"想到他的爱人，已由他同意之后，和别人订了婚"。这是何等的凄凉。他想到柔石等青年在严冬里身陷监牢，便惦念"天气愈冷了，我不知道柔石在那里有被褥不？我们是有的"。尤其是想到柔石还有一位深爱他的双目失明的母亲，鲁迅更是难掩悲伤之情，"我知道这失明的母亲的眷眷的心，柔石的拳拳的心"。正是这种心灵上的相知，才使他为了纪念柔石，也为了

能抚慰一位一直不知道爱子已经被杀害的双目失明的母亲，选择一幅珂勒惠支的木刻作品，发表在《北斗》创刊号上。这幅木刻名为《牺牲》，内容是"一个母亲悲哀地献出了她的儿子"，鲁迅说，这是"只有我一个人心里知道"的一种对亡友的纪念。

这就是鲁迅的"记念"，他传递着的哀伤、悲愤、友爱和温暖，他表达出的坦直、率真以及对死者的怀念，对生者的牵挂，怎能是一个"忘却"可以了得？直到1936年，鲁迅为已经就义五年的白莽（殷夫）诗集《孩儿塔》作序，就说"他的年轻的相貌就又在我的眼前出现，像活着一样"。更确切地说，感受过鲁迅对亡者的那样一种深重、亲切、无私、博大的爱意，那"忘却"二字，又含着怎样的复杂、深厚的内涵！一种无奈之后的奢望？一种无力感的表达？可以说，在不同的读者那里，都会激起不同的心灵感应，这是用不着我们来刻意注解的。

十一

1927年，鲁迅在广州目睹了纪念"黄花岗烈士"的场景，剧场里热闹非凡，连椅子都被踩破很多。第一次过"黄花节"的鲁迅，并没有感受到什么庄重的气氛，活人的行为其实早与死者无关。想到前一年在刘和珍、杨德群追悼会的会场外独自徘徊的情景，再看看今天"纪念烈士"的场面，鲁迅的内心平添了许多莫名的悲哀，这悲哀里包含着不解、失望，流露出无言的悲愤和急切的期望。

《黄花节的杂感》就记述了鲁迅的这种心境。我们仿佛能感受到鲁迅那锐利而冷峻的目光。他看到"群众"为了纪念烈士而聚集到一起，一次本应严肃的纪念变成了一场没有主题意义的"节日"。他说："我在热闹场中，便深深地更感到革命家的伟大。"那实在是无奈中的反话，是含着隐痛的热讽。鲁迅接着说："我想，恋爱成功的时候，一个爱人死掉了，只能给生存的那一个以悲哀。然而革命成功的时候，革命家死掉了，却能每年给生存的大家以热闹，甚而至于欢欣鼓舞。唯独革命家，无论他生或死，都能给大家以幸福。同是爱，结果却有这样地不同，正无怪现在的青年，很有许多感到恋爱和革命的冲突的苦闷。"辛辣的笔锋中带着悲哀的情绪。"中国人不敢正视各方面，用瞒和骗，造出奇妙的逃路来，而自以为正。"如果人们借"忠臣"、"烈士"的名字而麻木了自己的意志，忘记了现实的战斗，那是足可悲哀的事情。他已经看够了这样一种情景："亡国一次，即添加几个殉难的忠臣，后来每不想光复旧物，而只去赞美那几个忠臣。"（《论睁了眼看》）所以鲁迅才会犹豫，他不想让死者的回响只是变成文人笔下的"谈资"。鲁迅也因此对悼文一类的写作并不热衷。

革命者的血是否白流，这实在是生者应当记取的责任。《记念刘和珍君》的结尾，鲁迅在为赴死的青年献上敬意之后，仍然对这些生命的倒下究竟换来什么感到困惑。"三一八"惨案的当天，鲁迅坚持认为，"实弹打出来的却是青年的血。血不但不掩于墨写的谎语，不醉于墨写的挽歌；威力也压它不住，因为它已经骗不过，打不死了"。但《记念刘和珍君》却又对另一种可能表示出莫名的担忧和悲哀："时间永是流驶，街市依旧太平，有限的几个生命，在中国是不算什么的，至多，不过供无恶意的闲人以饭后的谈资，或者给有恶意的闲人做'流言'的种子。至于此外的深的意义，我总觉得很寥寥……"

十二

事实上，究竟应当歌颂革命青年的勇敢赴死，还是强调生命的宝贵，鲁迅本人也是矛盾的。这是他迟迟不肯写悼文的深层原因。柔石等青年被害的消息传来，鲁迅当即就写下《中国无产阶级革命文学和前驱的血》，并坚信"我们现在以十分的哀悼和铭记，纪念我们的战死者，也就是要牢记中国无产阶级革命文学的历史的第一页，是同志的鲜血所记录，永远在显示敌人的卑劣的凶暴和启示我们的不断的斗争"。但两年后写下的"记念"文章中，却又表达了另外一种悲愤的感情："不是年青的为年老的写记念，而在这三十年中，却使我目睹许多青年的血，层层淤积起来，将我埋得不能呼吸。"残酷的现实让他无法从青年的鲜血和生命的代价中乐观起来。

一方面，鲁迅始终认为，一两篇悼文于死者"毫不相干"，另一方面，他又特别看重那生命的付出究竟能带来怎样的"生"的希望。所以才有他总是以接受"正告"、为尽"义务"、完成"命题"的口吻进入对死者的"记念"。因为鲁迅既是深邃的思想者，又是肩担责任的战士，同时又是感情丰沛的诗人，于是他对亡人的怀念被涂抹上复杂多重的内涵。但无论如何，鲁迅是一个清醒的思想者，他绝望，甚至于认为连绝望本身也是一种虚妄，然而他从未放弃过对希望的呐喊，哪怕这种呐喊只是为了别的更加有为的青年能够因此奋进。这是他"记念"并试图"忘却"亡者的真正的思想根源。

我们追悼了过去的人，还要发愿：要自己和别人，都纯洁聪明勇猛向上。要除去虚伪的脸谱。要除去世上害己害人的昏迷和强暴。

我们追悼了过去的人，还要发愿：要除去于人生毫无意义的苦痛。要除去制造并赏玩别人苦痛的昏迷和强暴。

我们还要发愿：要人类都受正当的幸福。

（《我之节烈观》）

面对死亡，鲁迅并不急于去追认"烈士"之名，在评价"黄花节"时，鲁迅一再强调，"我并非说，大家都须天天去痛哭流涕，以凭吊先烈的'在天之灵'，一年中有一天记起他们也就可以了"。他甚至也不反对人们在"黄花节"时热闹一番，但他更希望看到人们在热闹之后，能迅速行动起来，去做"自己该做的工作"。

鲁迅害怕死者被生者忘记，害怕青年的鲜血白流。他在热闹的场景中想到烈士的价值，在别人忘却的时候为亡友送上追思。但他并不把自己的这种思想道德化，并不把这种独特的思想和感情作为道德武器去挥舞，他是一个在绝望中怀着希望的人，是一个愿意把希望之光播撒、弘扬的文学家。就像《药》的结尾为革命者夏瑜的坟头安放花环一样，孤独的鲁迅常常在阴冷的暗夜传达温暖的信念。"但我知道，即使不是我，将来总会有记起他们，再说他们的时候的……"是的，这是鲁迅的信念，但它更是一种期望，期望人们和他一样，没有忘却青年的鲜血。

十三

思想者鲁迅，从来没有停止过对死亡的思考。他的很多思想，奇特、锐利、深邃、沉重，常让人联想到几位存在主义哲学家的名字：尼采、叔本华、克尔恺郭尔、陀思妥耶夫斯基。他的很多关于生命和死亡的观念，都与这些哲学家的思想具有某种潜在的暗接和呼应。不过，鲁迅的独特在于，他同时更是一位现实的革命者，是一个时时把目光盯在民族存亡和国家命运上面的战士，这同样体现和贯穿在他对死亡的思考中。

人有没有灵魂，世间有没有鬼魂，鲁迅的回答总是一种模糊的质疑，一种诗性的猜测。或者说，为了能够和死者达成对话，他甚至愿意有所谓的"鬼魂"存在，疑惑如祥林嫂、忏悔如涓生，都有类似的表达。"我愿意真有所谓鬼魂，真有所谓地狱，那么，即使在孽风怒吼之中，我也将寻觅子君，当面说出我的悔恨和悲哀，祈求她的饶恕。否则，地狱的毒焰将围绕我，猛烈地烧尽我的悔恨和悲哀。"（《伤逝》）但鲁迅知道，诗性的想象代替不了无可更改的事实。相信鬼魂的存在，是对生者的约束，让他知道死后还有忏悔、追问，生命即使消亡了却还有"生"的责任。但如果这样的疑问变成一种幻想和迷信，则又会引出"瞒"和"骗"的恶劣本性，这是鲁迅极不愿意看到的情形。

鲁迅同样不相信一篇悼文能为死者招魂，如果悼文所起的是麻木生者心智的作用，那还不如干脆没有这样的文章。于是，我们从《无花的蔷薇之二》里读到这样的话："以上都是空话。笔写的，有什么相干？"他相信："死者倘不埋在活人的心中，那就真真死掉了。"（《空谈》）活人写下的悼文，最多是活人自己借助笔墨发泄一点心中的积郁。"我只能用这样的笔墨，写几句文章，算是从泥土中挖一个小孔，自己延口残喘，这是怎样的世界呢。"（《为了忘却的记念》）这是文字的无力处，也是活人的无奈。悼文其实"于死者毫不相干，但在生者，却大抵只能如此而已"（《记念刘和珍君》）。

十四

为亡友写下"记念"，仿佛是要移开积压在心头的一块沉重的石头。让我们暂时转移一下视线，看一下鲁迅在小说这一虚构世界里对待死亡的态度。

毫无疑问，死亡是鲁迅小说突出的主题。《呐喊》的前四篇《狂人日记》《孔乙己》《药》《明天》都涉及死亡主题；其他如《阿Q正传》《白光》里的主人公也都以死亡作为故事的收束。《彷徨》里的《祝福》《孤独者》《伤逝》也同样是以死亡为结局。《狂人日记》里的"狂人"未死，但他始终处于"吃人"的惊恐之中；《孔乙己》传达的是一种灰色人物生死无人过问的悲哀；《药》则提供了两种不同的死，华小栓用夏瑜的血救自己衰弱的生命是"愚弱的国民"和"革命者"的双重悲哀，但结尾的"花环"又照出了两种死亡完全不同的意义和价值；《明天》表达的是生者与死者在深沉的黑夜仍然相依相守的孤寂；阿Q临死前对"革命"的幻想和"画圆"的努力，祥林嫂对"鬼魂"和地狱的疑惑与想象，则是鲁迅对"庸众"命运的揭示；《白光》里的陈士成，《孤独者》中的魏连殳，这些已被时代抛弃的多余人，凄凉的结局透着彻骨的寒冷；诗意勃发的《伤逝》则闪耀着更多人性的光泽，涓生对子君的忏悔，实际上更多探讨的是生存的痛苦和希望。死亡，以它最沉重的一击，对人在世界上的生存、温饱、发展作出最后的回响。

十五

《野草》里同样充斥着死亡意象，充分体现了鲁迅对死亡的想象何等独特与尖锐。仅以《死后》为例，由"我梦见自己死在道路上"开始，鲁迅以一个"死者"的口吻狠狠地讽刺、嘲弄了生者的丑态，让人读来发笑、发冷、发窘。鲁迅从来不回避死亡这一话题，他的杂文《死所》里对死亡的淡定态度，《女吊》里的复仇主题，《死》里的牵挂与了无牵挂，都是鲁迅死亡意识的真实写照。对于自己死后的结局，鲁迅的态度是："赶快收殓，埋掉，拉倒。"他不愿意给活人带来影响。这影响要分两面说：友人的和仇人的。关于自己的死给亲人带来的影响，鲁迅的希望是："忘记我，管自己生活。——倘不，那就真是胡涂虫。"而对"仇敌"呢？则是要自己的死"连仇敌也不使知道，不肯赠给他们一点惠而不费的欢欣。"也因此，他无条件地要求自己死后"不要做任何关于纪念的事情"。这是鲁迅的决绝，即使他意识到死亡不可避免地就要到来的时候，也决不放低姿态，包括对那些怨敌，他的态度仍然保持着固有的韧性的战斗精神，那就是："让他们怨恨去，我也一个都不宽恕。"

十六

这就是鲁迅，他的生命意志，他的赴死精神，同样让人感动。他坦诚内心的孤独和绝望，对社会和青年则又刻意写出希望之光。他活着时是诗人、战士、思想者，死后被认作是现代中国的"民族魂"。他的一生经历了太多的正常与不正常的死亡。少年时代就经历了唯一的妹妹端姑的夭折，四弟的早亡，父亲的病逝；青年时代赴日留学前又经历了最爱他的祖父的故亡。而此后的三十年，鲁迅又被"层层淤积起来"的"青年的血"压迫得"不能呼吸"，常常要以"年老的"身份去为"年青的"生命"写记念"。他悲叹年轻的韦素园"宏才远志，厄于短年"（《韦素园墓记》）。面对杨荃（杏佛）的突然被害，他发出"岂有豪情似旧时，花开花落两由之"（《悼杨荃》）的无奈与哀伤。看到单纯、天真、认真、刻苦的优秀青年柔石被残暴的力量杀害，他发出"忍看朋辈成新鬼，怒向刀丛觅小诗"的愤懑之声。如果说，1912年写下的"故人云散尽，余亦等轻尘"，更多的是表达一个诗人的内心敏感，那么，此后发生的一系列生死离别，则为这个本来依凭不足的诗句，加上了一个个沉重的注释，成为贯穿鲁迅一生的生死观。

　　面对死亡就像面对爱，是文学家笔下最常见的"母题"。鲁迅一生中写下的悼念、怀念、回忆亡人的诗文，鲁迅小说及《野草》《朝花夕拾》和杂文当中随处可见的死亡意象，对我们认识鲁迅的心境、生命观和面对死亡时的悲情、遐思、观念、意志，具有特殊的价值。坦率地说，这是一扇我本人无力推开的大门，是一道很难进入的幽暗的门槛。但即使从那可以窥见的缝隙中，仍然能感到一种复杂、深沉、热烈、凝重的气息的强烈冲击。

原载《十月》2009年第4期

陈独秀旧事

孙　郁

———————

一

时间在1917年，当陈独秀应邀来北大的时候，敏感的钱玄同便在1月6日的日记中写下了这样一段话：

"陈独秀已任文科学长矣，足庆得人，第陈君不久将往上海专办新青年杂志及经营群益书社事业，至多不过担任三月，颇闻陈君之后蔡君拟自兼文科学长，此亦可慰之事。"

此后的日记不断有对陈独秀的记载：

"日前独秀谓我，近人中如吴趼人、李伯元二君，其文学价值实远在吴挚甫之上。吾谓就文学美文之价值而言陈独秀此论诚当矣。"（1917年1月23日）

"检阅独秀所撰梅特尼廓甫之科学思想篇（新青年二之一），觉其立论精美绝伦。其论道德尤属颠扑不破之论。"（1917年1月25日）

钱玄同向来狂放孤傲，很少如此佩服别人，这能看出陈独秀当年的诱力。我有时翻看五四前后文人的日记、尺牍，深味那一代人的气象，其卓绝之态为先前所罕有。自然，没有陈独秀创办的《新青年》杂志，新文化运动也许还要推迟许久也未可知。在那些有趣的人中，陈独秀扮演的角色，是别人不能代替的。

1917年的陈独秀正血气方刚，事业上正如日中天，成了中国耀眼的明星。他到北大，是北京医专校长汤尔和以及在北大任教的沈尹默所荐。汤尔和与沈尹默颇为赏识陈独秀的才华，以为欲振兴北大，非陈独秀这样的智者不可。蔡元培信以为然，便很快将陈氏召来。陈独秀来京后，颇感同人甚少，觉得需有新人加入进来，遂向蔡元培力荐胡适，以此扩大人马。那一年元月他致信远在美国的胡适，透露了心曲：

"蔡孑民先生已接北京总长之任，为约弟为文科学长，北荐兄下以代，此时无人，弟暂充乏。孑民先生盼足下早日回国，即不愿任学长，校中哲学、文学教授俱乏上选，足下来此亦可担任。学长月薪三百元，重要教授亦有此数。《甲寅》准于二月间可以出版，秋桐兄不日谅有函与足下，《青年》《甲寅》均求足下为文。足下回国必甚忙迫，事畜之资可勿顾虑，他处有约者倘无深交，可不必应之。中国社会可与共事之人，实不易得。恃在神交颇契，故敢直率陈之。"

一边是劝胡适归国，一边扩大自己的作者队伍。这一年为《新青年》写稿的有：吴虞、恽代英、胡适、刘半农、蔡元培、李次山、章士钊、陶履恭、陈嘏、刘延陵等。到了1918年，队伍忽地扩大了。钱玄同、周作人、傅斯年、罗家伦、鲁迅、沈尹默、常惠、沈兼士、陈衡哲、欧阳予倩等新人加入进来了。不过新人的作者，大多是谈学理，言时态，搞翻译，唯有鲁迅，搞的是创作，既有小说，又有新诗，别的作者，虽也有搞新诗的，不过凑凑热闹。创作上独步文坛者，唯鲁迅一人。所以那面目，就不同于众人，陈氏本人，对此留下了很深的印象。

《新青年》最初创刊，格调便不同于前人，它的出现，似乎证明康、梁的时代已经过去了。陈独秀办刊，态度是明朗的，欲创一个新的时代。所以文章、作者，都是些新的面孔。气韵也大异于别路人等。杂志起初名《青年杂志》，自第二卷第一号起，易名《新青年》。既然名之为"新青年"，陈独秀便注重它的色调。比如作者多为青年，栏目多有新意，每卷以译介域外思想为重点，加之时事评论、思想品评，像初春的风，吹来股股暖意。一百年来，中国文化风潮更迭起伏，很少有像《新青年》那么风驰电掣，气象阔大，且摧枯拉朽的。如今思之，真是让人神往不已。

陈独秀办刊，有两个特点值得回味。一是对域外的文化思潮敏感，引介颇得分寸；二是问题意识明确，看到了国内急欲解决的难题。他组的文章，或输入欧美的学理，如高一涵的《乐利主义与人生》，刘叔雅的《伯格森之哲学》《美国人之自由精神》，马君武的《赫克尔一元哲学》等，或对旧文明的抨击，如陈氏自己的《孔子之道与现代生活》《东西民族根本思想之差异》《再论孔教问题》，李大钊的《青春》，吴虞《家庭制度为专制主义之根据论》《礼论》等。文章多有文采，慷慨激昂，又本乎学理，不是意气用事，是颇有张力的。前期的杂志以论述、评介为主，到了1918年，创作渐渐多了，有了新诗，有了小说，还有编者与读者的通讯，整个感觉是动的、新的、深的。诸多篇目，系着那一代人的心魂，动人的文字一时难以述尽。

读《新青年》，陈独秀的性格历历在目。几乎没有温吞的文章，精神是开阔的。他特别喜欢引介域外思想，译了大量文章，常常有着针对性，对读者而言，不能不说是一剂良药。他译法国薛纽伯的《现代文明史》，介绍现代欧洲文艺史，推荐欧洲科学家的思想，气度上颇似梁启超，然而境界却高远得很，内蕴更为丰厚。陈氏看中国问题时，一语中的，爽言爽语，我以为是有了域外文明作参照的缘故。他熟悉日、英诸国文字，对政治学、文艺学、科学史、法律等均有兴趣，文章自然通体明亮，博杂丰富。他后来搞起政党建设，投身社会运动，与他的知识兴趣很有关系。《新青年》较之于后来出现的《语丝》《沉钟》《骆驼草》等，气象阔大，非别人可以比肩。原因自然是包罗了诸种人文学说，无论在政治层面还是文艺层面，都高耸于社会之上。后人至今仰视，其间不乏对这位主编的赞佩。

他性格里有种论辩气，不喜宁静致远的笔法，《新青年》屡屡引起论争，题目不说惊世骇俗，亦可谓奇气四溢。他的《驳康有为致总统总理书》《驳康有为共和平议》《偶像破坏论》篇篇引人注目，有的甚或引起争议，质疑者当不在少数。相比于他的友人，陈氏似乎更喜欢将问题推至极端，如晴空响雷，滚动于人们的心头。不同于陈氏的是胡适有点温文尔雅，周作人沉着平淡，鲁迅峻急、苍冷。钱玄同虽有凌厉之气，但不及陈氏明快多致，精神的维度唯有陈独秀让人刮目，你看他的《偶像破坏论》，多么迅猛激越，有刚烈之风：

"世上真实有用的东西，自然应该尊重，应该崇拜，倘若本来是件无用的东西，只因人人尊重他，崇拜他，才算得有用，这般骗人的偶像倘不破坏，岂不教人永远上当么？

"泥塑木雕的偶像，本来是件无用的东西，只因为有人尊重他，崇拜他，对他烧香磕头，说他灵验，于是乡愚无知的人，迷信这人造的偶像真有赏善罚恶之权，有时便不敢作恶，似乎这偶像却很有用。但是偶像这种用处，不过是迷信的人自己骗自己，非是偶像自身有什么能力。这种偶像倘不破坏，人间永远只有自己骗自己的迷信，没有真实合理的信仰，岂不可怜！

"天地间鬼神的存在，倘不能确实证明，一切宗教，都是一种骗人的偶像，阿弥陀佛是骗人的，耶和华上帝也是骗人的，玉皇大帝也是骗人的，一切宗教家所尊重的崇拜的神佛仙鬼，都是无用的骗人的偶像，都应该破坏。"

细看作者的文字，有些武断的一面，对后世影响可谓深矣。文章类似口号的罗列，不容置疑。这是在传统压迫下的呐喊，乃反叛的声音，对那时的青年，不能说不是一种鼓动。但那叙述的模式，思维的逻辑，都过于简化，不及胡适、周作人绵密，亦无鲁迅的深邃，文本上的价值，就要打一点儿折扣。我喜欢他述学、谈史的文字，对宣言体，有一点别扭。因为缺少温情，人性的维度过小，于是易流于新的八股。其实后来文人，每每喜用此类腔调，差不多也落入独断主义的旧路，让人觉得面目冷酷。独断主义是独断文化的产物。陈独秀自然不能逃脱旧路。他在反叛自己的祖先文明时，又不得不带有祖先文明的烙印。不仅是他，胡适、周作人、鲁迅，都有一些的，那是没有办法的。

二

草创时期的新文化应是什么样子，陈独秀也只是朦胧的猜想。那时候他把目光投射在外，很少回到自身。似乎曙色只能挂在天边，己身是渺小的。《新青年》时代的作品几乎都是述理的，是对域外文明的引介和对旧的传统的解析，自己却隐到学理的背后。与鲁迅不同，陈氏似乎不愿意把己身的磨难告诉别人，他关心的不是怎样转化自己的苦楚，而是如何转化和改变旧的外部环境。后世的编辑家编写文学类的作品，很少搜求陈独秀的墨迹，人们把他看成政治家而非学者、诗人，这或许是政治观过强的缘故。他太看重对外部世界的变革，而恰恰少谈自己的经验，文章自然就少了"我"的色泽，好像与读者有一点儿距离了。

查陈氏文章，谈学术者多，谈政治者多，谈伦理者多。虽也是谈文学，有过《文学革命论》这样的宏文，但也多是从社会学的角度看文学，与周氏兄弟的目光是有区别的。陈独秀不是学业单一的人物，他对许多学科颇有兴趣。科学思想史、社会学、哲学、政治学、文字学、文学等方面，均有涉足。每每著文，均出语不凡，有着特别的见识。他看待事物的眼光，有人本的一面，又有现代科学的一面，进化论、人道主义、平民意识，都闪现在他的世界里，给人的印象是五光十色，斑斓多彩的。不过，他思想的大致脉络是，先关注学术的更新，继而看重政治改革，再后来专心于伦理的革命。这里，都没有文学的位置。他后来提倡文学革命，不过是为伦理建设服务罢了。在他看来，伦理上的革命一旦成功，文化的问题就可解决了。

《新青年》初期，在思想上能与陈氏并肩的人物没有几个。钱玄同、周氏兄弟和他还多少有些不同。这些人物更着重于新文学建设。出发点与陈氏略有一些区别。陈独秀的文学革命观，也带有他个人的政治梦想，即通过平民的、写实的、社会的文学与贵族的、古典的、山林的文学对立。那对立的根本就是为政治革命服务。《文学革命论》云：

"今欲革新政治，势不得不革新盘踞于运用此政治者精神界之文学。使吾人不张目以观世界社会文学之趋势，及时代之精神，日夜埋头故纸堆中，所目注心营者，不越帝王，权贵，鬼怪，神仙，与夫个人之穷通利达，以此而求革新文学，革新政治，是缚手足而敌孟贲也。"

把文学的变革与政治变革连在一体，就显得境界较为高大，不像唯艺术而唯艺术者那么单调。胡适看到了《文学革命论》，就兴奋致函于陈氏：

"今晨得《新青年》第六号，奉读大著《文学革命论》快慰无似！足下所主张之三大主义，适均极赞同。适前著《文学改良刍议》之私意，不过欲引起国中人士之讨论，征集其意见，以收切磋研究之益耳。今果不虚所愿，幸何如之！此期内有通信数则，略及适所主张。惟此诸书，似皆根据适寄足下最初一书（见第二号），故未免多误会鄙意之处。今吾所主张之八事，已各有详论（见第五号），则此诸书，当不须一一答复。中惟钱玄同先生一书，乃已第五号之文而作者，此后或尚有继钱先生而讨论适所主张八事及足下所主张之三大主义者。此事之是非，非一朝一夕所能定，亦非一二人所能定。甚愿国中人士能平心静气与吾辈同力研究此问题！讨论既熟，是非自明。吾辈已张革命之旗，虽不容退缩，然亦决不敢以吾辈所主张为必是而不容他人之匡正也。"

以胡适的眼光，陈独秀的观点不容置疑，但亦不可自以为是，理论毕竟是理论，尚未经由实践的检验。不过陈独秀也好，胡适也好，他们的新思想是建立在对域外历史与本土文明考察的基本点上的，可谓带有一点儿学人的特点。即都对社会与文学间的关系过于敏感，思考的尚不是人本的问题。陈独秀写过诸多精彩的文章，但多以长者自居，像个将领，语气是断然的，不可错的。这反而不及胡适、周作人等亲切。倒是钱玄同与他"嗅味相同"，癫狂独行，有狂人之风，比如陈氏说，推翻孔学改革伦理是根本要义，而到了钱玄同那里，伦理改革固然重要，根本点是要推翻汉字，废掉书法。此类狂言，比陈先生有过之而无不及，真真是骇人听闻。

陈独秀对钱玄同颇为欣赏，两人的通信有着默契的地方。从钱氏的独白里，陈独秀也看到了狂士的力量。但鲁迅的文章在《新青年》登出后，二人不禁暗自狂呼，天底下还有比二人更为卓绝的人物。《狂人日记》的一声咏叹，仿佛来自天边的响雷，震塌了半边天空，若说振聋发聩，鲁迅君便算是一位了。钱玄同曾以赞佩的口吻说："他读史与观世，有极犀利的眼光，能抉发中国社会的痼疾，如《狂人日记》《阿Q正传》《药》等小说及《新青年》中他的《随感录》所描写所论述的皆是，这种文章，如良医开脉案，作对症发药之根据，于改革社会是有极大的用处的。"钱氏的看法与陈独秀颇为相近，他们眼里的鲁迅，自有别人难及之处。至少是生命深处的热力，给人的辐射是巨大的。文学一旦进入灵魂的内部，它升腾的力量绝不亚于政治家的鼓动。

但是，倘若不是政治家的鼓动，五四新文化运动，便不会有更大的范围和力量。陈独秀在那时，是一个吹号的人，发出的是抗俗的声音，至于那号的大与小，质量如何，他并不在意，而是旨在唤起国人能够真正醒悟，不再躺在古老的旧床上久温着古梦。《新青年》如果只谈文学，对知识界的影响不会很大，正因了广谈政治，抨击时政，译介西洋学术，从东西方文化的差异谈到无神论，从西洋教育讲至中国的学界，才引起了读者的文学注意。而这里，陈独秀高远的眼光，是起了相当的作用的。我现在偶读他那时的文章，就觉得真诚专致，毫无伪态，有着相当可爱的一面。中国后来的政论家，不知怎么驱走了陈氏的真挚，他们抨击别人时，常常像个道学家，给人的感觉并不舒服。陈独秀的文章之所以还可以让后人激动，一方面他是一个中正的学人，另一方面呢，是个难得的真人。后来专吃政治饭的人，把这两点大多已丢掉了。

三

我一直奇怪的是，他的同代人很少回忆其生平细节，相关的资料很少，晚年的行踪多亦难寻。知识界对他一直有各种不同的看法，否定者多，喜爱的有限。初见他时，对其身上的气质印象颇深，和一般儒雅的读书人是不同的。鲁迅、胡适等人是喜欢他的，观点也许不同，至少他身上的个性是有趣的。鲁迅的同学朱希祖之子朱偰在一篇回忆录里写道：

"陈独秀那时在北京大学担任文科学长，也到我家吃过饭。父亲请他上坐，谈着办《新青年》的事情。母亲偷偷地去看一下，见陈独秀说话的时候，先挺一挺眉，眉宇之间有一股杀气。客人走了以后，母亲对父亲说道：这人有点像绿林好汉，不是好相的。你怎么和这些人打起交道来了？"

从一个女人的角度，得出如此初步的印象，那也可见陈独秀在一般百姓眼里的形象。陈氏没有留下什么生活照片，关于他的一切，大多只能从其文字里寻找。他的文章柔婉的地方少，气脉是宏阔的，连记趣的篇什也殊难看到。胡适在一篇文章里说这位《新青年》主编是一个老革命党，此外便没有什么形容词了。在五四文人留下的一些回忆录里，对他的描述都很简单。一看就有些类型化。人们不说或很少去说，大概和后来的政治气候有关。陈独秀是个四面不讨好的人，所谓"国民公敌"者正是，但也有正派的学者说过一些公正的话，对其的评语很是贴切。1934年王森然先生出版了一本《近代二十家评传》，就写到了陈氏。视点是高的。作者以为，在中国这样一个国度，出现一个陈独秀是不易的。向来中庸、老气的民族如果没有一两个斗士出现，那是悲哀的事情。有趣的是，文中也写到了日常生活中的陈独秀，其形貌跃然纸上：

"先生本为旧家子，早岁读书有声，言语峻利，好为断制。性狷急不能容人，亦辙不见容于人。先生在沪与章秋桐、张博泉、谢晓石公立国民日报。与秋桐蛰居昌寿里之偏楼，对掌辞笔，足不出户。兴居无节，头面不洗，衣敝无以易，并亦不浣。一日晨起秋桐见其黑色祖衣，白物星星，密不可计。秋桐骇然曰：仲甫！何也？先生自视，平然答曰：虱耳！其苦行类如此。"

上述材料大概受了章士钊回忆文字的影响。它问世的时候，陈氏还活着，想必是可信的。陈独秀的不拘小节，乃朋友的共识。关于他有许多传言，有的近乎漫画。他没有胡适那么典雅，也不像鲁迅那样内敛，言与行是一致的。以温和闻世的胡适对他有过难为情的时候，觉得遇事不好处理。大概是没有回旋的余地。陈氏身边的人，能欣赏他的尚可，否则大多要分道扬镳的。他的个性甚至让人难堪，这是许多回忆文章中都提到的特点。

在胡适和周作人的日记中，陈独秀的名字频繁出现，并无别人所说的恶魔气。周作人晚年写到老友时甚至还有些感慨。《新青年》的同人是认可他的。你看他从北京狱中出来时人们欢迎的态度，大概就可以看出些什么。但在一些外人眼里，就有一点儿怪气，甚至有点儿妖魔化了。林纾的文章里，陈氏就并非好人，简直有点儿可恶了。陈独秀所有的照片都没有微笑的，是一副金刚怒目的架势。这其实只是一种外表，心性的东西怎么能一下子看出来呢？历来关于他的文章，都不太往作家那里靠，似乎只是个政治中人，混在学界里。那其实是不对的。陈独秀不仅关联着一段沉重的政治史，也和现代以来的知识分子的命运紧密交织着。和鲁迅一样，他在中国写下了文化史上重要的一页。

我有时读他的书，便这样想，假如他用心地写作或从事研究，也许关于他会有更多的话题。可惜他将自己的精力大多用到政治中去了，而且收获的却是失败。可是后来渐渐接触史料，我才恍然感到，用文人和学者的眼光要求他，是大错的。他是中国极其特别的存在，既不同于鲁迅，又有别于胡适。他开启了文化的新路径，将一种可能昭示了出来，了解他，是需要接受刺激和挑战的。

四

陈独秀一生受挫多多，自己却视之无事，并不在意身外之物。他很小就中了秀才，在别人看来是怎生了得。1897年，他到南京参加分试，却名落孙山。这一次落第，大概也改变了他的思想，决定不再走科举之路。其实就那时的文章而言，他算是一个高手，出笔不凡，多见奇气，又见识深远，是一般读书人所不及的。我读他年轻时的文章，一个突出的感受是，有一种别样的气韵，不被士大夫的迂气所绕。他大概是个很会读书的人，在文章中能嗅出真伪之气。《实庵自传》里就写到了他自己如何不喜欢八股文，能从性灵化的文字里呼应些什么。我想是天性里有一种诗性的因素吧？他和鲁迅一样，很早就失去了父亲，又生活在一个严厉的家庭中，早期教育自然要好于一般的百姓。陈独秀自称少年时代有三个人起了很大作用："一个严厉的祖父，一个能干而慈爱的母亲，一个阿弥陀佛的大哥。"祖父的严厉大概传染给他一种嫉恶如仇的性格，母亲的善良暗示了悲悯之心，直到晚年，他的诗文里也依稀可以辨别出来的。至于他的大哥传染给了他什么，不太好说，但总可以说是中国的良知，或是别的什么，他很早就显示了精神的坦白，作文时亦能自嘲己身，不像别人那么一本正经。1904年，还是在办《安徽俗话报》时，就写过多篇文章，内中有诸多剖白。那语气也让我想起鲁迅的几篇忆旧之作，精神深处，有着些许逻辑上的联系。比如在《说国家》一文中，他就坦言：

"我十年以前，在家里读书的时候，天天只知道吃饭睡觉。就是发奋有为，也不过是念念文章，想骗几层功名，光耀门楣罢了。哪知道国家是什么东西，和我有什么关系呢？到了甲午年，才听见人说有个什么日本国，把我们中国打败了。到了庚子年，又有什么英国、俄国、法国、德国、意国、美国、奥国、日本八国的联合军，把中国打败了。此时我才晓得，世界上的人，原来分做一国一国的，此疆彼界，各不相下。我们中国，也是世界万国中之一国，我也是中国之一人。一国的盛衰荣辱，全国的人都是一样消受，我一个人如何能逃脱得出呢。我想到这里，不觉一身冷汗，十分惭愧。"

后来有人讥讽他刚愎自用，盛气凌人，那其实只是看到了一面。实则他也有诸多谦逊的地方，只不过是隐得过深，很少表白罢了。在他的遗稿里，我们能读出他性格的动人一面。他惊人的坦率，从不掩饰自己的内心真相。比如对女人的态度，对庸人的看法，都别于他人。《实庵自传》写到自己南京应试的生活片段，都是惊人的笔触。不知为何，许多晚清应试的描写，看过即忘，然而陈独秀的只言片语，却让人深刻于心。那文字鲜活、深切，场景驳杂。他写人身上的恶气入木三分，连一点儿余地也不留。你在他的文字里绝读不到典雅与悠然。那里是心性的写实，也有乡俗的点染。故乡与都市里的浊气几乎充塞着一切，他多年以后赞美鲁迅的小说，我想是相同的经验起了作用。对一种古老的生活方式，他们实在是笑不起来的。

读着他的文章，看到对丑陋场景的描写，你能感叹他的叛逆性，不陷于虚妄，直面着恶俗，在审美态度上，与士大夫之流的附庸风雅是不同的。在《实庵自传》的结尾，陈氏有一段小说般的传神之笔，写了科举生活的可笑，那文章说：

到了八月初七日，我们要进场考试了。我背了考篮、书籍、文具、食粮、烧饭的锅炉和油布，已竭尽了生平的气力，若不是大哥代我领试卷，我便会在人丛中挤死。一进考棚，三魂吓掉了二魂半，每条十多丈长的号筒，都有几十或上百个号舍，号舍的大小仿佛现时警察的岗棚，然而要低得多，长个子站在里面是要低头弯腰的，这就是那时科举出身的大老以尝过"矮屋"滋味自豪的"矮屋"。矮屋的三面七齐八不齐的砖墙，当然里外都不曾用石灰泥过，里面蜘蛛网和灰尘是满满的，好容易打扫干净，坐进去拿一块板安放在面前，就算是写字台，睡起觉来，不用说就得坐在那里睡。一条号筒内，总有一两间空号，便是这一号筒的公共厕所，考场的特别名词叫做"屎号"。考过头场，如果没有冤鬼缠身，不曾在考卷上写出自己缺德的事，或用墨盒泼污了试卷，被贴出来；二场进去，如果不幸座位编在"屎号"，三天饱尝异味，还要被人家议论是干了亏心事的果报。那一年南京的天气，到了八月中旬还是奇热，大家都把带来的油布挂起遮住太阳光，号门都紧对着高墙，中间是只能容一个半人来往的一条长巷，上面露着一线天，大家挂上油布之后，连这一线天也一线不露了，空气简直不通，每人都在对面墙上挂起烧饭的锅炉，大家烧起饭来，再加上赤日当空，那条长巷便成了火巷。煮饭做菜，我一窍不通，三场九天，总是吃那半生不熟或者烂熟或煨成的挂面。有一件事给我的印象最深。考头场时，看见一位徐州的大胖子，一条大辫子盘在头顶上，全身一丝不挂，脚踏一双破鞋，手里捧着试卷，在如火的长巷中走来走去，走着走着，上下大小脑袋左右摇晃着，拖着怪声念他那得意的文章，念到最得意处，用力把大腿一拍，翘起大拇指叫道："好！今科必中！"

这位"今科必中"的先生，使我看呆了一两个钟头。在这一两个钟头当中，我并非尽看他，乃是由他联想到所有考生的怪现状；由那些怪现状联想到这班动物得了志，国家和人民要如何遭殃；因此又联想到所谓抢才大典，简直是隔几年把这班猴子、狗熊搬出来开一次动物展览会；因此又联想到国家一切制度，恐怕都有如此这般的毛病；因此最后感觉到梁启超那班人们在《时务报》上说的话是有些道理呀！这便是我由选学妖孽转变到康、梁派之最大动机。一两个钟头的冥想，决定了我个人往后十几年的行动。我此次乡试，本来很勉强，不料其结果却对于我意外有益！

此类笔法，已显示了切实的意识，睁着双眼打量世界，写作乃是一种袒露，绝非自我的逃避。那个世界裹着缕缕寒气，哪有什么冲淡和宁静？他的文章从不去讨好读者，有时甚至用文不雅训的语体刺激别人，并不在意喜欢与否。细想一下他的思路，是有一点儿野性的、以丑为快的东西。如若发展下去，大约有点儿拉伯雷式的遗风，以恶心与粗俗颠覆着雅人的世界。自己呢，也一路狂欢地走着，亵渎着种种神灵。陈独秀身上其实已折射出了一种精神的可能。那就是以非正经的语体，洗刷一个古老的神话，弄脏它，戏弄它，直到久远的灵光从那里消失。许多年之后，当王小波出现在文坛时，才有了真正意义黑色幽默的文学。以一种玩笑和戏仿的姿态嘲讽身边的世界时，那神情是洒脱的。我在王小波文字里看到了与陈独秀的某一点点相通处。所不同的是，陈氏还残留着士大夫的某些痛感。传统文人的忧患之心，还是很浓很浓的。

五

直到我后来读到他的诗，尤其是旧体诗，才发现流行的看法存有一点问题。陈独秀给人的假象太多，好似无情无义之人，且冷面铁心。那是皮毛之见。他其实是有许多朋友的，在知识界同道者甚广，与人相交时，亦挚诚可感，甚至还带点儿顽童之态。他与汪希颜、何梅士、章士钊、苏曼殊、沈尹默、胡适、台静农、魏建功，有着非同一般的友情，有的终生如一。看他的遗作，感时伤世之文泪血相交，甚或有文人的凄楚，每每读之，心为所动，气韵有唐人特点，刚劲之后亦有柔婉，是流着文人本色的。

这个发现也让我联想起他与鲁迅的差异。在旧诗文里，鲁迅是没有多少士大夫气的，感伤的东西很少，不太爱写己身的泪水。陈独秀则不掩饰儿女情长，所遇所感，每有凄苦，辄援笔书之，和政论文中的形象很有距离。你在这里亦可感到内心的柔情，男儿的温和也掩饰不住的。《哭汪希颜三首》《哭何梅士》《挽大姊》等诗，都无横眉之状。且看《哭何梅士》的韵致是多么肃杀：

海上一为别，沧桑已万重。
落花浮世劫，流水故人踪。
星界微尘里，吾生弹指中。
棋卿今尚在，能否此心同。

此诗最早以"由己"的名字发表于1904年4月15日的《警钟日报》。据《陈独秀诗存》注释，发表此诗时亦附有章士钊的诗与注，可看出陈氏与章士钊那时的情形，彼此的性情亦流露此间：

"二月十六日，福建何梅士，以脚气病死于东京，盖吾党中，又失去一健卒矣，余闻而痛极，然非知何梅士者，亦不知所以为痛也。余与梅士居上海，形影相属者，半年有余，无一日不促膝至漏尽。安徽陈由己，亦与余及梅士同享友朋之乐者也。何梅士之立志与行事，由己知之亦详。梅士之死也，由己方卧病淮南，余驰书告之，余得由己报书，谓梅士之变，使我病已加剧，人生朝露，为欢几何，对此弗能自悲，哭诗一首，惨不成句矣……"

章士钊的注释透露了这样两个信息：一是陈独秀有绿林之风，善于交友，且情笃者多。二是重于友情，不免有感伤情怀。病中闻友人去世，是雪上加霜，遂有"人生朝露，为欢几何"之叹。看陈氏之诗，有凡人的苦乐，加之佛教的影子，通篇哀凉，泪光涟涟。自有高古气，是格高气爽的。这一情怀，即便是经历了人间挫折，久浸政治苦海，仍未泯去。直到晚年，阅读到类似的诗文，文人气是一看即明的。

了解他的性格，在旧诗里能找到许多线索。那些都是各类史料中难见的。比如交友之道，就率直无伪，不忘旧情。五四之前，他居杭州时，曾与沈士远、沈兼士、沈尹默三兄弟相识，和沈士远、沈兼士过从甚密。写过一些赠诗，都非"上通乎道德，下止乎礼义"之语，有一点江湖格调。再加之行文清峻，唐人行迹宛然在目。《寄士远长安》云：

> 自君别湖水，天地失清秋。
> 影着孤山树，心随江汉流。
> 转蓬俱异域，诗酒各拘囚。
> 未及祖龙死，咸阳不可留。

三沈当中，沈士远是厚道之人，人缘颇好。但论才气和名声，沈二先生尹默，则高于诸兄弟。陈独秀与之关系很密，一直保持着友情。看年轻时代陈氏写给他的诗，当见情谊之深。那一首《杭州酷暑寄怀刘三沈二》，有孤雁叫群秋更哀的味道。如今读它，不可想象出自陈氏之手，内倾与伤神之处，隐隐可见。台静农晚年披露过陈独秀暮岁时寄沈尹默绝句四首，能看出千秋挚意。真真是让人叹之又叹的好诗：

> 湖上诗人旧酒徒，十年匹马走燕吴。
> 于今老病干戈日，恨不逢君尽一壶。
>
> 村居为爱溪山尽，卧枕残书闻杜鹃。
> 绝学未随明社屋，不辞选懦事丹铅。
>
> 哀乐渐平诗兴减，西来病骨日支离。
> 小诗聊写胸中意，垂老文章气益卑。
>
> 论诗气韵推天宝，无那心情属晚唐。
> 百艺穷通偕世变，非因才力薄苏黄。

陈氏晚岁怀念旧友，诗中意绪万端。遥忆当年，在西子湖畔把酒论书，后又逢于北京大学，共编《新青年》杂志，能不感而慨之？陈独秀去北大教书，乃沈尹默所荐。陈氏不忘旧情，于诗中咏之，拳拳之忱，动人耳目。李大钊、钱玄同、刘半农均盛赞于他，那也证明其为人的磊落之处。了解这个人物，大概是要顾及于此的。近代以来，大凡提及陈氏，只从政治行迹入手，谈其文化得失。而个性中冷热之处言之很少，精神的全貌就不了然了。我们看他与章士钊、苏曼殊、刘季平的手足之情，读他与《新青年》同人的信件，也依稀可以觉出言行举止的可爱。在其眼里，人无高低贵贱之分，编刊时亦与人平等对话，有信必复，且不装腔作势，确是有真人之风。蔡元培后来和他相识，对其印象很好。

他觉得陈氏第一有学识，第二有毅力与责任心，第三呢，是有一种向心力。1933年，蔡元培为《独秀文存》作序时特别夸赞了他与胡适、沈尹默、周氏兄弟、钱玄同、刘半农的友情，以为与"诸君甚相得"。这看似一句普通的话，实则是大的夸赞。在那样一个时代能与如此优秀的人相处，改写了人们的记忆，是大不易的。

六

有关陈独秀的生活片段的描写，都是支离破碎的。和鲁迅的浩繁的回忆录比，他显得那么清冷。许多弥足珍贵的形影，都消散在历史的空洞里，后人已不复知之。在现存的零碎的片段里，我隐隐地感到他的气色：冷峻、沉着、机警而又迅急。他大概是性格外露的人，没有谁说他口蜜腹剑，或风或雨，而是光明磊落的。文坛上的人骂鲁迅、章太炎是疯子，没有谁这样称呼他。大概因为形影均露于外，黑白俱明，毫不隐晦。罗章龙有一本《椿园载记》，写过对陈独秀的印象，是难得的文字。书中只记经过，没有形象的描述，而人物的特征也显示出来。罗氏说陈独秀是个不善交际的人，给我的印象很深，那么如此看来，他与那些逢场作戏的八面玲珑者是大不相同的。书中说：

我进北大时，陈先生已在执教了。在中学时，我就是《新青年》的热情读者，尤爱署名陈独秀的文章。进校初期，又听到有关陈先生的许多传闻，对他是很敬仰的。但我认识陈先生，却是很偶然的。

当时，我所在的德文班有三四十人，彼此学历很不一样，大致有三种类型：一是从国外回来的，他们大多是外交官的子弟，随家在德国学习，回国后又转入北大继续升学；一部分是在青岛大学读完两年以后，转入北大重读预科的，青岛大学为德国人所办，用德语授课，德文水平较高；再就是像我这样的普通中学毕业生，在中学学过四年德语。这个班由于程度参差不齐，老师授课颇感困难。同学们学习进展也不一致，对学习进度不免意见分歧。为此，我们开了几次班会，进行协商，最后确定向学校交涉，请求解决。班里决定从三个程度不同的同学中各推一名代表主持此事。我是代表之一，和其余两位同去见文科学长陈独秀。事先我们还拟了一个书面报告，由年长的一位代表面呈陈先生。陈在办公室接见了我们，说："你们来干什么？"

我们申述来意后，提出分班的要求。陈先生听后说："分班？办不到，目前教员和教室都没有多余的。"

我们接着提出："是否可采用甄别的方法，部分同学经过考试合格后，可升到本科学习。"陈先生听到这里，打断了我们的话，说："你们学生是想读书，还是想早毕业？你们希望早毕业好做官为宦？多读两年书有何不好？"

我们申辩说："不是这个意思。再说，早毕业进入社会，转入仕途也不是坏事。"陈先生听后便有些光火，说："你们根本不想认真读书。你们平时对社会上的重大问题也不愿研究，只知道考虑个人……"声调越说越高，语气失和。同学也不耐烦，起身就走，结果不欢而散。

陈先生送我们出门时，似有悔意。我在班上年纪较轻，在申述理由时，越次发言颇多，出门时走在后面，陈先生边走边对我问道："你是哪里人？"我回答说："湖南人，湖南联合中学毕业生。"他听后点点头说："你且留下，我们再谈谈。"我留下后，陈先生问我："你说说看，这事该怎么办？"我回答："同学们的意见是合理的，并不过分。没有教员和教室也不是您的责任，可以转告学校有关部门，让他们解决！"陈点点头。我又说："同学们要求通过甄别考试提前毕业，也是正当的。有人想做官入仕，不能说我们都是怀有做官的思想。今天没有解决问题，大家不会就此罢休。"陈先生若有所思地又点了点头。我谈完意见就告辞走了。

代表们回去报告交涉的经过后，果然，大家不以为意。经过讨论，又派我们三人再去找陈先生。这次陈答应了，同意向学校反映，设法分班。并说，提前毕业事还要经教育部核准。一场风波得以解决了。经过这件事后，我认识了陈先生，此后，我和他的交往逐渐多起来了，印象也逐步深入了。

北大时期的故事，还有一些，比如许德珩的那篇《我和陈独秀》，也有趣得很，亦称得上难得的资料。许氏是北大学生，听过陈独秀的课，他讲的那个故事，差不多把陈独秀的性格写活了：

"蔡元培到来之前的北大，校风很腐败，学生自由散漫，纪律松弛。蔡到校后，力图改革，整顿校风。陈独秀来校任文科学长，和蔡元培一起，积极推动北大的改革。

"陈独秀在整顿上课纪律当中，还与我闹过一场误会。当时我们班上有一同学是黎元洪的侄子。此人经常缺课，并叫人代他签到。陈独秀不调查研究，误听人言，就把这件事记在我的身上，在布告牌子上公布我经常旷课，记大过一次。我当时是一个穷苦学生，冬天穿夹衣过冬，宿舍里没有火，所以我不是在讲堂上，就是在图书馆里。当我见到这个记过布告时，十分惊异，并极端愤怒。我一怒之下，就把布告牌砸碎了。陈独秀性情一贯地急躁，他也大怒，对我的砸布告牌又记了一过。我又把第二个布告牌砸了，并站在他的办公室门前，叫陈独秀出来同他说理。此事立即叫蔡校长所知，经过蔡的调查，才知道是陈独秀搞错了，叫陈收回成命，并向我进行劝慰，此事遂告平息。这也就是陈独秀认识我的开始。"

从处理事情的简单化的一面看，他实在不会协调人际关系。后来创建共产党，每每与周围人发生冲突，证明其书生的本色，老于世故的那些手段与之是无缘的。陈独秀的特长应是编刊物，搞学问，做政治领袖则少有计谋。可偏偏扔掉所长，用之所短，这在他是一个损失，不过细细说来，他和鲁迅都有一个特点，就是都在做知其不可而为的事情，内心燃着火，对别人坦诚交流着。《新青年》创刊不久，因了影响之故，青年人的信雪片般地飞到编辑部，那时候是热情回答各类问题的。看读者的信，以及与他们的交流，则可见性格的一斑：细致、严格、庄重。陈独秀不是草草做事的人，想问题都很深，解答疑团又颇为耐心，读者通过刊物与回信，也看出主编的心理，其可感之处是很多的。记得有位叫毕云程的读者就发现了陈独秀内心苦楚和悲壮的情怀，可谓一语中的。在致陈氏的信中说：

"读大志，敬悉先生'最反对悲观主义'，甚佩甚幸。惟以仆之愚，窃见先生之于悲观，心虽非之，然以先生识见之高卓，而视普通社会之卑污龌龊，苟安旦夕，自不觉悲观之念，油然而生。此非仆之妄言，试观先生自谓'仆无状，执笔本志将一载，不足动青年毫末之观听'。此数语，盖为先生悲观之念之泉源也。"

毕云程在信的后部分温和地批评了陈氏的急躁，以为大可不必悲观，世间总会进化的。陈独秀看过此信，大概是动了感情，在复信里自省在"烈火焚居，及于眉睫"之时，说话不免"急不择语"。用今人的话说，是匆匆为之。此类心态在那时的知识界是常见的。鲁迅后来不就说过对民众的哀其不幸、怒其不争的话吗？《新青年》自创刊始，就一直裹在一种焦虑里，众人的文章不免亦有火气。那时候陈独秀已快到中年了，然而文字却毫无暮气，如燃烧的干柴，照着惨烈的世界。用一种暴烈的语言，散出了缕缕温情。在遥远的地方，都可以感受到冲荡的热力，而这，将一个漫长的夜，终于指示到了尽头。

七

能够真正提示陈氏精神内涵，且带有参照意味的人，是胡适。

胡适与陈独秀的结识，当在1916年前后，据说二人的通信，是由他们共同的老乡汪孟邹牵线的。1916年，《新青年》刚创刊不久，陈独秀正热情地投入到自己的编刊事业里。一向桀骜不驯的他，忽觉得自己的朋友资源有限，不禁有点焦急。胡适的出现，让其眼前一亮，仿佛找到了知音。那时胡适远在美国，正在写博士论文。但偶尔也写些短文和译一点作品，登在章士钊主办的《甲寅》上。与章士钊颇好的陈独秀，从《甲寅》上看过胡适的作品，那是得到过章氏的好评的。陈独秀关注胡适，大约基于以下几种考虑。一是远在美国，有诸多信息；二是文章清新，有锐气；三是精神的兴奋点相近，均有改造旧物，欲创造新的文明的冲动。其实胡适当时的心态与陈独秀并不一样。美国校园里的沉想有一点思乡之情，加之文化的梦想，对故园的思念里也带着哀其不幸的苍凉，根底不过是改良之心为主，并无"革命"的奢望。然而陈独秀则以内心的痛感和彻骨的体味，反感于周边的世界，要做的正是摧枯拉朽的大事。在没有见到这位留学美国的朋友之前，他大概将自己的情绪也外化到别人身上，总以为与自己是相同的。而当看到胡适清秀的笔迹和叛逆的意识时，我们的主编不禁为之一动。在这样的时候，陈独秀表现了尊强者、谦逊为怀的一面。这在他一生中是很少有的。他1916年8月致胡适的信，整个语调是中肯的，绝无别人印象中的杀气。要了解他的为人，这样的文字很难得，是不能不读的。在大量的遗稿中，类似的语调殊少，偶一闪动中也能看出心里的和善。鲁迅曾说："倘要论文，最好是顾及全篇，并且顾及作者的全人，以及他所处的社会状态，这才较为确凿。要不然，是很容易近乎说梦的。"陈独秀的形象多年被定格在一点上，他热情、厚道的一面很少被提及，若是能看到他人格的这一面，也就理解其个性的迷人之处了吧。

　　在后来与人的交往里，除了与托洛茨基的通信有过如此尊敬的口气外，他很少以类似的口吻说话。如此看来，能将《新青年》办得那么红火，与主编的甘做人梯，以及虚心的态度不无关系。胡适从美国回国，到北大任教，也是陈独秀的引荐，对一个思想界新星，他是敬重的，并不在意能否超过自己。1917年1月，在致胡适的信中，透露了他的心愿：即让其速速到北大任教。许多年后，当二人各行其路，不在同一营垒的时候，胡适仍念旧情，还到南京监狱里见过老友。《新青年》的共同生活与北大时的友谊，怎么能一下子忘掉呢？在我的推测看来，胡适与他只有友情而无深情。原因来自两个方面。首先是文化背景不同。一个是杜威的实验主义信徒，一个系法国与俄国大革命的崇尚者，哲学的脉络属于两个世界。其次是性格相距甚远。宽容与易怒、冲淡与峻急是难以兼容的。晚年的时候，有人写信于胡适，欲整理陈氏遗书，他的回答是：没有什么价值，大多是无用的。胡适觉得，陈独秀早年思想很浅薄，是杂凑的东西。后来又染有党八股气，亦不足为观。只是"晚年从痛苦中体验出来的'最后'几点政治思想是值得表彰"。只喜欢从学术层面打量人生的胡适，自然是漠视了旧友的意义。昔日《新青年》主编的良苦用心，并未被这位同路人所认识。

但是胡适确实看到了陈独秀致命的弱点。比如吧，对实验主义和唯物辩证法的认识，陈氏就混乱得很。胡适是将二者严格分开来的，陈氏则以为能合而为一用之，都是域外文明，为什么不能造一条阵线呢？胡适指出，辩证法来自黑格尔哲学，那是生物进化论成立之前的形而上学。而实验主义是后来的事，它诞生于生物进化论之后，属于科学的方法。两种思想自然就造成两种人生观，调和是无用的。陈独秀对这些背景，以及历史的景观了解有限。用胡适的话说，"未经过严格的训练"。所以他对这位《新青年》主编的评价，远不及对鲁迅那么高。鲁夫子创作上的成就与学术上的功底，在胡适看来是难以企及的。鲁迅那么讽刺他，却从不还手，大度为怀是一个因素，实在是钦佩，也是不能够排除的。

令胡适难堪和无可奈何的是，陈独秀的独断性和急躁性，是毁坏《新青年》以及新文人友谊的根由。他觉得这是难以接受的情感方式，也是知识群落里的痼疾。这是见仁见智的看法，后人也未必站在胡适的一边。不过回首当年，看那一段时光里的过客与隐士，难说陈氏的选择没有道理。用象牙塔里的公理，是不能量出尘世的一切是非的。只是在胡适的眼光里，令人视之，也有动人之处吧？1925年，在致陈独秀的信中，他写下了这样一段沉痛的话，现在重读，好像依然新鲜。也照出了陈独秀的性格特点，在那一封信的背后，现代文化尴尬的一幕也历历在目：

独秀兄：

　　前几天我们谈到北京群众烧毁《晨报》馆的事，我对你表示我的意见，你问我说："你以为《晨报》不该烧吗？"

　　五六天以来，这一句话常常来往于我脑中。我们做了十年的朋友，同做过不少的事，而见解主张上常有不同的地方，但最大的不同莫过于这一点了。我忍不住要对你说几句话。

　　几十个暴动分子围烧一个报馆，这并不奇怪。但你是一个政党的负责领袖，对于此事不以为非，而以为"该"，这是使我很诧怪的态度。

　　你我不是曾同发表一个"争自由"的宣言吗？那天北京的群众不是宣言"人民有集会结社言论出版的自由"吗？《晨报》近年的主张，无论在你我眼睛里为是为非，绝没有"该"被自命争自由的民众烧毁的罪状；因为争自由的唯一原理是："异乎我者未必即非，而同乎我者未必即是；今日众人之所是未必即是，而众人之所非未必真非。"争自由的唯一理由，换句话说，就是期望大家能容忍异己的意见与信仰。凡不承认异己者的自由的人，就不配争自由，就不配谈自由。

　　我也知道你们主张一阶级专制的人已不信仰自由这个词了。我也知道我今天向你讨论自由，也许为你所笑。但我要你知道，这一点在我要算一个根本的信仰。我们两个老朋友，政治主张上尽管不同，事业上尽管不同，所以仍不失其为老朋友者，正因为你我脑子背后多少总还同有一点容忍异己的态度。至少我可以说，我的根本信仰是承认别人有尝试的自由。如果连这一点最低限度的相同点都扫除了，我们不但不能做朋友，简直要做仇敌了。你说是吗？

我记得民国八年你被拘在警察厅的时候，署名营救你的人中有桐城派古文家马通伯与姚叔节。我记得那晚在桃李园请客的时候，我心中感觉一种高兴，我觉得这个黑暗社会里还有一线光明：在那反对白话文学最激烈的空气里，居然有几个古文老辈肯出名保你，这个社会还勉强够得上一个"人的社会"，还有一点人味儿。

但这几年以来，却很不同了。不容忍的空气充满了国中。并不是旧势力的容忍，他们早已没有摧残异己的能力了。最不容忍的乃是一班自命为最新人物的人。我个人这几年就身受了不少的攻击和诬蔑。我这回出京两个多月，一路上饱读你的同党少年丑诋我的言论，真开了不少的眼界。我是不会怕惧这种诋骂的，但我实在有点悲观。我怕的是这种不容忍的风气造成之后，这个社会要变成一个更残忍更残酷的社会，我们爱自由争自由的人怕没有立足容身之地了。

以自由主义眼光看世界的胡适，在这一点上赢得了后世的普遍赞扬，认为确有君子之风，非文化的独断主义。在中国这样的土壤上，排他与偏激易，包容则很难。一个残酷的事实是：陈独秀也好，胡适也罢，他们的那些文化之梦，都不大行得通，当两人冲突的时候，他们没有料到，那些话语那么无力，几乎影响不了现实，彼此还都是"国民公敌"，百姓和他们还是陌生的。

八

鲁迅对陈独秀，全然没有胡适这样的感觉，或许接触少，或许没有什么关注，总之，没有为之捏汗的负面看法。周作人当年曾因信教自由与否，和陈独秀有过交锋，不同意陈氏非难基督教的思想。那是1922年，周作人与钱玄同、沈兼士、沈士远、马幼渔等签名发表宣言，对陈独秀武断干涉宗教自由的行为殊为不满。鲁迅没有在宣言上表态，不知道何以未曾列名其中。他和周作人还住在一起，对一些事情是知道的。在鲁迅眼里，宗教确有文化上的意义，可是让人去膜拜，就有些问题，自己是不信它们的。我猜想，对陈独秀的观点，他未必不同意，支持也谈不上。在那样破败的环境下，纯粹的学理固然重要，而更为迫切的，却是造一批斗士，向黑色的王国进击。那时中国缺少的，恰是这类的人物。所以在评价这类现象时，不能不有一点儿踌躇的。欲言不行，不言又无可奈何，也许只有这样的沉默，才是一个交代吧？

有一次和钱理群先生谈天，讲到对陈独秀的评价时，他说：鲁迅一生对几件事没有表态，一是"新村运动"，二是陈独秀的非基督教活动问题，三是陈独秀入狱事件，四是科学与玄学的论战。这几个事件都是引人注意的，许多知识分子都卷入了进去。鲁迅为什么对此保持沉默，是有别的顾虑或别的什么？钱理群以为研究此一现象，或许能看出更深的问题。鲁迅精神某些难言之处，也保留在这里。这一发现是重要的。我粗浅的看法是，在鲁迅的对面，有诸多无法言说的世界，在打量它们的时候，传统的话语失去了力量。这也就是《野草》题词的那句话："当我沉默着的时候，我觉得充实；我将开口，同时感到空虚。"在知识群落自以为热点的地方，我们有时看不到他的影子，反而消失了。那个热闹的世界不属于他。对陈独秀，用赞佩和否定的话都没有效力。鲁迅知道，自己和这位昔日的同人，各自存有精神的盲区，谁都不是圣人。

但于中国最缺少的，却是这样的孟浪之士。鲁迅曾坦言，政治自己是不懂的，对不懂的，便不好发言。在某个层面上说，他不喜欢从事政治事业，那和自己的爱好、性情相距甚远。只不过喜欢借着文学，表达一下政治层面的看法，至于那其间的风风雨雨，知之甚少。瞿秋白和他交往时，联系二人的主要是文坛上的因素，并无政治上的热情，那些明暗相间的烟云只是一闪，便从视线上消失了。根底还是具有文学家的情趣，它占了上风。在中国最黑暗的年代，他坚守的是以文学的方式说话，而不是相反。有时候想一想，两人在许多方面，并无可比性。在现代史上，他们的各自存在都是有着不可兼容的地方。

只是在一篇文章中，鲁迅为陈独秀画了一幅画像，其中都是形容词，精神的特色跃然纸上，无言之语尽在墨中。那篇文章是悼念刘半农的，其中说了些佩服的话，语言不多，意思是明了的。

鲁迅很少对《新青年》同人进行总体的描述。这里却透露出了一些信息，至少对陈独秀，不是亲密的关系。他坦言只是"佩服"，心里不能说没有保留。对《新青年》这位主编的性格的感受是深切的，长处与短处尽在眼中。文中与胡适的对比，颇为有趣。较之于胡适，陈氏毕竟有可爱之处，他心直口快与朗然的风格，虽不免有造势之嫌，但一切历历在目，并无杂质。鲁迅自认自己内心的黑暗，他憎恨这些，又挥之不去。在《新青年》别的编者中，是看不到这些的。似乎没有人像他这样含有如此多的毒素，那是被古老的鬼气缠绕过的。在昏暗的屋子里，有过慢慢待死的绝望，并无走出的渴念。他知道一切都会重归于死灭，挣扎不过是挣扎，光明终要隐于暗夜里。这样的时候，有几个像陈独秀、胡适式的人出来，佩服是有的，却并非样样认同。这是怎样的清冷与凄苦！一个人的存在与另一个人的对照，相关着又隔膜着。后人对此，仅能体味，却难理清，当回望他们的时候，我的感受仅此而已。要说清其间的故事，是难之又难的。

九

"革命"一词，今人已不太喜欢碰它，那与"文革"的灰色记忆有关吧？海外早有人喊出"告别革命"，那是对旧有的遗存的一次叛逆。但"告别革命"很有一点儿马后炮的意味，要是细究，也与五四学人告别孔家店一样，内在的逻辑是，推倒重来，不再走昨天的路。"告别革命"与"全盘西化"在理论的深层上是同一种思维，从境界上而言，难说有什么新意。不过这个口号也提出了一个问题，陈独秀那代人开始的革命，是否必要？在历史的进化中，精神上的突变、断裂，究竟给社会带来的负面因素多呢，还是益处多？

谈到"革命"这个词，不由得想起《易经》里的一段话："汤武革命，顺乎天而应乎人。"晚清之后，留日的学生从日文中重新发现了该词，但那是日本人对英文 revolution 的翻译，内蕴与汤武的流血历史稍稍有别。晚清的文人，曾以谈"革命"为时髦，党人之中尤钟情于此类话题，且津津乐道。那时的文人面临的议题是"排满"，办法呢，自然不是和平主义，大多主张血与火的解放。章太炎《排满平议》云：

"近世革命军兴，所诛将校什九是汉人；尔游侠刺客之所为，复不以满人、汉人为别。徐锡麟以间谍官于安庆，适安徽巡抚为恩铭，故弹丸注于满人之腹。令汉人为巡抚，可得曲为赦宥耶？吴樾所判满人、汉人则相半，谁谓汉官之暴横者，吾侪当曲以相容乎？然而必以排满为名者，今之所排，既在满洲政府，虽诛夷汉吏，亦以其为满洲政府所用而诛夷之，非泛以其为吏而诛夷之。是故诛夷汉吏，亦不出排满之域也。或曰：若政府已返于汉族，而有癸辛桓灵之君，林甫俊臣之吏，其遂置诸？应之曰：是亦革命而已。"

章太炎的弟子中，有许多是喜谈革命的。周氏兄弟就主张"思想革命"，钱玄同有"文字革命"的狂言，吴承仕呢，直接变成了马克思的信徒，比老师走得还要远。不过，在章氏圈子之外诸多高举旗帜的人中，陈独秀大约是最有革命气节的人，说其一生献身革命，也不为过的。文章中，以革命为题的甚众，其中《文学革命论》《俄罗斯革命与我国民之觉悟》《革命与作乱》《革命与制度》等等，都杀气腾腾，绝无温良恭俭让的柔弱之气。陈氏相信革命之伟力，非"汤武"时代的，他将此视之为"犹古之遗也"。在他眼里，欧洲的近世文明之所以能够出现，与法兰西的革命有关。倘若不是法兰西人的涤荡旧物，废除君主贵族统治，欧洲大约还在旧的暗影中徘徊。陈氏不太喜欢日本式的改良，虽多次赴日，却并不欣赏东方主义的情调，倒是对法国式的变革颇感兴趣。法国之外，让他激动的还有俄国的社会革命，他以为其中"为民主主义人道主义之空气所充满也"。较之章太炎、周氏兄弟，陈独秀并不满足于思想革命与文学革命，他注重的是制约文学与思想的社会的转化，晚清的文人大多相信进化论，但言及社会问题，进化论就上升到革命话题上，这好似有着必然的逻辑关系。五四前后，陈独秀每每谈到革命，就有些兴奋，甚至对该词有崇仰之态。《文学革命论》开篇就说：

"今日庄严灿烂之欧洲，何自而来乎？曰，革命之赐也。欧语所谓革命者，为革故更新主义，与中土所谓朝代鼎革，绝不相类；故自文艺复兴以来，政治界有革命，宗教界亦有革命，伦理道法亦有革命，文学艺术，亦莫不有革命，莫不因革命而新兴而进化。近代欧洲文明史，宜可谓之革命史。故曰，今日庄严灿烂之欧洲，乃革命之赐也。"

可以将这一段话，视为陈氏精神逻辑的核心点。治学也好，治党也好，均以洗心革面之态为之，那是他的不与别人相同的地方。陈独秀的文章大多是讲道理的，非学术的陈述。他的悟性颇佳，看问题点到为止，不甚追究。比如描绘中国社会落后的根由，几乎针针见血，有惊世骇俗之论。可是讲到域外文明，只是提纲式的、感悟式的，显得并不严密。托洛茨基说陈氏不是理论家，可说点明了其身上的特点。不过"革命"一词，后来被世人用得过滥，凡事皆云"革命无罪"，便渐渐走到了反面。后世学者，讨论"文革"灾难，以及民族虚无主义的形成，每每将陈氏那代人的理念视为源头，或许也有些道理。在我看来，陈独秀的革命观，有其特有的内涵，那本质上的，还是人道的、开放的、现实的东西。不过，后来的革命何以演变为民族的悲剧，那是另一个问题，现在将恶果都算在他那一代人的身上，大概是把复杂的问题简单化了。

十

中国的现代，用一位日本学人的看法，是"被现代"的过程，并非自然而然地与传统分离。西方的科学、民主来了，日本的上下，中国的朝野，便有了生存的压力，不走西方的路，那结果只能是沦为附庸，或被远远地抛在后面。陈独秀早年同情"康党"，继而排满，后来搞起文学革命，都有西方的学术背景。不过陈氏的知识积累，给人的印象是散发状的，并不系统。接受的只是西方人的结论，并不是思想演变的过程。用洋人的现成的学说来看中国，自然照出其间的千疮百孔。《新青年》中发表的文章，有一些是击中要害的。我以为它的重要特点是点击了国人的病态肌体，将政治上、文化上、民风上的陋习一一点出，文章的气脉直逼人心。细看陈氏的文章，逻辑前后有些凌乱，没有章太炎的丰满，亦无胡适的缜密，和周氏兄弟觉悟沉郁深远的文字比，有些直白，过于裸露。陈独秀不屑于写悠然自得、诗意盎然的文章。他的古诗其实也有情调，不过文章则迅急孟浪，将士大夫的雅趣驱走了。他的可爱在于，与旧的传统断然决裂，毫无精神上的留恋。后来在政党风云里，不唯上，敢直面问题，都是此种精神使然。不过他的思想跳跃过大，有时也失之偏颇。比如谈到"民主"，他就前后概念有别，姜义华先生认为，这种前后的变化，表明了"中国启蒙运动经常徘徊、彷徨于理性及非理性之间这一重要特征"。他说：

　　"《新青年》对民主的内涵作了多重阐发，但是，大多目标明确，如何实现却常常流于空洞化。《新青年》要求人们能够确立'自主自由之人格'，却未指明如何在实际生活中打破家族宗法制度的枷锁，如何切实改变落后分散的自给自足的小生产方式；《新青年》要求人们都有思想与言论的自由，却未指明如何使人们摆脱愚昧状况，能够思想，能够表达自己的思想；《新青年》要求通过选举与多数裁决体现和保障多数人的意志，却未指明在中国地域、人口、发展水准等实际条件下，如何保障选举与多数裁决不为少数军人、政客、财阀所控制；《新青年》要求实行地方自治，实行宪法权威下的法治民权力制衡，却同样未指明如何使这一切不流于形式，而取得实效。结果，一阵阵摇旗呐喊，虽然造成了浓厚的空气，思想上的解放却并未带来它所追求的政治的民治主义、民权的民治主义、社会的民治主义及生计的民治主义的实际。"

　　姜义华的看法颇具有代表性，大约是看到了那一代启蒙主义者内在的欠缺。不过在那样一个时代，房子未得建成先搭上帐篷，也未尝不是救急的办法。可后来的革命者满足于帐篷，不屑于在思想上和哲学上苦苦探索，于是便使几代的"理论家"大多犯了陈独秀式的错误，重结论而少过程，偏豪言而远独思，直到"文革"时期，我们看"左派"的文章，大多沿着此条路径滑行，后世学者每每批判五四学人的简单化和理性的孱弱，不是没有原因的。

　　但陈独秀毕竟是心口一致、言行统一的人物。他一生五次入狱，失败了还战，不做别人的奴隶，且坚守着"德先生"与"赛先生"的立场，终于使其成了旷世英雄。他在《研究室与监狱》一文中说：

　　"世界文明发源地有二：一是科学研究室，一是监狱。我们青年要立志出了研究室就入监狱，出了监狱就入研究室，这才是人生最高尚优美的生活。从这两处发生的文明，才是真文明，才是有生命有价值的文明。"

只有人间的豪杰与狂放之士，才会写出此种文字。我记得胡适等人，都曾对此发出感慨，那是在黑暗与绝境中不满于人生的人才有的感叹。而其实，他一生就是在监狱与研究室间度过，其生命的本身，就是与革命和学问连在一起的。

古罗马时代有个哲人叫路吉阿诺斯，他写过一本厚厚的对话录，上究苍穹，下诘名士，将古往今来的哲人佛人大大地诋毁了一遍。路吉阿诺斯是个极端孤傲的辩士，看他讥刺柏拉图和宙斯，就让人想起天马行空的狂人。尼采的身上，就有些此类特征。陈独秀、鲁迅也庶几近之。有趣的是，这本书的汉文译者，竟是周作人，看来五四那代人，对存有英雄气节的人，是有着神往的一面吧？参与过《新青年》的人，性情里都有激进的因素，向以平和中正自居的胡适、周作人，也都说过和陈独秀类似的话。但前者最终退到了研究室，后者却成了监狱里的常客，几陷囹圄。你难说哪一种选择是对是错，但对后人而言，那却是一个长长的话题。在一个旧传统顽固至极点的国度，革命有它的合理性。没有精神的撞击和社会的大规模改造，不会在根本上解决社会问题。革命也带来了另外的问题，那是没有办法的。我们对此，研究得还远远不够。

十一

对于陈独秀而言，坐牢与杀头并不可怕。他一生几陷绝境，险遭暗算，却并不惊恐。那英雄之举，是鲁迅、胡适等人自叹弗如的。鲁迅向来不喜欢赤膊上阵，以为那样牺牲过大，对己对人，都是不小的损失。当国民党当局通缉他时，他选择的办法是逃逸，躲到租界地里。熟悉鲁迅史料的人，大约都能领略其思想的个性。他的躲避冷箭，也可以说是积蓄力量，和对手进行长久的周旋。但陈独秀则不然，他直面着敌人，就那么走过去，遭到监禁，则是必然的。

五四运动爆发的那一年6月，陈独秀竟像学生一样走到街头，在大庭广众间散发传单，后被抓住入狱，其举止让知识界为之一叹。关于那个事件，后人描述甚多，每每回味，都让人为之感叹。徐承伦曾有《陈独秀的被捕及其营救》一文，系统介绍陈氏几次入狱之事，浩大的气魄跃然纸上。陈氏在狱中，照例慷慨激昂，毫无面临绝境的惊恐。著书、诟世，甚至性活动，照常如日，真真让世人瞠目结舌。陈独秀的几次入狱倒让人想起俄国的十二月党人，他们的胆识、勇气，让当局无可奈何。因为《新青年》传播思想的威力，陈氏那时名声远扬，入狱反而加大了自己的影响力。革命不都是夸夸其谈，纸上谈兵，章太炎如此，邹容如此，陈独秀亦如此。营救陈独秀，在当时成为社会的一个重大事件，连一些和他学术观点不同的人也对其伸出援助之手。现在看那些文件资料，令人感到一种温暖，李大钊后来在《欢迎独秀出狱》一诗中写道：

> 你今出狱了，
> 我们很欢喜！
> 有许多的好青年，
> 已实行了你那句言语：
> "出了研究室便入监狱，
> 出了监狱就入研究室。"
> 你便久住在监狱里，
> 也不需愁着孤寂没有伴侣。

那个时代的坐牢，今人已难解其环境的状况，好似罩上了一层英雄的光环。其实查民国初的档案资料，亦可见境况之险恶。文人的坐牢，大多面对不讲道理的军痞，其状之苦也非外人可知。陈独秀是个有信仰的人，军阀与政客均不在他的眼里。他那时主张青年与政府作对，直接张扬暴力，对青年的鼓动不言而喻，其实五四运动的爆发，就与他深有关系。罗章龙后来写回忆文章，就讲到了陈氏的诱力：

陈先生当时确具革命领导者的品质。他学识渊博，才能出众，目光敏锐，敢说敢干，与刚从美国留学回来，倾心于美式民主、宣扬实用主义的胡适相反，他常向我们谈到法国大革命和巴黎公社，对巴黎市民攻破巴士底狱和建立工人政权的革命壮举十分向往。他常说，人类文明的发源地有二：一是科学研究室，一是监狱。并以"出了研究室便入监狱""出了监狱便入研究室"的豪言与我们青年共勉。五四时他一再强调，要采取"直接行动"对中国进行"根本改造"。他的这些言论非常符合当时激进青年的心意。青年们对他十分敬佩，亦紧亦趋团结在他周围。正是在他的这些号召的鼓动下，易克嶷、匡互生、吴坚民、宋天放、李梅羹、王复生、刘克俊、夏秀峰、张村荣、吴慎恭、吴学裴、王有德和我等各院校的青年学生，在五四前夕，秘密组成了一个行动小组。在五四那天采取了"火烧赵家楼，痛殴章宗祥"的直接行动。

用暴力、流血的方式进行抗争，在今天已被诟为恐怖行径，殊不可取。但那个时代，却被视为应有之举，乃正义的行为。蔡元培当年也主张暗杀活动，这与其彬彬君子之态并不吻合。而你看李大钊敦厚慈善的目光，哪能与武装起义联系起来？在社会不能渐进到民主公平的时代，革命情结便易在知识阶层滋长。所以在李大钊以及北大青年学子的眼里，陈独秀的赴汤蹈火，实在有点英雄气概。王观泉先生将其视为中国的普罗米修斯，也是一种仰观后的感叹。中国的知识群落，纸上谈兵皆有本领，待到现实选择时，大多不敢以身殉道。陈氏的言行一致，且一生不改此志，至死亦持故态，确让人肃然起敬。选择的不是舒适、荣华，而是清贫、寒苦，那就有点清教徒的特点。在哲学的层面看，他不属顺生而行的人，乃逆性而上的怪杰。所谓逆性，并非禁欲，而是与世风相违，做他人难做的事。比如放着教授、显达之路不走，偏偏受苦；本能跻身社会上层，如胡适那样成为党国的贵客，但却只身流亡，过着饥肠辘辘的生活。现代文人中，此类异端很少，真真是为真理殉难之人。难怪毛泽东在1919年听到陈独秀入狱的消息，在《湘江评论》上赞美他是"思想界的明星"，且长叹"我祝陈君至坚至高的精神万岁"。五四前后的青年多少都感受到了他的光泽。比之于章太炎、梁启超等社会名流，陈氏与青年学子在思想与情感上贴得更近，绝无学者的超级大国气与枯涩。知识分子一旦走下讲台，到民间去，那感召之力，则非象牙塔里的任何硕儒可以比肩了。

十二

留意《新青年》时期鲁迅、陈独秀诸人的文章，发现他们隐隐地有着悲观的感觉。鲁迅的灰色大家是公认的，陈独秀在压力之下，也有一丝无奈的哀叹。这哀叹虽很小，不经意里偶尔吐出，但那也能让人反复地去想，他后来走上政治之路，高谈革命，实在是对青年与大众绝望的缘故，《新青年》六卷一号上，陈氏有一篇《本志罪案之答辩书》云：

"本志经过三年，发行已满三十册；所说的都是极平常的话，社会上却大惊小怪，八面非难，那旧人物是不用说了，就是咕咕叫的青年学生，也把《新青年》看做一种邪说、怪物，离经叛道的异端，非圣无法的叛逆。本志同人，实在是惭愧得很；对于吾国革新的希望，不禁抱了无限悲观。

"……

"西洋人因为拥护德赛两先生，闹了多少事，流了多少血；德赛先生才渐渐从黑暗中把他们救出，引到光明世界。我们现在认定只有这两位先生，可以救治中国政治上道法上学术上思想上一切的黑暗。若因为拥护这两位先生，一切政治的压迫，社会的攻击笑骂，就是断头流血，都不推辞。"

革命乃不得已而为之的选择。古老的旧势力拦在那儿，青年们懵懵懂懂，于是只剩下了激进的选择。1919年，俄国革命的经验传来，马克思主义学说渐渐在知识界流行，李大钊、陈独秀便把目光投向共产主义一脉。陈独秀等人转向马克思主义，并无什么思想准备。1919年《新青年》六卷五号出现了马克思专号，一年多以后，中国共产党就成立了。那时候没有几位马克思主义理论的专家，对知识阶层而言，不是精深读解的问题，而是如何运用、实践的问题。革命乃唤起大众，一同推翻旧世界。李大钊在谈到青年对待现实的态度时，就颇为赞佩陈独秀的观点，以为今天的我应与昨天的我不同，就是说，要自己革自己的命。至于对社会问题，自然就是到民间去。他引用马克思的观点，以为旧的制度终究要消亡，而消亡的途径自然离不开革命云云。

陈独秀一提起革命的话题，便有兴奋之状。他后来尤其倾向于俄国革命的模仿，以为那里有中国人可借鉴的东西。中国共产党成立之初，苏联派来的联络员曾得到了陈独秀的热情接待。他在那些友人身上，似乎也感受到了新的气息。俄国革命的诱人之处，是贫苦的百姓翻身解放，下层人成了社会的主人。这一点对中国人而言，是自古未有之事。比之于辛亥革命，俄国革命似乎更为决然，在根本上异于旧的制度。陈氏对此，是颇为神往的。因为先前他就觉得，中国虽已进入了共和时代，可人们的精神还停留在过去，和明清没有什么区别。所以他曾说：

"现在人心大变了，马上就要和从前两样。所以欧、美、日本连政府也都在那里赶紧讲究什么贫民生计、保护劳工、劳工组合、劳工教育、分配公平、遗产归公等等政策，好预防那社会革命。

"我们中国的文武官，还正在那里聚精会神兴高采烈地用那造孽的钱，预备一辈子享用。他们哪里知道什么社会革命！他们哪里听见什么贫民的哭声!"

从百姓的哭声里，悟到社会革命的必要，进而进入社会主义，这在陈氏那里有着逻辑的联系。后来，他对共产主义运动的手段思路几变，前后略有差异，但基本的思路是以民为本，倡明人道的价值。这是他思想中动人的地方。多少年来一以贯之，毫不动摇。我们于此能嗅出早期共产党人的精神底色。

五四初，陈独秀看重的是思想启蒙的问题，后来他发现，现存的制度下，思想启蒙的任务殊难完成，会流于纸上的空谈。改变人的精神，重要的途径是要改变这个社会，唯有社会结构变了，人的精神才会相应有所变化。这个思路，应当说是俄国人带来的。在俄国革命的选择里，陈氏与李大钊诸人，都看到了一种纯粹精神外化到现实中的可能性。他追求的恰恰就是纯粹。1933年，他在狱中所作的《辩诉状》里，有过这样一段话，道出了内中的本原:

"半殖民地的中国，经济落后的中国，外困于国际资本帝国主义，内困于军阀官僚。欲求民族解放，民主政治之成功，绝非妥协的上层剥削阶级全躯保妻子之徒，能实行以血购自由的大业。并且彼等畏憎其素所践踏的下层民众之奋起，甚于畏憎帝国主义与军阀官僚。因此，彼等亦不欲成此大业。只有最受压迫最革命的工农劳苦人民和全世界反帝国主义反军阀官僚的无产阶级势力，联合一气，以革命怒潮，对外排除帝国主义的宰制，对内扫荡军阀官僚的压迫;然后中国的民族解放，国家独立与统一，发展经济，提高一般人民的生活，始可得而期。工农劳苦人民一般的斗争，与中国民族解放的斗争，势已合流并进，而不可分离。此即予于'五四'运动以后开始组织中国共产党之原因也。"

读斯短章，看出了作者的一片痴情。为人为己，绝不伪态。所选之路，险而多阻且临难不悔，或许其中亦有乌托邦的形象，空幻的内涵，但真与诚，慈与悲历历在目，有浩气当空之感。如今翻检陈氏旧作，便生出丝丝慨叹：最初的信徒，往往以身殉教，有真气于斯。而后来的子孙，往往坐而论道，坦然"吃教"，变成了鲁迅所云的"做事的虚无党"。这大概是陈独秀那代人未必料到的。

十三

我们这个民族，说起来有着诸多悲剧的性格。鲁迅在自己的文章里，已多次谈及于此。陈独秀的存在，照出了这个民族深切的痼疾。他的生与死，与周围的环境，多有不合。如果打一个比方，就可以看出其间的景象：鲁迅像一个摸脉的人，觉出了其间的重病，且将其说了出来；陈独秀呢，就像操着手术刀的人，真的动起了剪子。动了剪子，就要流血，生死难卜，是件冒险而又必做的事。所以这后者，更严峻、更残酷、更惊心动魄。我有时想，陈独秀的文章，远不及其一生的故事感人。鲁迅是靠文字与思想而立于世间的，那其间的奇气与智慧，让人心魄牵绕。陈独秀是以生命的血与火书写自我的，他的几起几落，大开大阖，比他的文字要有魅力，写着人间的真义。陈氏在义理上独成一家，空想的东西有时束缚了手脚，一些看法难以操作，后人对此已有着不同的看法。不过在思想的深与气节的高这两点上，亦为世人所公认，非同代一些人可以相提并论。试问，一生为信仰所驱，不昧良知，不趋权贵，甘为平民的斗士有多少呢？

近来一些狂妄之士，每每讥刺陈独秀、鲁迅，以为他们是唯能激愤，只会破坏，不能反思自己，其实是一大谬论。陈氏诸人谈自由，并不强奸民意，言公平之时，倒是反对泯灭个性的。他们的个人解放，非放纵式的，用鲁迅的话说，是"自他两利"。五四那代人，很懂自由的界限，并不是极端的虚无主义。有一些话看似过激，实则是悟道之言。向以中庸、平和自居的读书人，每每绕过此域，不屑一顾，那实则是一个不小的盲区。倘若不是陈独秀等人披甲上阵，与旧物作对，国人的旧梦，不知还要多久呢。且看陈氏在抗战时的一篇讲演，将激进与自由讲得何等明澈：

"思想是人类心灵即智慧之内在的活动，一受束缚便阻碍了它的发展，其发展无论至何程度，都无碍于他人，所以应该是绝无限制的；至于涉及行动，在公德上，自由仍不应限制，因为它的对象，是公共利益，而非个人，在私德上，在国际法上，便不然了。个人的自由，应以他人的自由为限，一国的自由，应以别国的自由为限，过了此限，在个人为强暴，在国家为侵略，强暴与侵略，都对于人类整个的自由，加了伤害，这是应该制止的。譬如日本，在明治维新以前，因受了别国的压迫，他们为自由而战，是正当的，现在他们为侵略中国而战，为侵犯中国自由而战，便不正当；中国对日本抗战，是为了自己的自由而战，则是正当的了。所以中国对日抗战，并不只是要收复失地，而是要争取整个的民族自由。日本从前曾提过中日亲善的说法，我们并不反对中日亲善，可是他所谓亲善，乃是要他坐着，中国人对他跪着的亲善，我们便不得不为自由而战了。"

人被奴役了，为什么不去抗争呢？抗争的目的，不是自己再做了主子，重新奴役着别人。陈独秀对此十分清醒。后来一些奢谈革命的人，大都没有陈氏的境界，倒似阿Q一般，革命不过是为己身捞到一点儿好处。近代以来，革命的发起者与他的追随者，大多呈现着背离的状态。遥想孙中山的一生追求和他的继任者间的差异，当可见革命的经文的不同版本。鲁迅在1927年的血腥里，就看到了重新做了奴隶的悲苦。陈独秀的内心，也是如此吧？

晚年的时候，陈氏不断与各类人物论战，几陷险境，其实隐含着一个本质，即对非奴隶又非奴隶主的新人的生活的渴望。看他在报刊上所写的文章，以及与友人的交往，其态颇有斗士之风，未能与流俗共语。我们看台静农对他的追忆，就有别样的气韵。他在政治舞台奔波数载，且未染一丝市侩之风，用郑超麟的话说，是个不会搞阴谋的人。五四学人中，至死仍保持个人独立者，唯陈氏与鲁迅而已，胡适做了名流，周作人成了隐士，而他们二人却在沙漠里独自前行着，从未有歇息的清闲，中国的知识群落，面对他们，当感惭愧的。

十四

台静农先生曾以"酒旗风暖少年狂"为题，写陈独秀晚年的壮烈之气，真是让人动情。陈独秀的伟岸的形影，一一在目，传神之处多多。台氏的回忆文章，言学术活动较多，几乎没有涉及政治问题，可陈氏的风范里依有狂傲的因素，那是令读书人钦佩的。比如在一封致台静农的信中，表达了学术的看法，那其中，依有《新青年》风采，豪放的影子亦在：

"中国文化在文史，而文史中所含乌烟瘴气之思想，也最足毒害青年，弟久欲于此二者各写一有系统之著作，以竟《新青年》之未竟之功。"

晚年的陈独秀热衷学术，想的是《新青年》未竟事业，那里隐含着对政党政治上的绝望吧？政党政治需成千上万的人齐心合力去做。但在他而言是殊难之事，可说碰得头破血流，但学问之道，系个人的事情，不必受别人的暗示，大可以自由往来，以己乐为乐。比之于章太炎、梁启超、章士钊诸人，陈氏一生未改年轻狂态，至死犹抱革命情怀，是鲁迅所肯定的那类人物。我常常想，《新青年》同人分裂后，鲁迅对胡适、钱玄同、周作人均有过微词，和沈尹默、刘半农也十分疏远。唯独未去抨击陈独秀，这里很有些意味深长的。章太炎、梁启超的晚年喜谈学术，但对社会变革兴致已减。周作人、钱玄同做了"隐士"，血性内敛在心里，不被外人明了。鲁迅对此是失望的。陈独秀的晚年，入了监狱，仍不减锐气，是轰动一时的事件。那时候鲁迅所加入的"自由运动大同盟"曾派杨杏佛调查过此事，后未果。鲁迅对营救陈独秀的态度如何，因无资料，遂不得而知。但我据他追悼章太炎的文章推测，对陈氏的抗争到底的选择，是会欣赏、赞佩的吧？那篇写章太炎的文章，就有这样一段话，颇有余韵：

"……既离民众，渐入颓唐，后来的参与投壶，接受馈赠，遂每为论者所不满，但这也不过白圭之玷，并非晚节不终。考其生平，以大勋章作扇坠，临总统府之门，大诟袁世凯的包藏祸心者，并世无第二人；七被追捕，三入牢狱，而革命之志，终不屈挠者，并世亦无第二人：这才是先哲的精神，后生的楷范……"

上述的短论，倘细细分析，则可看出鲁迅的看人的标准。学问固然重要，但做一个斗士，一个不被外物所累的革命者，肯至死不渝，那才有着真的人生。他在评论刘半农时，也有类似的态度，喜欢其在《新青年》时代与旧物作对的洒脱，而厌恶后来的学者腔、教授态，等等。托洛茨基曾有"不断革命"之说，那指的是社会变革之事。而鲁迅、陈独秀则是不断抗争的人，既与旧的势力对峙，又与旧我挣脱，在人格的层面，可说是罕有之人，也可说是"不断革命"的。唐宝林的《陈独秀传》写其晚年生活，看到了陈氏"终身反对派"的悲烈，多有传神之笔，或许代表了后世学者的普遍看法。大凡深入陈氏的世界，倘撇开意识形态的因素，看其精神，都会有所感动。陈氏一生，论敌多矣：旧文人、官僚、军阀、教授、国民党、左翼文人、中国托派……几乎所有的阶层、团体都与之格格不入，说他是国民公敌，也不为过。他的看事看人，亦有偏颇走眼之处，一生的失误可说不少。可是大而言之，乃为了社会，小而见之，并非有丝毫的私心。考其晚年形状，于贫困潦倒之中，仍不甘于沉沦，自省己身，其情其状，惊世骇俗。若说有真正革命气节者，当非他莫属。

鲁迅曾主张，倘谈革命，言与行，当不可分裂。陈独秀就是这样的人。他的一生，坦坦荡荡，光明磊落。因于此，我们说他的身上，写了现代中国的隐秘，揭示了革命的明暗、曲直、利弊、忠邪，那是不错的。若谈文学的演化，鲁迅的文本自然是一个标本；可是要讲政治革命的悲喜，陈氏则含有深广的隐喻。一个失败了的英雄提供的意象，有时远比得志者要丰富、辽远。可是对于这样一个落难的英杰，人们现在似乎已不愿谈论他了。个中原因，真是让人思之再思。

原载《十月》2009年第3期

落红萧萧为哪般

迟子建

───────

萧红出生时，呼兰河水是清的。月亮喜欢把垂下的长发，轻轻浸在河里，洗濯它一路走来惹上的尘埃。于是我们在萧红的作品中，看到了呼兰河上摇曳的月光。那样的月光即使沉重，也带着股芬芳之气。萧红在香港辞世时，呼兰河水仍是清的。由于被日军占领，香港市面上骨灰盒紧缺，端木蕻良不得不去一家古玩店买了一对素雅的花瓶，替代骨灰盒。这个无奈之举，在我看来，是冥冥之中萧红的暗中诉求。因为萧红是一朵盛开了半世的玫瑰，她的灵骨是花泥，回归花瓶，适得其所。

香港沦陷，为安全计，端木蕻良将萧红的骨灰分装在两只花瓶中，一只埋在浅水湾，如戴望舒所言，卧听着"海涛闲话"；另一只埋在战时临时医院，也就是如今的圣士提反女子中学的一棵树下，仰看着花开花落。

我3月来到香港大学做驻校作家时，北国还是一片苍茫。看惯了白雪，陡然间满目绿色，还有点不适应。我用晚饭后漫长的散步，来融入异乡的春天。

从我暂住的寓所，向南行五六分钟吧，可看到一个小山坡。来港后的次日黄昏，我无意中散步到此，见到围栏上悬挂的金字匾额是"圣士提反女子中学"时，心下一惊，难道这就是萧红另一半骨灰的埋葬地？难道不期然间，我已与她相逢？

我没有猜错，萧红就在那里。

萧红1911年出生在呼兰河畔，旧中国的苦难和她个人情感生活的波折，让她饱尝艰辛，一生颠沛流离，可她的笔却始终饱蘸深情，气贯长虹。萧红留下了两部传世之作《生死场》和《呼兰河传》，前者由鲁迅先生作序，后者则是茅盾先生作序。而《生死场》的原名叫《麦场》，标题亦是胡风先生为其改的。可以说，萧红踏上文坛，与这些泰斗级人物的提携和激赏是分不开的。不过，萧红本来就是一片广袤而葳蕤的原野，只需那么一点点光，一点点清风，就可以把她照亮，就可以把她满腹的清香吹拂出来。

萧红在情感生活上既幸运又不幸。幸运的是爱慕她的人很多，她也曾有过欢欣和愉悦；不幸的是真正疼她的人很少。她两度生产，第一个因无力抚养，生下后就送了人；而在武汉生下第二个孩子时，萧红身边，却没有相伴的爱人，孩子出生不久即夭折。婚姻和生育，于别人是甜蜜和幸福，可对萧红来说，却总是痛苦和悲凉！难怪她的作品，总有一缕摆不脱的忧伤。

萧红与萧军在东北相恋，在西安分手。他们的分手，使萧红一度心灰意冷。不久萧红东渡日本，那期间，她的作品并不多，有影响的，应该是短篇小说《牛车上》。赴日期间，鲁迅先生病逝，这使内心灰暗的她，更失却了一份光明。萧红才情的爆发，恰恰是她在香港的时候，那也是她生命中的最后岁月。《呼兰河传》无疑是萧红的绝唱，茅盾先生称它为"一幅多彩的风景画，一串凄婉的歌谣"，可谓一语中的。她用这部小说，把故园中春时的花朵和蝴蝶，夏时的火烧云和虫鸣，秋天的月光和寒霜，冬天的飞雪和麻雀，连同那些苦难辛酸而又不乏优美清丽的人间故事，用一根精巧的绣花针，疏朗有致地绣在一起，为中国现代文学打造了一个独一无二的"后花园"，生机盎然，经久不衰。

萧军、端木蕻良和骆宾基，这几个与萧红的情感生活紧密相连的男人，在萧红故去后，彼此责备。萧红身处绝境，一盏灯即将耗掉灯油之际，竟天真地幻想着尚武的萧军，能够天外来客一样飞到香港，让她脱离苦海。萧红临终前写下的"半生尽遭白眼冷遇……身先死，不甘，不甘！"可以说是她对自己凄凉遭遇的血泪控诉！事实是，萧红去了，但她的作品留下来了，她用作品获得了永恒的青春！

我想起了多年以前，追逐着萧红足迹的美国著名汉学家葛浩文先生，对我讲起他当面指责端木蕻良辜负了萧红时，端木突然痛哭失声。我想无论是葛浩文还是我们这些萧红的读者，听到这样的哭声，都会抱之以同情和理解。毕竟，那一代人的情感纠葛，爱与痛，欢欣与悲苦，只有他们自己最清楚。端木蕻良能够在风烛残年写作《曹雪芹》，也许与萧红的那句遗言不无关系："我将与蓝天碧水永处，留下那半部《红楼》，给别人写了。"而且，按照端木蕻良的遗嘱，他的另一半骨灰，由夫人钟耀群带到了香港，埋葬在圣士提反女校的树丛中，默默地陪伴着萧红。只是岁月沧桑，萧红那一抔灵骨的确切埋葬地，没人说得清了。只知道她还在那个园子里，在花间树下，在落潮声里。

萧红在浅水湾的墓，已经迁移到广州银河公墓，而她在呼兰河畔的墓，埋的不过是端木蕻良珍存下来的她的一缕青丝而已。一个人的青丝，若附着在人体之上，岁月的霜雪和枯竭的心血，会将它逐渐染白；而脱离了人体的青丝，不管经历怎样的凄风苦雨，依然会像婴孩的眼睛一样，乌黑闪亮。

圣士提反女子中学规模不大，但历史悠久，据说范徐丽泰和吴君如就毕业自这里。它管理极严，平素总是大门紧锁。有一天放学时分，趁学生们出来的一瞬，我混进门里。然而一进去，就被眼尖的门房发现，将我拦住。我向她申明来意，她和善地告诉我，萧红的灵骨确实在园内，只是具体方位他们也不知道。如果我想进园凭吊，需要与校方沟通。她取来一张便条，把联系人的电话给了我。我怅惘地出园的一瞬，忽闻一阵琴声。循声而望，那座古朴的米黄色小楼的二层，正有一位梳短发的女孩，倾着身子，动情地拉着小提琴。窗里的琴声和窗外的鸟鸣呼应着，让我分不清鸟鸣是因琴声而起呢，还是琴声因鸟鸣才如泣如诉。

我没有拨那个电话。在我想来，既然萧红就在园内，我可以在与她一栏之隔的城西公园与她默然相望。圣士提反，是首位为基督教殉难的教徒，他是被异教徒用石块砸死的。以他的名字命名的女校，有一股说不出的悲壮，更有一股说不出的圣洁。其实萧红也是一个虔诚的教徒，只不过她信奉的教是文学，并且也是为它而殉难。她在文学史上的光华，与圣士提反在基督教历史上的光华一样，永远不会泯灭。

清明节的那天，香港烟雨蒙蒙。黄昏时分，我启开一瓶红酒，提着它去圣士提反女子中学，祭奠萧红。我本想带一束鲜花的，可萧红在园内四季有鲜花可赏，那红的扶桑和石榴，紫色的三角梅和白色的百合，都在如火如荼地盛开着。萧红是黑龙江人，那里的严寒和长夜，使她跟当地人一样，喜欢饮酒吸烟。我多想洒一瓶呼兰河畔生产的白酒给她呀，可是遍寻附近的超市，没有买到故乡的酒。我只能以我偏爱的红酒来代替了。

复活节连着清明，香港的市民都在休长假，圣士提反女校静悄悄的。我在列堤顿道，隔着栏杆，搜寻园内可以洒酒的树。校园里的矮株植物，有叶片黄绿相间的蒲葵，有油绿的鱼尾葵，还有刚打了骨朵的米子兰。我把它们轻轻掠过，因为它们显然年轻，而萧红已经去世68年了。最终，我选择了两棵大树，它们看上去年过百岁，而且与栏杆相距半米，适合我洒酒。一株是高大的石榴树，一棵则是冠盖入云、枝干道劲的榕树。铁栏杆的缝隙，刚好容我伸进手臂。我举着红酒，慢慢将它送进去，默念着萧红的名字，一半洒在石榴树下，另一半洒在树身如水泥浇筑的大榕树下。红酒渐渐流向树根，渗透到泥土之中。它留下的妖娆的暗红的湿痕，仿佛月亮中桂树的影子，隐隐约约，迷迷离离。

洒完红酒，我来到圣士提反女校旁的城西公园。一双黑色的有金黄斑点的蝴蝶，在棕榈树间相互追逐，它们看上去是那么的快乐；而六角亭下的石凳上，坐着一个肤色黝黑的女孩，她举着小镜子，静静地涂着口红。也许，她正要赶赴一场重要的约会。如今的香港，再不像萧红所在之时那般的碧海蓝天了，从我居所望见的维多利亚港和它背后的远山，十有七八是被浓重的烟霭笼罩着。大海这只明净的眼，仿佛患上了白内障。而圣士提反女校周围，亦被幢幢高楼挤压着。萧红安息之处，也就成了繁华喧闹都市中深藏的一块碧玉。不过，这里还是有她喜欢的蝴蝶，有花朵，有不知名的鸟儿来夜夜歌唱。作为黑龙江人，我们一直热切盼望着能把萧红在广州的墓，迁回故乡，可是如今的呼兰河几近干涸，再无清澈可言，你看不到水面的好月光，更看不到放河灯的情景了。我想萧红一生历经风寒，她的灵骨能留在温暖之地，落地生根，于花城看花，在香港与拉琴的女生和涂红唇的少女为邻，也是幸事。更何况，萧红临终有言，她最想埋葬在鲁迅先生的身旁。

走出城西公园，我踏上了圣士提反女校外的另一条路——柏道。暮色渐深，清明离我们也就越来越远了。走着走着，我忽然感觉头顶被什么轻抚了一下，跟着，一样东西飘落在地。原来从女校花园栏杆顶端自由伸出的扶桑枝条，送下来一朵扶桑花。没有风，也没有鸟的蹬踏，但看那朵艳红的扶桑，正在盛时，没有理由凋零。我不知道，它为何而落。可是又何必探究一朵花垂落的缘由呢！我拾起那朵柔软而浓艳的扶桑，带回寓所，放在枕畔，和它一起做星星梦。

原载《文汇报》2010年5月10日

文人的傲岸

李国文

辜鸿铭，民国初年文人。当时，他不但是文化界议论的焦点人物，因其民国以后还留着的清朝辫子，更是一个老百姓瞩目的风头人物。

上个世纪初，在北京的洋人生活圈子里，流传这样一句口头语，来到这座古城，可以不看紫禁城，不逛三大殿，却必须要看辜鸿铭。这也许还不足以说明他牛，举一例便了然了。此公在东交民巷六国饭店做演讲，入场是要收费的，并且价值不菲。那时，梅兰芳刚出道，红得不得了。看他的戏，包厢雅座的票价，也不过大洋一元二角，可要听辜鸿铭的演讲，却要比梅兰芳的票价多出八角，而且你未必买得到，因为海报一出，驻北京的外交使团就全给包圆儿了。

这让中国人有点傻，一看洋人对 Amoi Ku（辜厦门）如此高看，灵魂中总是蠢蠢欲动的，总是按捺不住的，那崇洋媚外劣根性就泛滥起来。第一，眼露谄光；第二，脸现羡色；第三、圆张着的嘴，再也合不拢。直到今天，你就看文化知识界的某些精英，只要隔洋的洋大人放个屁，立刻凑上去说好香好香的西崽相，就说明鸦片战争、八国联军以后，西方列强对中国人精神上的戕害，是何等久远和沉重，挺不起腰来的佝偻后遗症，至今也直不起来。于是，你便会了解在民国天地里，还留着辫子的辜鸿铭，因洋人的特别眷注，该是怎样引人在意了。

辜鸿铭的黄包车夫刘二，与他一样，也留着辫子。堪称天下无二，举世无双。可以想象，这一对主仆，从东城柏树胡同寓所出来，穿过王府井，穿过交民巷，直奔六国饭店，去发表演讲的这一路上，在闹市该造成多大的惊动了。那些附庸名流，巴结邀好的人，那些点头哈腰，鞠躬致敬的人，那些认为他牛得连老外也在乎的人，是多么想与他搭讪，与他攀谈，与他拉关系，借得一点洋人的仙气，好风光风光，肯定Good morning（早安），或者Good afternoon（午安），来不及地趋前表示崇敬了。

辜鸿铭不理这一套，或者也可以说，他压根儿不吃这一套，眼珠子一弹，招呼他的车夫刘二，愣着干吗？给我走人。

六国饭店的礼堂里座无虚席，听众翘首以盼，并不完全因为这硕果仅存的辫子，人们乐意花两块大洋，好奇是一面，但来听他的精彩演讲，为的就是享受一次语言的盛宴，则是更重要的一面。据说，他很看不起胡适，鄙夷地说，此人只会一点"留学生英语"，不识拉丁文和希腊文，居然要开西方哲学课，岂不是误人子弟么？而他在演讲中，时而英语，时而法语，时而德语，时而古拉丁文，时而"之乎者也""子曰诗云"地文言，从盎格鲁撒克逊，到条顿、日耳曼、高卢鸡，到那个在新华门内做着皇帝梦的袁大头，一路横扫过来，统统不在话下。

他之所以能够这样粪土一切，就因为他有足以粪土一切的本钱。这位在中国近代史上极为少见的学者，不但通晓汉学典籍，熟知中华文化的传统精神，更娴习英、法、德、拉丁、希腊、马来等9种语言，深谙西方文化。他的文学天赋，自是不用说了，哲学、法学、工学，兼及文理各科，均有深刻造诣。像他这样有大学问、有真学问的文人，在中国，他之前，肯定是有的，他之后，肯定是没有的了。至少，一直到现在，敝国尚未有一位称得上享誉全球的文史哲方面的大师出现，实在是很令人汗颜的。

当下，在中国，带引号的"大师"，还真有的是。碰上文坛聚会，大家一起吃饭，你会发现到场的"大师"，要比端上来的干炸丸子还多，一个个脑满肠肥，油光水滑。因为这班"大师"，倘非自封，便是人抬；若非钦定，必是指派，难免有一种假钞的感觉，水货的嫌疑。那些在文史哲方面的权威，名流，前辈，大佬，好一点的，饾饤治学，獭祭为文，顶多是一架两脚书橱而已；差一点的，狗屁不是，浪得虚名，一群文化骗子而已。由于在物质社会里，做婊子要容易些，立牌坊就比较难了，这就使得不做学问者，要比做学问者，活得更滋润，混得更自在。于是，那些权威，名流，前辈，大佬，也都来不及地脱裤子下海，所以，在这一界，假大空盛行，伪恶丑当道，也就不值得奇怪了。

大概民国初年，真正有学问的人，还是很被看重的。于是，1917年，就有辜鸿铭应蔡元培之邀请，到北京大学讲授英国诗之举出现，大家觉得可乐，大家也等着瞅这场可乐。果然，他首次出现在北大红楼教室中时，戴瓜皮帽，穿官马褂，登双脸鞋，踱四方步，好像刚从琉璃厂古董店里发掘出来的文物，配上那一根系着红缨的滑稽小辫，引起哄堂大笑。等到众学生笑到没力气再笑时，他开口了，声调不疾不徐，声音不高不低："诸位同学，你们笑我的辫子，可我头顶上这根辫子是有形的，而你们心中的辫子却是无形的。"顿时，全场哑然。

从那一天开始，他在北大讲授英国诗，学期开始的第一堂，叫学生翻开 Page one（第一页），到学期结束，老先生走上讲台，还是 Page one（第一页）。书本对他来讲，是有也可，无也可的，他举例诗人作品，脱口而出，不假思索，若翻开诗集对照，一句也不会错的，其记忆力之惊人，使所有人，包括反对他的，也不得不折服。据女作家凌淑华回忆，辜鸿铭晚年曾是她家的座上客，这位上了年纪的老人，犹能一字不移地当众背出上千行弥尔顿的《失乐园》，证明他确实有着非凡的天才。

他对学生说："我们为什么要学英文诗呢？因为诗乃文之精粹。只有得其要领，通其全貌，这样，才能将中华文化中温柔敦厚的诗教，译为西文，去开化那些四夷之邦。"在课堂上的他，挥洒自如，海阔天空，旁征博引，东南西北，那长袍马褂的穿戴，不免滑稽突梯，但他的学问却是使人敬佩的。他讲课时，幽默诙谐，淋漓尽致，嬉笑怒骂，皆成文章。用中文来回答英文问题，用英文来回答中文之问，学识之渊博，见解之独到，议论之锋锐，阅历之广泛，令问者只有瞠目结舌而已。因此，他的课极为叫座，教室里总是挤坐得满满的。

辜鸿铭（Thomson），字汤生。1857年生于马来西亚滨州，1928年终老北京。祖籍福建同安，故有辜厦门之称。幼年成长于滨州种植园，十岁赴英伦，以优异成绩考入爱丁堡大学，随后又赴德国莱比锡大学深造。这位生在南洋，学在西洋，婚在东洋，仕在北洋，获得过13个博士学位的中国文化巨人，与大部分学有所成的中国学人不同，先在国内奠定深厚的学养基础，再到国外充实提高。人是有一种喜新厌旧的趋向，先前耳熟能详的一切，常常会被后来才了解的事物的新鲜感所压倒，所以，辜老先生与那些到了外国以后盛赞月亮也是外国的圆，而对中国则视之若敝屣的假洋鬼子不一样，对于中华民族的文化，表现出强烈的尊崇。

光绪年间，他从国外归来，在张文襄幕府当洋务文书，任"通译"二十年。他一面为这位大臣统筹洋务，因为张之洞提倡实业救国，支持改良维新，一面精研国学，苦读经典，自号"汉滨读易者"。时值这位总督筹建汉阳兵工厂，他参与其事。张之洞接受另一洋务派，也是东南大买办盛宣怀的建议，委托一个外国商人总司其事。辜鸿铭和洋人接触几次以后，封了一份厚礼，请他开路了。过了几天，张之洞想和这个洋人见见面，他的下属告诉他，那洋老爷早让辜师爷给打发了。他把辜鸿铭叫来责问，辜正色地对他说，不一定凡洋人都行，有行的，也有不行的，我们要造兵工厂，就得找真正行的。辜鸿铭遂委托他的德国朋友，请克虏伯工厂来建造，结果，汉阳兵工厂在各省军阀建造的同类厂中，是最好的。这个厂出品的步枪"汉阳造"，一直很有名气。

所以，他对于洋人的认识，和那个时候普遍的见了外国人先矮了半截的畏缩心理，完全相反，他是不大肯买外国人账的。"五四"以后，文化人言必欧美，一切西方，恨不能自己的鼻子高起来，眼珠绿起来，是很令人气短的。直到今天，贩卖洋人的唾余，吓唬中国同胞的假洋鬼子，络绎不绝于道；外国什么都好，中国无所不糟的候补汉奸，可谓层出不穷，实在是让辜老先生九泉下不会很开心的。

鸦片战争之后，中国人被列强的坚船利甲，打得魂不守舍，崇洋羡洋，畏洋惧洋，已为国民心理常态。中国人对于西方的认识，已由过去的妄自尊大变为自卑自轻，更多的人甚至转而崇洋媚洋，这也是被列强欺压得快没有一点底气的表现。一见洋人，膝盖先软，洋人说了些什么，必奉之为圭臬。诺贝尔文学奖离自己尚远，就来不及马前鞍后地向洋人叩首。认识两个老外，到外国去过，便自以为高人一头。有的，索性躲到外国，寄人篱下，像哈巴狗一样对洋老爷摇头摆尾，以领美元津贴，吃垃圾食品而自甘堕落。

独这位辜鸿铭不买账，不怕鬼，不信邪，从1883年在英文报纸《华北日报》发表题为"中国学"的系列文章始，便以发扬国学，揶揄西学为己任。他先后将《论语》《中庸》《大学》译为英文，推介到国外。据说，在他之前，因未有更好的译本，孔子们的这三部经典著作，在西方知识界未得广泛反响，至此，才有更多的传播。1901—1905年，他的一百七十二则《中国札记》，分五次发表，反复强调东方文明的价值。

辜鸿铭认为，"要懂得真正的中国人和中国文明，此人必须是深沉的、博大的和纯朴的"，因为"中国人的性格和中国文明的三大特征，正是深沉、博大和纯朴，此外还有灵敏"。在他看来，美国人博大、纯朴，但不深沉；英国人深沉、纯朴，却不博大；德国人博大、深沉，而不纯朴；法国人没有德国人天然的深沉，不如美国人心胸博大和英国人心地纯朴，却拥有这三个民族所缺乏的灵敏；只有中国人全面具备了这四种优秀的精神特质。所以，辜鸿铭说，中国人给人留下的总体印象为"温良"，"那种难以言表的温良"。在中国人温良的形象背后，隐藏着"纯真的赤子之心"和"成年人的智慧"。

他用英文写成的《中国人的精神》（*The Spirit of the Chinese People*）一书，对于西方世界产生的反响，据说，一些大学哲学系将其列为必读参考书。其文章受到欢迎的热烈程度，还没有一个其他的中国文化人，可以相比拟。托尔斯泰与他有书信往来，圣雄甘地称他为"最尊贵的中国人"，罗曼·罗兰说他"在西方是很为有名的"，勃兰兑斯说他是"现代中国最重要的作家"，英国作家毛姆亲自来到北京，到他柏树胡同的寓所拜见他，向他求教，可见世人对他评价之高。

由于辜鸿铭非常了解西方世界，又特别崇尚中国文化，所以才有力斥西方文化之非的言论，如"美国人研究中国文化，可以得到深奥的性质；英国人如果研究中国文化，可以得到宏伟的性质；德国人研究中国文化，可以得到朴素的性质；法国人研究中国文化，可以得到精微的性质"。对于中国文化的推崇，到了如此地步，姑且不对这种趋于极端的一家之言，作出是非的判断，但在本世纪初，积弱的中国，已经到了殖民地半殖民地的地步，他能够说出这番中国文化优越论的话，也还是有其警世之义的。

当时，严复和林纾是把西方的文化翻译和介绍到中国来，多多少少是带有一点倾倒于西方文明的情结，但是，这位辜老先生，却努力把中国的文化，向西方推广，或许是对这种膜拜风气的逆反行为吧？他不但将《大学》《中庸》《论语》翻译出去，他还著有《中国人的精神》，或译作《春秋大义》，介绍中华文化的博大精深。这些译文，在国外有很大影响，德国，英国，甚至有专门研究他的俱乐部，不能不说是他对中华文化的杰出贡献。

他的名字曾经很响亮过的，虽然现在已不大被人提起，可在上世纪一二十年代，他却是京师轰动、举国侧目、世所尽知、无不敬佩的一位大学问家。而且他的幽默，他的行径，他的狂飙言论，他的傲岸精神，也曾制造出许多轰动效应而脍炙人口。凡知道辜鸿铭这个名字的人，首先想到的，是他的那根在民国以后的北平知识界中，堪称独一无二的辫子，那是辜鸿铭最明显的标志。辛亥革命，推翻清朝，第一个成就，便是全中国的男人头顶上那个辫子，一夜之间，剪光推净，独他却偏偏留起来，自鸣得意。他在清廷，算是搞洋务的，按说是维新一派，但皇帝没了，竟比遗老还要遗老，这也是只有他才能做出的咄咄怪事。周作人说过，辜鸿铭是混血儿，父为华人，母为欧人，所以他头发有点黄，眼珠有点绿，更像洋人的他，却一身大清王朝的装扮，不是在戏台子上，而是走在光天化日的马路上，能不令人有目睹怪物之感吗？

蔡元培任校长的北京大学，主张学术自由，主张开明精神，不光请这位拖辫子的遗老来讲课，也请胡适、傅斯年、陈独秀、周树人兄弟这些新派人物执教。这些新文化运动者，尽管不赞成他的保守的、落伍的主张，但对他的学问，却是敬重的。当时，学校里还有不少的外国教授，也都是世界上的一流学者。这些洋教授们，在走廊里，若看到辜老先生走过来，总是远远地靠边站着，恭迎致候，而辜氏到了面前，见英国人，用英文骂英国不行；见德国人，用德文骂德国不好；见法国人，则用法文骂法国如何不堪。那些洋人无不被骂得个个心服。就是这么一个有个性的老头子，不趋时，不赶潮，我行我素，谁也不在他的话下。一个人，能照自己的意志生存，能以自己的想法说话，活得有滋有味、有声有色，达到这样的境界，你能不为这个老汉喝一声彩吗？

有一次，一位新应聘而来北大的英国教授，在教员休息室坐着，见这位长袍马褂的老古董，拄着根手杖，坐在沙发上运气。因为不识此老，向教员室的侍役打听，这个拖着一根英国人蔑称为"pig tail"（猪尾巴）的老头是什么人？辜鸿铭对此一笑，听他说自己是教英国文学的，便用拉丁文与其交谈，这位教授对此颇为勉强，应对不上，不免有些尴尬，辜叹息道："连拉丁文都说不上来，如何教英国文学？唉！唉！"拂袖而去。碰上这么一位有学问的怪老爷子，洋教授拿他有什么办法？

辜鸿铭的一生，总是在逆反状态中度过。大家认可的，他反对；众人不喜欢的，他叫好；被大众崇拜的事物，他藐视；人人都不屑时，他偏要尝试。追求与众不同，不断对抗社会和环境，顶着风上，就成了他的快乐和骄傲。他说：蔡元培做了前清的翰林以后，就革命，一直到民国成立，到今天，还在革命，这很了不起。他说他自己，从给张之洞做幕僚以后，就保皇，一直到辛亥革命，到现在，还在保皇，也是很了不起。因此，在中国，他说，就他们两个人堪为表率。

因此，他的言论，嬉笑怒骂，耸人听闻，他的行径，滑稽突梯，荒诞不经，无不以怪而引人瞩目，成为满城人饭后茶余的谈资。民国以后，宣统本人都把辫子剪掉了，他偏要留着，坐着洋车，在北京城里招摇过市。他的喜闻小脚之臭，赞成妇女缠足，更是遭到世人诟病的地方。他也不在乎，还演讲宣扬小脚之美，说写不出文章，一捏小脚，灵感就来了，令人哭笑不得。不仅如此，他还公开主张纳妾，说妾是立和女两字组成，如椅子靠背一样，是让人休息的，所以，要娶姨太太的道理就在这里，完全是一个强词夺理的封建老朽形象。一位外国太太反对他赞成纳妾的主张，问他，既然你辜先生认为1个男人，可以娶4个太太，那么1个女人，是不是也可以有4个丈夫呢？这个拖小辫子的老头子，对她说，尊敬的夫人，只有1个茶壶配4个茶杯，没有1个茶杯配4个茶壶的道理。

诸如此类的奇谈怪论，不一而足的荒谬行径，连他自己都承认是Crazy Ku（辜疯子）。这里，固然有他的偏执和激愤，也有他的做作成分和不甘寂寞之心。他的性格，不那么肯安生的，几天不闹出一点新闻，他就坐立不安，说他有表演欲，风头欲，不是过甚之辞。然而，他也不是绝无政治头脑，慈禧做寿，万民颂德，他却指斥"万寿无疆，百姓遭殃"，公开大唱反调；辛亥革命，清帝逊位，他倒留起小辫，拜万寿牌位，做铁杆保皇党。袁贼称帝，势倾天下，他敢骂之为贱种，并在当时的西文报纸上著文批袁；张勋复辟，人皆责之，他倒去当了两天外务部短命的官。后来，辫帅失意，闭门索居，他与之过从甚密，相濡以沫，还送去一副"荷尽已无擎天盖，菊残犹有傲霜枝"的对联，以共有那"傲霜枝"的猪尾巴为荣。五四运动，社会进步，他又和林琴南等一起，成为反对新文化，反对白话文的急先锋；但是他却应蔡元培之邀，到"五四"发源地的北大去当教授，讲英国诗，鼓吹文艺复兴。北洋政府因蔡元培支持学生，要驱赶这位大学校长时，他支持正义，领头签名。他反对安福国会贿选，却拿政客的大洋，可钱到了手，跑到前门八大胡同逛窑子。那些窑姐来了，一人给一块大洋，打发了事，但妓女送给他的手绢，却收集起来，视若珍藏。

正是这些哗众取宠之处，使辜鸿铭成为人所共知的一个怪人。当时人和后来人所看到的，全是他的这些虚炫的表象。一叶障目，而对他的中外文化的学识，他的弘扬中国文化的努力，他在世界文化界的影响，也都给抹杀掉了。公元1896年，湖广总督张之洞60岁寿辰，祝贺客人中有一位进士出身，誉称为"中国大儒"的沈曾植，作为张的幕僚，自然要应酬接待，尽主东之仪。在席中，辜鸿铭高谈阔论东方文化之长，大张挞伐西方文化之弊，他发现自己讲了许多许多以后，却不见这位贵宾张嘴说过一句话，无任何反应。他不禁奇怪起来，先生为何缄默，不发一言？没料到沈曾植的回答，差点将他噎死。沈说，你讲的话我都懂，可你要听懂我讲的话，还须读20年中国书。两年以后（请注意"两年"这个时间概念），辜鸿铭听说沈曾植前来拜会张之洞，立即叫手下人将张之洞所收藏的典籍，搬到会客厅里，快堆满一屋。几无站脚之处的沈曾植，问辜鸿铭，这是什么意思？辜鸿铭说，请教沈公，你要我读20年中国书，我用了两年全读了，现在不妨试一下，哪一部书你能背，我不能背？哪一部书你能懂，我不懂？沈曾植大笑说，这就对了，今后，中国文化的重担，就落在你的肩上啦！

如今，敢有一位中国文人，说出这番豪言壮语否？

当然，辜鸿铭的中国文化一切皆好论，连糟粕也视为精华，成为小脚、辫子、娶姨太太等腐朽事物的拥护者，是不足为训的。在政治上成为保皇党，成为五四运动的反对派，则更是倒行逆施。然而，这位骨格傲岸的老先生，对于洋人，对于洋学问，敢于睥睨一切，敢于分庭抗礼，从他身上看不出一丝奴婢气，这一点，作为一个中国人来说，应是十分要得的。

原载《文学自由谈》2010年第3期

我的同事张爱玲

祝 勇

———————

一

关于我的同事张爱玲，我知道的不多。她其他的同事知道的也并不比我多。原因是她几乎从来不见她的同事，包括她的助手。

在柏克莱大学，张爱玲几乎是一个隐形人。这首先与她的体形有关。因为她的体形过于瘦小，在人群中，几乎没有人注意到她的存在。台湾学者水晶说她像艾米莉·勃朗特。有一次，我和威廉（William Schaefer）坐在安德鲁（Andrew Jones）的车上，饥肠辘辘，在黄昏的车流中，向旧金山一间小啤酒馆奋勇前进。我们谈起张爱玲。安德鲁指着路边走过的一个小老太太说，如果你能见到张爱玲，她就跟这个平常的老太太一样，毫不引人注意。

其次，张爱玲喜欢昼伏夜出，刻意地躲开人群。据她的助手、台湾学者陈少聪介绍，张爱玲通常是下午到办公室，等大家都下班了，她仍留在那里。大家只是偶然在幽暗的走廊一角，瞥见她一闪而过的身影。

"她经常目不斜视，有时面朝着墙壁，有时朝地板。只闻一阵窸窸窣窣脚步声，廊里留下似有似无的淡淡粉香。"（陈少聪：《与张爱玲擦肩而过》，见《有一道河，从中间流过》第203页，九歌出版社，台北2006年版）

当时的中国研究中心在校外办公，不在紧邻西门的现址。我在柏克莱Downtown（下城）找到她当时的办公楼。那是一座十几层的巧克力大厦，就在Bart车站边上，是这座朴素的小城最显赫的建筑之一，并且，据安德鲁介绍，它的显赫地位至少已经维持了二十年。我向陈少聪问询了张爱玲当年办公室的位置。中国研究中心早已搬到富尔顿街2223号（2223 Fulton Street），那里现在变成了一座银行。人们进进出出，点钞机决定着每个人的幸福指数。一切迹象显示，这座大楼与张爱玲无关。

陈少聪与张爱玲同在一间办公室办公，只是中间隔了一层薄板。外间是助手的，张爱玲在里间。所以，张爱玲每天不可避免地要与陈少聪打一个照面，她们互相微笑一下，或者点头致意，这种最低限度的交往是她们每天必须履行的程序。后来，她们连此也嫌麻烦。每天下午张爱玲要来的时候，陈少聪干脆及时地躲开。

"我尽量识相地按捺住自己，不去骚扰她的清静，但是，身为她的助理，工作上我总不能不对她有所交代。有好几次我轻轻叩门进去，张先生便立刻腼腆不安地从她的座椅上站了起来，眯眼看着我，却又不像看见我，于是我也不自在起来。她不说话，我只好自说自话。她静静地听我嗫嗫嚅嚅语焉不详地说了一会儿，然后神思恍惚答非所问地敷衍了我几句，我恍恍惚惚懵懵懂懂地点点头，最后狼狈地落荒而逃。"（同上书，第204页）

二

1952年，感到前途渺茫的张爱玲离开上海，只身来到深圳罗湖桥，准备从此进入香港。这里是上海到香港的陆上必经之途。罗湖桥的桥面由粗木铺成，桥的两端分别由中英两方的军、警岗把守。香港警察把入境证拿去检查时，张爱玲和从中国一起出走的人群眼巴巴地长时间等待。在这些人的焦急与无奈面前，香港警察不失时机地表现了他们的傲慢。他们若无其事地踱步，神态悠闲。有一名中国士兵见状，走到张爱玲身边，说："这些人！大热天把你们搁在这儿，不如到背阴处去站着罢。"张爱玲转头看他，那个士兵穿着皱巴巴的制服，满脸孩子气。人们客气地笑了笑，包括张爱玲在内，没人采纳他的建议。她紧紧贴在栅栏上，担心会在另一端入境时掉了队。这是张爱玲最后一次体会来自同胞的温暖。（司马新：《张爱玲与赖雅》第68页，大地出版社，台北1996年版）那条看不见的边界，从此把张爱玲的生命分为两截。上海公寓里的流言与传奇，在她身后，被铺天盖地的标语和口号迅速湮没。

三

如同默片里的人物，张爱玲很少发出声响。即使在办公室，她在与不在也几乎没有区别。她把自己视作一件宝贝，秘不示人。她与外界的联系大多通过纸页进行，连电话都很少打。陈少聪说，每过几个星期，她会将一叠她做的资料卡用橡皮筋扣好，趁张爱玲不在的时候，放在她的桌上，上面加小字条。"为了体恤她的心意，我又采取了一个新的对策：每天接近她到达之时刻，我便索性避开一下，暂时溜到图书室里去找别人闲聊，直到确定她已经平安稳妥地进入了她的孤独王国之后，才回到自己的座位来。这样做完全是为了让她能够省掉应酬我的力气。""除非她主动叫我做什么，我绝不进去打搅她。结果，她一直坚持着她那贯彻始终的沉寂。在我们'共事'将近一年的日子里，张先生从来没对我有过任何吩咐或要求。我交给她的资料她后来用了没用我也不知道，因为不到一年我就离开加州了。"（陈少聪：《与张爱玲擦肩而过》，见《有一道河，从中间流过》第204、205页，九歌出版社，台北2006年版）

对于柏克莱来说，张爱玲既存在，又不存在。这与现在没有什么不同。现在，2006年秋天，在柏克莱，我可以找到她，又找不到她。她在柏克莱大学两年的时间内，完成她的研究工作，并撰写了论文。但很少有人看见过她。我询问过当年在中国研究中心和东语系工作过的教授，得到了印证。1971年，张的上司陈世骧去世，张爱玲参加他的葬礼，是她在柏克莱屈指可数的公开露面。但她只待了几分钟，就匆匆离去了。对于很多人而言，张爱玲只是一个名字，而不是一个身体。

张爱玲是一个不可救药的字条爱好者。胡兰成第一次去见张爱玲，在上海静安寺路赫德路口192号公寓六楼六五室，张爱玲不见，胡只得到她从门洞里递出的一张字条。他已经很幸运了，因为张爱玲连字条都十分吝啬。近三十年后，水晶前往张爱玲在柏克莱的公寓拜访，张爱玲坚持不开门，后来几次打电话，张都不接，最后允诺会给他写张字条，而字条，也终于没有来。

在美国与她书信交往最多的是庄信正，是他介绍张爱玲来柏克莱大学中国研究中心就职的。庄先生1966年在堪萨斯大学攻读博士学位时初识张爱玲，自1969年张爱玲迁居加州至她辞世的二十多年间，举凡工作、搬家等重要事宜，都托由庄信正代为处理。即使如此，他们的联络也基本依靠书信维系。2006年11月，林文月先生在加州奥克兰她的山中别墅内，把庄信正刚刚在台湾《中国时报》上选发的那些书信拿给我看。书信分别以《清如水、明如镜的秋天》和《张爱玲与加大"中国研究中心"》为题，在2006年9月4日、9月5日，以及10月6日的《中国时报》上发表。每次几乎发表一个整版，除原信外，还配有庄先生的笺注。同时还配发了这批信的手稿照片。据庄先生透露，张爱玲使用的信纸通常是白色洋葱皮纸（Onionskin），当年主要为打字机用，最后有几封信的用纸是深黄色。或许应该庆幸张爱玲的癖好，她的沉默反而使她的话语得以保留，那些信仿佛尘封已久的老唱片，使我们得以想象和重温她的声音。

四

张爱玲爱上了苦行僧一样的生活，并且因此而上瘾。锲而不舍的水晶最终成为为数不多的进入过她居所的人，他对她生存环境的描写如下："她的起居室有如雪洞一般，墙上没有一丝装饰和照片，迎面一排落地玻璃长窗。"（水晶：《蝉——夜访张爱玲》，见《替张爱玲补妆》第14页，山东画报出版社，济南2004年版）"张女士的起居室内，有餐桌和椅子，还有像是照相用的'强光'灯泡，惟独缺少一张书桌，这对于一个以笔墨闻世的作家来说，实在不可思议。我问起她为什么没有书桌，她回说这样方便些，有了书桌，反而显得过分正式，写不出东西来！……不过，她仍然有一张上海人所谓'夜壶箱'、西洋称之为'night table'的小桌子，立在床头。她便在这张夜壶箱上，题写那本她赠送给我的英文书《怨女》。"（水晶：《夜访张爱玲补遗》，同上书，第25页）给我印象极深的是"雪洞"的比喻，有一种尖锐的肃杀感。我不止一次路过她的公寓，在杜伦特街（Durrant Avenue）上，有时透过密集的法国梧桐，望一眼她的窗。我没有前去叩门。窗亮着，但她不在。

"第二天我去看张爱玲。她房里竟是华贵到使我不安，那陈设与家具原简单，亦不见得很值钱，但竟是无价，一种现代的新鲜明亮几乎是带刺激性的。阳台外是全上海在天际云影日色里，底下电车当当的来去。张爱玲今天穿宝蓝绸袄裤，戴了嫩黄边框的眼镜，越显得脸儿像月亮。三国时南京最繁华，刘备到孙夫人房里竟然胆怯，张爱玲房里亦像这样的有兵气。"（胡兰成：《民国女子》，见《张爱胡说》第122页，文汇出版社，上海2003年版）

这是胡兰成四十多年前的话（1958年12月，定居日本的胡兰成在月刊新闻社出版《今生今世》）。像是说另一个人，也叫张爱玲。前世今生。前世的张爱玲对都市的繁华充满眷恋，而且这个都市只能是上海，不能是香港或者广州，当然，更与美国西海岸某个遥不可及的城市无关。张爱玲自己也说："我不想出洋留学，住处我是喜欢上海。"（同上书，第136页）在《公寓生活记趣》里，张爱玲把她对上海的眷恋如实招来："公寓是最合理想的逃世地方。厌倦了大都会的人们往往记挂着和平幽静的乡村，心心念念盼望着有一天能够告老归田，养蜂种菜，享点清福。殊不知在乡下多买半斤腊肉便要引起许多闲言闲语，而在公寓房子的最上层你就是站在窗前换衣服也不妨事！"（张爱玲：《公寓生活记趣》，见《张爱玲绮语》第53页，岳麓书社1999年版）

五

张爱玲最好的日子全部叫胡兰成带走了。他们最好的日子是在沪上的公寓里，"墙壁上一点斜阳，如梦如幻，两人像金箔银纸剪贴的人形"。（胡兰成：《民国女子》，见《张爱胡说》第144页，文汇出版社，上海2003年版）1944年，张爱玲与胡兰成结婚，婚书上写："胡兰成张爱玲签订终身，结为夫妇，愿使岁月静好，现世安稳。"有点像决心书，对纷乱的世道同仇敌忾。这并不容易，何况胡兰成还是才子流氓帅哥官僚汉奸的混合体。"夫妻本是同林鸟，大难临头各自飞。"张爱玲却有"对人生的坚执"（同上书，第137页），说："那时你变姓名，可叫张牵，又或叫张招，天涯地角有我在牵你招你。"（同上书，第144页）

后来胡兰成"飞"到温州躲起来，并迅速另觅新欢。张爱玲去了。

"在船上望得见温州城了，想你就在着那里，这温州城就像含有珠宝在发光。"（同上书，第149页）胡兰成照例逶迤周旋。张爱玲是描写心计的大师，但她却从不具备实践经验，她的努力注定失败。第二天，失望的张爱玲乘船回上海。数日后，胡兰成接到张从上海的来信："那天船将开时，你回岸上去了，我一人雨中撑伞在船舷边，对着滔滔黄浪，伫立涕泣久之。"（同上书，第154页）

六

"张爱玲来美国时一文不名，全美国没人知道她。"我对安德鲁说。坐在汽车后座上的威廉插嘴："我们同张爱玲一样。"我疑惑地看他。他说："首先，因为我们在美国；第二，全美国没人知道我们。"我们大笑。

1955年秋天，张爱玲夹杂在一群难民中，乘克利夫兰总统号（President Cleveland），驶向一片未知的大陆。她在中国的全部影响被宣布过期作废。没有人知道这个瘦弱的中国女人身上发生过什么。凭借新罕布什尔州麦道伟文艺营提供的食宿，她度过了生命中最寒冷的冬天。她抓紧这几个月的时间进行写作，以换取稿费。不知这一境遇是否出乎张爱玲的预料，不过对此，张爱玲小说中已早有预言："人生是残酷的。看到我们缩小又缩小的、怯怯的愿望，我总觉得有无限的惨伤。"在此，她认识了她未来的丈夫、潦倒诗人赖雅（Ferdinand Reyher，1891—1967）。他们结婚，有了一个家，并维持着最低限度的生活。至少从表面上看，他们的婚姻是令人费解的，没有人相信他们的婚姻会成功。他们的差距一目了然：张爱玲三十六岁，赖雅已六十五岁；张爱玲理财精明，赖雅花钱如流水（他曾经资助过著名的布莱希特）；张爱玲对左翼思想毫无兴趣，赖雅却是激进的社会主义者；两人的共同点只有一个——都没有固定收入。他们经济拮据到连买床单窗帘都成了奢望。

但他们却始终相依为命，一直持续到1969年赖雅去世。赖雅瘫痪在床时，是张爱玲为他伺候大小便。此时，那个有严重洁癖的贵族小姐已经去向不明。

她可能已忘记，就在十多年前，她曾对胡兰成表达过她对西方人的恶感："西洋人有一种阻隔，像月光下一只蝴蝶停在戴有白手套的手背上，真是隔得叫人难受。"（胡兰成：《民国女子》，见《张爱胡说》第131页，文汇出版社，上海2003年版）赖雅死后，张爱玲得到了柏克莱的职务，那一年，她已四十九岁。

七

张爱玲坚持不与人交往。水晶送书给她，她退回来。张爱玲生病，陈少聪去探望，知道她不会开门，便揿了门铃，把配好的草药放在门外地上。几日后，陈少聪上班，发现自己书桌上有一张字条，是张的笔迹，压在一小瓶"香奈儿五号"香水下面，字条写着："谢谢。"胡兰成说："她是个人主义的，苏格拉底的个人主义是无依靠的，卢骚的个人主义是跋扈的，鲁迅的个人主义是凄厉的，而她的个人主义则是柔和，明净。"（胡兰成：《评张爱玲》，见《张爱胡说》第194页，文汇出版社，上海2003年版）

她在柏克莱的工作十分吃力。陈世骧认为她没有像她的前任夏济安和庄信正那样，"遵循一般学术论文的写法"，"而是简短的片段形式"（见2006年10月6日台湾《中国时报》），因此，她的"论文"始终难以发表。只有夏济安的弟弟夏志清极早地发现了张爱玲的才华，1961年，他的《中国现代小说史》由耶鲁大学出版社出版，其中，为张爱玲设一专论。他写道："对于一个研究现代中国文学的人来说，张爱玲该是今日中国最优秀最重要的作家。仅以短篇小说而论，她的成就堪与英美现代女文豪如曼殊菲儿（Katherine Mansfield）、安泡特（Katherine Anne

Porter)、韦尔蒂（Eudora Welty）、麦克勒斯（Carson McCullers）之流相比，有些地方，她恐怕还要高明一筹。《秧歌》在中国小说史上已经基本是本不朽之作。"夏济安在台北的《文学杂志》上翻译了这段论文。20世纪60年代末，张的小说才开始在台湾重获出版。

八

我晚于张爱玲三十七年到达柏克莱大学中国研究中心，所以，我没有见到过她。如果早来三十七年，我同样不可能见到她。这样想着，心里安慰了不少。但这并没有妨碍我向她靠近。我开始寻找与她有关的蛛丝马迹，我相信这样不会打扰她。我的成果是显著的——首先，我根据庄信正发表的张爱玲信中地址按图索骥，找到了她在杜伦特街的旧居（2025 Durant Ave. Apt. 307，Berkeley，CA 94704），进而找到了她当初在旧金山的旧居，地址是布什街645号（645 Bush Street，SFC），这令我大喜过望。很多当地人，包括研究中国文学的安德鲁，对此一无所知（安德鲁，这位柏克莱大学东语系的名教授，是张爱玲小说的英文译者），所以，当我向他透露这一点的时候，心里多少有些自鸣得意。我们开车，呼啸着，从布什街上划过。我透过后视镜往回看，有两个陌生的外地人，就站在那幢红色公寓楼的门前，揿响门铃。他们身边的地上，放着大大小小数件行李。女人是中国人，身材纤细；男人是白人，行动迟缓，老，而且胖。

1959年4月，张爱玲和丈夫赖雅乘廉价的"灰狗"巴士（Greyhound Bus），自洛杉矶迁居至旧金山。先在鲍威尔街（Powell Street）一家小旅馆中落脚——我每次乘车从柏克莱去旧金山，都在这里下车——后在这里租到一间小公寓。他们在此住了很久，一直到迁居柏克莱。

我找到那幢房子的时候，天已经开始黑下来。深秋季节，旧金山的黄昏来得早，似乎有意掩盖过去的细节。但是，当我看到布什街的路牌，心就踏实了下来。对我来说，那个路牌并非指向一个上坡的狭窄街区，而是指向将近五十年前的时光。建筑在黄昏中变得模糊，让人想起"三十年前的月亮"，像朵云轩信笺上落的泪珠般陈旧而迷糊的月亮。"三十年前的月亮是欢愉的，比眼前的月亮大、圆、白；然而隔着三十年的辛苦路往回看，再好的月色也不免带点凄凉。（张爱玲：《金锁记》，见《上海两'才女'——张爱玲、苏青小说精粹》第79页，花城出版社，广州1994年版）"那幢红砖盖成的老式公寓很像旧上海的房子，有着简洁的窗饰与门饰。门是落地玻璃，趴在门上会看到楼梯和走廊。门口有几级台阶，躲在门洞里，可以避雨。走廊里简洁、朴素、雅致，正像张爱玲所希望的。她将在此与她最后一个丈夫生活十年，然后，离开。

九

安德鲁面色潮红。对啤酒和文学，他有着精确的味觉。

我并不习惯美国生啤，但还是一饮而尽。

十

张爱玲在丈夫去世二十六年后死去。这意味着她独居了二十六年。那一年是1995年。我在上班的路上，读到这个消息。我忘了自己当时想了些什么。回忆起来，这则消息在当时没有引起太大波澜。一个旧日的作家死了，仅此而已。

《倾城之恋》之后的张爱玲，过着怎样的日子，对我们，并不重要。

后来我才知道，她在公寓里死后好几天，才被邻居发现。她死的时候，家徒四壁。房间里几乎没有家具，一盏白炽灯泡，连灯罩都没有。没有书。包括她自己的书，以及她最喜欢的《红楼梦》。

胡兰成曾经对张爱玲的房间深为赞赏，说她喜欢刺激的颜色。"赵匡胤形容旭日：'欲出不出光辣挞，千山万山如火发'，爱玲说的刺激是像这样辣挞的光辉颜色。"（胡兰成：《民国女子》，见《张爱胡说》第127页，文汇出版社，上海2003年版）

原载《青年作家》2011年第1期

最后的起航

严　平

一　再聚首

周扬和他的战友们再度聚首是七十年代末的事情了。

1977年10月，头上还戴着三顶反动帽子在重庆图书馆抄写卡片的荒煤，明显地感觉到时代变革的来临，他辗转给周扬写了一封信，表示希望文艺界组织起来：

> 尽管在"四人帮"倒台后，才有少数同志和我通讯，过渝时看看我，但都对文艺界现状表示忧虑。领导没有个核心，没有组织，真叫人着急。
>
> 我真心盼望你和夏衍同志出来工作才好。

（陈荒煤致周扬信，《文坛拨乱反正实录》220页，徐庆全著，浙江人民出版社，2004年4月）

虽然历史上两次被周扬批判，"文革"入狱更与周扬分不开，在狱中，荒煤也从未想到有生之年还要和周扬并肩战斗。但当解冻的春风吹来时，他还是立刻就意识到文艺界需要一个核心，而这个核心仍非周扬莫属。

写这封信的时候，周扬从监狱出来赋闲在家已有两年。从四川到京看病的沙汀，怀着关切和期待的心情屡次前往周扬住处看望；张光年则利用自己复出的地位为周扬早日在文艺界露面创造条件；而文艺界更多的人士纷纷以写信、探望的形式表达自己对周扬的关注和期望。尽管有"两个凡是"的影响和"文艺黑线专政"论的阴影，但周扬在文艺界的地位似乎仍然故我。

1977年12月30日，《人民文学》编辑部召开以批判"文艺黑线专政"论为主题的"在京文学工作者座谈会"，夏衍、冯乃超、曹靖华等一百多位老文艺工作者应邀出席。周扬首次露面，时任《人民文学》评论组组长的刘锡诚称，这是此次会议中最令人瞩目的事情。他清楚地记得，周扬到达会场时，已经过了预定的时间，大家都静静地坐在那里，等待这位已经有十一个年头未曾露面的老领导的出现，当面容苍老了许多的周扬步入会场时，场上响起了热烈的掌声，周扬的心情显得异常激动，眼睛里闪着兴奋的光芒。刘锡诚说：

大概因为这是周扬在多年失去自由后第一次在作家朋友们面前讲话的关系，显得很拘谨，用词很谨慎。他在讲话开始说，他被邀请参加《人民文学》召开的这个座谈会，觉得很幸福，感慨万端，他很虔诚地检讨了自己所犯的错误。当他说这些话的时候，眼泪从他的脸上汹涌地流下来，他无法控制他自己的感情。他这次会上所做的检讨和自责，以及他的讲话的全部内容，得到了到会的许多文艺界人士的赞赏和谅解。

（《在文坛边缘上——编辑手记》57页，刘锡诚著，河南大学出版

社，2004 年 9 月）

事后看，周扬当时的讲话虽然开放幅度并不很大，但他的出现不仅让在场的人感到了久别重逢的激动和喜悦，也给各地文艺界的人士发出了一个强烈的信号——那只停泊了十几年的大船虽然百孔千疮却没有被彻底摧毁，它将缓缓地收拾起碎片，调整好风帆，在大风来临的时候起航。

远在重庆的荒煤立刻就注意到了这个新的动向。在夏衍的鼎力相助下，他开始向中央申诉。很快，由邓小平批转中组部。1978 年 2 月 25 日，平反结论终于下达。一个月后，荒煤在女儿的陪同下踏上了回京的列车。

那是一个早春的时节，在轰隆隆驶向北方的车厢里他怎么都无法入睡。1975 年，作为周扬一案的重要成员，他被宣布敌我矛盾按人民内部矛盾处理。罪状仍有三条：一是叛徒；二是写过鼓吹国防文学的文章，对抗鲁迅；三是从三十年代到六十年代一贯推行修正主义文艺路线。定叛徒纯属捏造。后来他才知道，专案组一直为他的叛徒问题大伤脑筋，但江青一口咬定他是叛徒。她在接见专案组人员时说："陈荒煤不能够没有任何材料，没有证据！"专案组工作人员插话说："没有。"她仍然坚持道："怎么没有呢？他叛变了！"三年前，他就是戴着这三顶帽子，被两个从重庆来的人押着上了火车。临上车前专案组交给他一只箱子，那正是 1966 年夏天他接到通知匆忙赴京时拎着的一只小箱子。在列车洗漱间的镜子里他看见了自己，这是入狱七年来他第一次看到自己的模样，镜子里的人脸色浮肿而灰暗，目光呆痴，头发几乎全都掉光了，隆起的肚子却像是得了血吸虫病……他几乎不能相信自己变成了这个样子——那一年他六十二岁。

现在他回来了，三顶帽子虽然甩掉了"叛徒"一顶，还有两顶却仍旧戴在头上，这使他在激动不已的同时也感到了很深的压抑。不过他牢记夏衍的嘱咐，只要不是叛徒其他一切回京再说。重要的是速速回京！从报纸上发表的消息看，文艺界的一些老朋友已经纷纷露面，他是归来较晚的人。想到还有许多老友再也无法回来了，他们永远地消失在漫漫的黑夜中，眼泪就禁不住悄然涌上他的眼眶。

火车在七点多钟停靠站台。走出站口，灯光并不明亮的广场上，张光年、冯牧、李季、刘剑青等人急急地迎上前来，几双手紧紧地握在一起，问候声、笑声响成一团，让荒煤在春寒料峭的夜晚感觉到一阵阵扑面而来的暖意。

从张光年的日记看，那天，这已是他们第二次前往车站迎候了。按照列车抵达的时间，一行人六点二十曾准时赶到车站，火车晚点一小时，于是他们回到离车站较近的光年家匆匆用过晚饭再次前往，终于接到了荒煤。很多年后，荒煤都能清楚地想起那个清冷的夜晚，人群熙攘的北京站广场上，那几张久违了的面孔。多年不见，他们虽然都已明显见老，但久经风霜的脸上，却充满着惊喜和掩饰不住的热情。

面容清癯精神矍铄的张光年先于他人而复出，此时已是《人民文学》主编，并担负着筹备恢复作协、《文艺报》的工作。这位诗人对自己在"文革"中的悲惨经历较少提及："'文革'初期那几年，我们这些由老干部、老教师、老文化人（科学家、文学家、文艺家等等），组成的'黑帮'们，日日夜夜过的是什么日子？身受者不堪回忆。年轻人略有所闻。我此刻不愿提起。但愿给少不更事的'红卫兵'留点脸面，给'革命群众'留点脸面，也给我们自己留点脸面吧。"（《向阳日记》引言，张光年著，上海远东出版社，2004年5月）他最不能忍受的是，那个被江青操纵的中央专案组，年复一年日复一日地对他在十五岁时由地下共青团员转为中共正式党员这段"历史问题"的长期纠缠。他最痛心的是，他的妹妹——一个与周扬从未见过面远在乌鲁木齐的中学教师，却因周扬"黑线"牵连而不堪凌辱自杀身亡；他的衰老怕事的老父亲因两次抄家受惊，脑血栓发作而去世……他自己在经历了残酷的斗争后又经历了七年干校时光，风餐露宿、面朝黄土背朝天，学会了在黑夜里喘息，也在黑夜里思考……

1978年那晚的北京站广场，出现在荒煤面前的冯牧面色消瘦，声音却一如既往的干脆洪亮。青年时代起冯牧就饱受肺病折磨，父亲曾担心他活不到三十岁，他却带病逃离沦陷的北平，不仅经受了枪林弹雨的战争考验，还闯过了病魔把守的一道道险关。"文革"时，他和侯金镜等人因暗地诅咒林彪江青被关押，凶狠的造反派竟挥拳专门击打他失去了功能的左肺……他挺过来了。从干校回城看病的日子里，他曾经用篆刻排遣漫长的时光，倾心之作便是一方寄托了许多寓意的"久病延年"，"病"字既代表肉体上的创痛，也暗指那场席卷祖国大地的政治风暴带给人们心灵上无以复加的深切痛苦。当得知周扬从监狱中放出来的消息时，他和郭小川等人立刻赶去看望。为了不被人发现，用的是假名。那天，周扬看见他们激动的心情难以平复，说起在狱中，为了使鲁艺的同志不受牵连，为了防止络绎不绝的"外调者"发起突然袭击，他曾经一个个地努力回忆鲁艺的每一个人，竟然想起了二百多个人的名字……听到这里，冯牧和同去的人都禁不住流下了眼泪。

在迎接荒煤的人中，李季的笑脸在灯光下显得格外灿烂。几个人中他是最年轻的，也是最易激动、性情最豪爽的一个，"文革"的苦难，干校的磨砺，失去最亲密战友的痛苦，并没有让他消沉，他很快就把自己投入到新的工作中去，他的兴致勃勃和精力充沛让刚刚从重庆回到北京的荒煤一下火车就感受到了。

当年站前广场的一幕在张光年的日记中同样描述得十分清晰。尽管此前他已和荒煤通信多次，对荒煤的近况较为了解，连荒煤此次进京的理由——"给《人民文学》修改文章"也是在他的策划下实行的，他还是在日记中写出了自己的印象：看上去荒煤身体很好，或许是因为兴奋，他觉得荒煤好像还显得年轻了。其实，真正使他高兴的是，他知道自己迎来了一个能够并肩战斗的老战友；北京需要荒煤，他希望既是文化人又有行政能力的荒煤到作协去。事后看，实际上，此时还有一个人比张光年更加急切地等待着荒煤的到达，那就是沙汀。这位三十年代上海左翼时期就和荒煤同甘共苦，并担任了荒煤的党小组长的老哥，正打定了主意要把他弄到文学研究所去，而荒煤还全然不知。

荒煤到京后的第二天一早，就去看望夏衍。次日，去看周扬。他在日记中记下了十几年后与周扬的第一次见面：

> 上午与文殊去周扬同志家，会见全家。灵扬首先建议先调来文研所，周扬则主张兼作协工作。
>
> （荒煤日记，1978年3月12日）

有些让人惊奇的是那天的日记简单平淡，没有劫后重聚的细节描述，更没有荡涤于心的情感流露，那口气倒有点像间隔数日后的一次工作碰头。相比之下，荒煤与夏衍见面的日记虽然同样简洁，但一句"长谈一上午"的背后却似乎蕴含着许许多多说不完的内容——那天，他是提着两瓶酒去的，尽管他明明知道自己和夏衍都不喝酒，但历尽生死后的相见却有种"酒不醉人人自醉"的感觉。

我曾经问过荒煤，间隔十几年后的第一次见面，周扬是否谈到他在"文革"中的遭遇，荒煤说只是一带而过。和周扬一见面就是谈工作，这是周扬这个人的特点，无论什么时候见面就是这样，似乎没有什么别的说的，他的心里装满的都是工作……

荒煤的话让我再一次注意到周扬对"文革"个人经历的有意忽略。在这一点上他和夏衍是完全一致的。每当有人问起，他们总是有意无意地把话岔开。很显然，那是一段长达十年的黑暗和空白，无论是周扬还是夏衍都不愿更多地提及——那是他们心中的痛，也是他们所忠诚、深爱的党和领袖的创疤。我们看到的只是，在度过了那些黑暗之后，周扬的一只耳朵聋了，夏衍的腿瘸了……但是，即便如此，他们对党的忠诚依旧没有丝毫改变。周扬在这方面表现得尤为突出，他刚出狱时曾经对儿子周艾若说，感谢毛主席，不然出不来。当儿子反问，是谁把你关起来的？他沉默不语。

周扬似乎不喜欢回忆过去，而更渴望面对未来。就在与荒煤见面后不久，美籍华人赵浩生来访，当问及"文革"受迫害的心情时，他说："一个人不管有怎样的贡献，只要他参加革命，他就预料到在革命进程中会遭受挫折，他要是没有这种精神准备，他就不配谈革命。我在'文化革命'中所受的种种迫害，我经常这样想，比起一些对革命的贡献更大的同志来，我所受的迫害并不是怎么了不得的。这是真话。有些同志对革命贡献很大，他们也受了迫害。这样一想，我就很平静。"昨天再沉重也已经走过来了，重要的是如何迎接明天，如何使文艺界这支伤痕累累的队伍重新集结出发，周扬习惯地把这个重担放到了自己的肩上。

1978年9月，以周扬为首，苏灵扬、露菲、张光年、李季、荒煤、冯牧、孔罗荪"八人三辆小车，9时出发，12时抵任丘（华北油田）总部"，开始了为期四天的考察。张光年是不顾夫人的反对带病而来的；荒煤从繁琐的事务中抽身，带了不少问题来；身着一身工作服的李季好像是回到了当年在玉门油矿深入生活的年代，他忙前忙后马不停蹄，还自称是他们中间身体最好的一个——这种"自夸"在一年之后被打得粉碎。这是一次少有的人员齐备的集体出行，四天的时间给了他们交流、沟通和养息的机会。后来这次出行，被有的研究者称为文艺界重组的酝酿过程之一。那时候，队伍正在起步，经历了大劫难后的他们，在周扬周围迅速汇拢，既为周扬的复出创造了条件，也成为他复出后拨乱反正的核心力量。

二　不能不说的事情

周扬复出后的第一个职位是中国社会科学院顾问。荒煤后来回忆说：我也不晓得他在社科院具体管什么，搞不清。这话听起来有些奇怪，却没有错。于光远在这个问题上的表述更为清晰：周扬在社科院"先是顾问后改副院长，由于这个职务是虚的，似乎就没有让他参加党组。那时他常来院部开会，但我也不记得会上他发过什么言。他是个爱动脑筋、了解到情况就会产生想法，而且喜欢说话的人。而这期间他几乎不发一言"（《忆周扬》182页，内蒙古人民出版社，1998年4月）。1978年初，沙汀和荒煤调文学研究所任正副所长。他们两人的调任其实并非周扬所为。周扬告诉荒煤，调沙汀最初是胡乔木的意见。荒煤是沙汀硬"拉壮丁"拉来的。荒煤不想来，周扬从中起了劝说作用，但他们一到社科院立刻就把目光转向了周扬。

那是一个百废待兴的春天。3月，北京高等院校一些年轻有胆识的学者，缘于教材的使用问题展开了对三十年代问题的讨论，对左翼文艺运动和"两个口号"论争提出了自己的看法。这一情况让刚到北京的沙汀和荒煤感到振奋。

要拨乱反正就必须批判"文艺黑线专政"论，要批判"文艺黑线专政"论又不可能不触及三十年代问题。虽然早有材料披露，在"文艺黑线专政"论的炮制中，正是"四人帮"提出十七年文艺黑线问题的根子是三十年代。然而，在1977年底《人民文学》召开的座谈会上，当这个问题被人们尖锐地提及的时候，还是因为口号之争和对鲁迅的态度问题而无法深入，李何林的一些说法也引起了人们的争论。

先于荒煤到达北京的沙汀参加了高校的座谈会。这位三十年代以乡土小说而闻名的作家，对鲁迅怀有崇拜之情，鲁迅去世后曾经热泪迸流地和巴金等人一起抬棺送葬。然而，"文革"中他被报纸公开点名批判，成为反鲁迅的"黑帮头子"、周扬在四川文艺界的代理人，并为此受尽折磨。复出的沙汀每每提到"两个口号"问题就难以自制。在那次座谈会上他神情激愤地发了言。因为与老友巴金有约，午饭后他匆忙赶回住所，见到巴金父女他情不自禁滔滔不绝地讲述起会上的情况。看见他瘪着嘴说话很吃力的样子，巴金觉着奇怪，一询问，沙汀才讶然发觉，因为情绪激动匆忙离会时自己竟然把假牙也忘在北大招待所了，赶紧派人去找。

荒煤在5月第一次与文学所全体人员的见面会上，就直言不讳地对自己平反结论中还留着的"尾巴"表示不满：

我也有派。年轻时被称为"洋泾浜派"，后来又被称为"国防文学派"。再后来鲁迅先生写宣言，我签了名，便被称为"骑墙派"。结论至今有一条："对抗鲁迅。"但我自己觉得我哪一派都不是，我只是一个普普通通的共产党员。

（何文轩《追忆荒煤到文学所的"施政演说"》，《新文学史料》，2003年4期）

一场关于"两个口号"问题的讨论正在兴起。就在此时，荒煤又接到徐懋庸夫人王韦写给他和沙汀的一封信，表示对中央专案审查小组1977年为徐懋庸所做的结论不满。这更激起了荒煤和沙汀的决心，他们想在《文学评论》上发表高校讨论三十年代的文章，借此打开批"文艺黑线专政"论的缺口。此事关系重大，荒煤立即写信给周扬：

送上有关两个口号论争的文章三篇，都是北大等三校座谈会上的发言（参加会的有各地大学的同志）。夏衍同志的发言尚在修改中。沙汀同志的已修改好存我处。

我们准备在《文学评论》三期发表两三篇。夏衍沙汀同志是当事人，他们的文章可放在后一些发表，夏衍同志并说他的文章还要送你看。

这些发言，已在各地传播，而且还存在分歧。这些问题不澄清，现代文学史无法写，课也无法讲。根据百家争鸣的精神，也应适当地展开讨论。

（《文坛拨乱反正实录》121—122页，徐庆全著，浙江人民出版社，2004年4月）

1978年的那个春天，我作为秘书，时常被荒煤派去给周扬送材料和信件。弄不清这封信是不是经我手送去的了，重要的是，那时候二十多岁的我既对周扬充满了新奇，同时也对即将发生的事情隐隐地感到了不安。还是"文革"时代，我就知道周扬，在一连串黑帮的名字中他给我这个小学生留下的印象特别深刻，不仅好像所有的坏电影、图书、戏剧都和他有关，还有一个很大的罪状就是"反对鲁迅"。难道刚刚挣脱了牢狱之灾，又要去惹那个麻烦吗？这样做的后果会是怎样呢……周扬的办公室在文学所后面的一座小楼里，每次送信，我都怀着好奇的心情走过宁静的院落，走进小楼宽阔的走廊，走进他的办公室。在那里，我看到的只是一个面色平和的普通老人，他比一般老人显得魁梧健壮些，他的办公室也有种肃静的感觉，他要么阅读文件，要么与人谈话。我也只是和他的秘书露菲匆匆地说上几句就走开了，但不知为什么我的不安仍旧没有减轻。文学所的很多人都知道荒煤和沙汀想要发表关于"两个口号"论争的文章，学术界对此更是持两种截然不同的意见，大家议论纷纷，又怀着一种期待的心情猜测事情会向什么样的方向发展。一次，有好心人传递消息说外面已经有人说老头子们攻击鲁迅了。我急忙把听到的情况告诉荒煤，并以旁观者的立场劝他别惹麻烦，有人正举着棍子在那里等着呢。荒煤听不进去，说实事求是嘛，多少人还为此事背着黑锅呢！我们讲一下又有什么了不起……

周扬在进行了反复思考之后，在荒煤的信上作了同意发表的批示。他必须面对现实——在他面前沉默地站着许多左联老战士们，他们中的一些人正是背负着莫须有的"反鲁迅"的罪名被迫害致死；而更多的左联老战士还在等待平反的结论，那场导致他们成为黑线人物的口号之争是不能说也不敢说的禁区。事实上，他能下决心从"两个口号"入手批判所谓黑线专政论是很不容易的。七十年代末，"两个凡是"正主导着整个中国社会，而周扬仅以一个"虚职"露面还没有站稳脚跟，三十年代口号问题又是一个非常复杂和棘手的问题，谈起来不可能不触动具体的人和事，稍有不慎就可能引起争端，危及自己的现实处境，但周扬还是做出了发表的决定。

得到周扬同意后，《文学评论》第三期发表了三篇高校讨论"两个口号"问题的文章，那些文章在今天看起来虽然有其局限性，但文章对"两个口号"论争所作的探讨，推倒了"四人帮"对左翼文化运动的污蔑，充分肯定了左翼文化运动的伟大历史功绩，对"四人帮"神话鲁迅提出了挑战。

一股重新评价文学史的信息，就这样借助着《文学评论》的文章传了出去。此时，因病回到四川的沙汀一直密切地注视着事态的发展，他在给荒煤的信中再三嘱咐道：

有两件事我一直挂在心上。一件是分别邀请有关同志写三十年代，特别那位代表从陕北到上海以后引起各种纠纷的具体情况的计划，不知已商同光年同志开始修改没有？此事关系重大，不止是个历史问题，且有很大现实意义，离京前我已向您言之甚详，再不抓不行了！

……

（沙汀致荒煤信，1978年6月7日）

经与周扬商量，沙汀和荒煤启动了文学所编辑《"两个口号"论争资料选编》《"左联"回忆录》的工作，并联名向所有活着的左联老战士发出了约稿信。

在1978年乍暖还寒的政治气候里，许多无法说话的左联老战士怀着惊喜的心情接到了沙汀和荒煤的联名信，这封长信使他们感到振奋。文学所编辑组的同志不辞辛苦地奔赴全国各地，他们的拜访和请教更给老战士们送去了春天的气息。老同志们不再沉默，纷纷拿起搁置已久的笔，"或抱病写作，或拨冗挥毫"，把那些早已封存于心底的经历写了下来，许多人正是从这篇文章开始迎接自己的又一次新生的。

那段时间真是热闹非凡。一次，荒煤带了文学所的部分研究人员从讨论会上出来直奔周扬的家，听取他对三十年代史料整理工作的意见。记得当走进客厅时，周扬和夫人苏灵扬已经在那里等我们了。周家的客厅不小，陈设简单朴素，靠墙是一排摆满了书的柜子，书柜前是一圈沙发。我们一行人把客厅挤得满满的。大家七嘴八舌，说的多是整理工作中的难处和困惑。周扬说得好像不多，只是认真地听，并在关键时刻发表一点简要的意见。原以为会听到一番精彩讲话的我甚至还有一点点失望，但他谈话间投向大家的目光里有种少有的定力，仍然让我印象深刻。还有一次，周扬、茅盾、夏衍等在民族饭店和所里研究人员座谈，几位老人都发表了风格鲜明的讲话。谈到三十年代在白色恐怖下如何冒着生命危险坚持斗争，如何企盼和党取得联系，而冯雪峰到上海后非但不和他们联系还说出一些难听的话时，周扬的声音哽咽了，夏衍更是言之灼灼激动不已，可惜那次谈话的记录稿遗失了，但周扬、茅盾、夏衍等人的讲话，论说有据，给在场的人留下了很深的印象。

其实，更让我理解三十年代的还是他们这些亲历者之间最最普通不过的谈话。一次，荒煤请梅益和上海来的王元化吃饭，席间很自然地谈起了三十年代左翼的人和事。荒煤说，第一次见到梅益时记得他系了一条红色的领带。梅益乐了，说：他妈的，什么红领带，是我花五角钱从旧货摊上买来装样子的！那时候做地下工作真艰苦，周扬常常在天黑的时候把帽檐一拉跑出来活动，好几次他临走时把手伸给我说：给两块钱吧！记忆的闸门瞬间便打开了，他们都回到了过去。荒煤说起那时候上街刷标语，心情很紧张。梅益说，那要看在什么地方刷，有的地方很紧张，有的地方不紧张。你应该机灵些嘛……他们还说起一次党组织派某某去拉黄包车做群众工作的情景，梅益笑道：那家伙开始生怕有人要车，腿细得像个麻秆跑不动啊，跑到东厂门口和人聊天人家都不理！荒煤也记起了自己曾经被派去做搬运工，因为身体瘦弱扛不动麻包，还被人骂了一顿。不知怎么的，他们说到了林淡秋，梅益说得更加生动：那老兄脾气大，爱在马路上和人吵架争论，一次和售票员吵得不可开交，我就批评他，你还是地下党员，人家千方百计隐蔽，你怎么还在街上吵架……他们都哈哈大笑起来，感叹那时的年轻，那时的热情，那时的单纯和充满理想。荒煤说，不久前，一位老左联对夏衍说起当年的左和年少气盛，夏衍问他：你后悔了吧？那人回答，绝不后悔！那时候年轻嘛，革命热情高涨，谁能知道是左还是右啊……他们说得极其生动真实，我听得近似天方夜谭，连连插话说：你们说的在书本上和电影里可是从来没有见到过，为什么你们不写这些呢？当我一再重复着这个观点的时候，梅益对我眨眨眼睛突然转移了话题：你这家伙，下次再中午一点钟打电话到办公室来，我非把你撤了不可……

1978年10月，荒煤在《文学评论》上发表《关于两个口号的论争问题》。文章发表后立刻引来了议论，有人对他说，你不应该回到北京写的第一篇文章就是"两个口号"！荒煤反驳说：你了解不了解当年我只发表了豆腐块大的一篇文章就变成了"对抗鲁迅"；后来又成了"从三十年代到六十年代都是执行反革命修正主义文艺黑线"；再后来又成了"汉奸文学"……说这话时，荒煤正一边为新时期文学呼吁呐喊，一边为摆脱压在自己头上的那两顶沉重的帽子而奋力抗争，正所谓戴着镣铐跳舞——处于他这种状况的人绝不止一个。

茅盾的《需要澄清一些事实》也写于这年秋天，文章交到荒煤手上后，荒煤颇费踌躇。文章涉及冯雪峰"文革"中写的一份材料，且不说写这些材料时的复杂社会背景，就是把其中的一些细节拿出来过滤一遍，可能引起的纷争都是很难预料的。荒煤给周扬写信谈到了自己的担心。周扬回信不但同意发表茅公的文章和冯雪峰的材料，还决定将自己接受美籍华人赵浩生的谈话在同一期刊物上发表。他似乎不怕把自己再次置于公众面前，与总结历史经验，正确书写文学史相比，即便再次触及隐痛和伤疤也是微不足道的。茅盾的文章和冯雪峰的材料在《新文学史料》上发表，正如荒煤所担心的，在澄清历史事实的同时也引起了新的一轮争论。当夏衍的《一些应该忘却而未能忘却的事》写成后，周扬从顾及团结的角度出发劝说不要发表，并把意见告诉了荒煤。但这一次，荒煤没有听从周扬的意见。夏公态度坚决，在周扬和夏衍之间，荒煤总是更多地倾向夏衍。最终，文章在《文学评论》上发表，并真的引起了一场轩然大波——那都是后话了。

1979年11月，荒煤终于接到了文化部《关于撤销中央专案组对陈荒煤同志的审查结论的决定》，决定明确指出，三十年代他发表的那篇"豆腐块大"的文章没有错误。中央专案组做出的与鲁迅"相对抗"的结论是错误的。决定还根据中宣部对所谓十七年中有一条文艺黑线给予彻底平反的精神，对他"执行修正主义文艺路线"问题给予平反。至此，自"文革"起就一直戴在他头上的三顶帽子全部摘除。接到决定，荒煤感慨万分。此时，正是四次文代会即将召开之际，许多和他有着同样经历的老同志也终于走出了历史的阴霾，他们一起迎来了真正的新生。

三　风帆的景象

1979年初，在胡耀邦的提议下，周扬走上了领衔筹备四次文代会的岗位。

此前，在全国展开的"实践是检验真理的唯一标准"大讨论中，周扬是高级干部中第一位公开表态支持的，并把这场讨论提到了关系党和国家前途命运的高度来认识。1979年5月，周扬发表了自己新时期的代表作《三次伟大的思想解放运动》，对中国历史上经历的思想解放运动给予深刻剖析，展示了一个真正理论家过人的思考和胆略气魄。

与此同时，思想解放的浪潮在文艺界迅速展开。一批名不见经传的青年作者写出了令人耳目一新的作品，引来了社会上议论纷纷。反对的调门很高。巴金率先写文章表示支持。冯牧、孔罗荪主持的《文艺报》和荒煤主持的《文学评论》联手召开了一次次座谈会，为文艺界的冤假大案《保卫延安》《刘志丹》《海瑞罢官》等作品平反；对《班主任》《伤痕》《乔厂长上任记》等一大批新人的作品给予支持和肯定。那些座谈会常常吸引来很多听众，会场上挤得满满的，人们敞开思想和心扉谈论着过去几十年被禁止谈论的问题，连平素不关心文艺的人也争着阅读文学作品，关注文艺界的新动向。冯牧、荒煤、孔罗荪等人就好像前沿阵地的指挥员，以他们的文章、讲演奔走呼号，为冲破沉闷的空气，开创一个生机勃勃的新局面而冲锋陷阵身先士卒。

他们就是在这样的情况下迎来了全国第四次文代会。

筹备文代会是文艺界复苏的一件大事。照原有的设想，大会不设主报告，只请中央领导讲话。这种做法无疑较容易操作，但是否妥当，胡耀邦反对，周扬更认为不行。周扬觉得，文代会已经十几年没开了，这次会不但是一个鼓劲的大会，更应该是一个总结经验教训的大会。如果不对新中国成立三十年来的历史进行总结，不对新时期以来的文学潮流进行引导，这样的大会会让很多人失望。荒煤在笔记中记录了周扬的意思："会要开，要有个报告，总要有个报告"，"一定要总结点新的东西来，不要是报纸上讲过的，哪怕有百分之十，也应该拿出新的意见来"。并提出了应该重点总结十七年经验教训问题、理论问题和党究竟怎样领导文艺等问题。

做这样一个报告的难度是极大的，此时，周扬七十一岁，荒煤、光年、林默涵同庚六十六，沙汀七十五，而与世纪同龄的夏衍已经是七十九岁高龄，这些古稀之年的老人，经历了生死磨难，伤痕累累，疲惫不堪，本已到了含饴弄孙安度晚年的时候，却在生命的最后一段时光里为了新时期的文化繁荣发起了冲刺。

周扬的女儿周密事后对人表述了自己当时的担忧：

在我的印象中，父亲说起这个报告的事情，是在（1979）1月左右。一次陪他散步时，他谈起了文艺界正在筹备的文代会，也谈起了筹备小组成员之间的争论。从成员之间的争论，他也谈到了文艺界的整个状况。父亲说，在思想解放的潮流中，一些人由于认识上的迟缓，落伍也是正常的，争论也是正常的，关键要进行切实的引导，使那些落伍的同志赶上时代的潮流。……耀邦同志决定要由我搞一个大会报告。这样的考虑是正确的。

父亲不是照本宣科念报告的人。虽然有人帮他起草，但思想还是他的……另外，父亲对于报告的准备很认真，总要自己修改，有时候会把人家起草的稿子改得只剩下标点符号。一个大报告，往往要折腾他很长一段时间。起草文代会报告时，父亲已经七十一岁了，这样一个岁数了，还多病。我劝他不要承担这个任务。父亲说，我身体是不好，可我们国家重病初愈，百废待兴啊。小平同志要我管管文艺界的事情，我不能不做啊！

（《名家书札与文坛风云》319页，徐庆全著，中国文史出版社，2009年5月）

筹备工作迅速地展开了。周扬主事前，已有林默涵领导的一个报告起草小组，做了初步工作，但周扬不满意。荒煤记录了周扬的意见：不怪起草的同志，我们要拿出一个意见来，不能为报告而报告。周扬决定重新起草报告，并确定了一个由林默涵、荒煤、冯牧领导的新的起草小组。起草前，周扬和小组的同志作了详细谈话，对如何实事求是地总结三十年正反两方面的经验，如何看待当前文艺形势提出了系统的意见。经过了一个多月的艰苦努力，初稿完成，胡耀邦看过后决定将初稿下发广泛征求意见。这一年的八九月间，大约有两百人先后参加了对报告的讨论座谈，胡耀邦和周扬多次发表讲话，胡乔木、林默涵、荒煤、张光年、冯牧在报告上留下了一次次修改的笔迹，周扬在第四稿上进行了最后的修正报送中央。周扬的秘书露菲目睹了周扬的艰辛：那段时间，他经常找人来聊天，了解情况，进行思考。写作小组成立后，他多次与小组的同志"务虚"。初稿出来后，他除了分送给有关同志修改外，自己也从头到尾进行修改。报告前后四稿，每一篇他都多次修改，直到作报告的前一天，还在改。有时候还连续熬夜。七十多岁的人啦，哪能受得了。有一天，我看到他累得连脚步都站不稳了……（《名家书札与文坛风云》319页）

1979年10月30日，在距上一次文代会召开十九年后，四次文代会终于在人们的热切期待中召开了。这是经历了"文革"之后文艺界第一次隆重而盛大的聚会，饱受摧残的老艺术家和新时期涌现的文艺新人聚集一堂，人们的情绪之激扬，思想之活跃，发言之争先恐后、滔滔不绝都让人感到从未有过的新奇和兴奋。那时候，我这个刚刚离开部队走进学术殿堂的小姑娘，也因为工作关系有幸参加了大会，最近距离地接触了许多如雷贯耳的大艺术家们。与我住同屋的是有着坎坷人生经历的女作家关露，而我打交道最多最无所顾忌和喜欢接触的正是大会的组织者之一诗人李季。

虽然早已如雷贯耳，却是第一次见面。记得那天我跟随荒煤走进报到处时，李季正操着河南口音大声地和谁打电话。放下电话，他爽快地向我伸出一只大手，认识一下——李季。李季？我抬头望着久仰大名的诗人，他的诗歌在当兵的日子里曾被我多次抄写在笔记本上，帮我驱走大山坳里难耐的寂寞，燃起对平凡普通生活的热情。可眼前的这个人并不是我想象中的诗人，他长着一张黑黑的脸，高高突出的颧骨，一双细眼睛凹下去，一张宽大的嘴巴微微鼓起，很有些乡下人的味道。很快我们就相识了。由于我不断地穿梭于会议的领导人之间，立刻就发现李季的工作作风出奇的细致。几乎每一件事，每一个细节他都要再三思考才做决定，不仅亲力亲为而且也很固执，因此在文代会的每一天，他都工作到深夜。有一次，我忍不住说："你真不像个诗人。""诗人什么样？"他探头问我。"诗人感情豪放，可你那么细，像个婆婆！"屋子里的人都笑了，他也笑得像个孩子。他爱看电影，文代会期间每天放映的电影吸引着大家，也同样吸引着他这个大忙人，可是进了剧场他已经累得只有打瞌睡的份了。有几次，他就坐在我的旁边。电影一开演，他就身子向前佝偻着，头歪向一边，整个人好像都进入了梦乡，可当一部片子演完他迷迷瞪瞪地抬起头来受到我的嘲笑时，却总是能把情节从头到尾讲得清清楚楚。戏不好，他就摇着头，"上当了！上当了！"连连惋惜他的宝贵时间，可还是坚持要看下一部。戏好，他会不停地点头，"不错！不错！"说到悲惨的地方，他就捂着心脏说："啊！不舒服！这里不舒服！"——很多年后我想到这个细节，总是怀疑其实他当时可能真是累得心脏不舒服了！可他还是舍不得放弃那些多年未看到的电影。终于到了曲终影毕，他总是腾地一下站起，以极快的速度消失在人群中，风风火火赶回去加班了。一连几天下来，他那瘦长的脸颊好像更长，眼睛也好像凹陷得更厉害了，连我都担心起他的身体来。他却挤挤眼睛说："你这丫头，小看人！"文代会上，忙碌而诙谐的他，每日就像是在高唱着一首进行曲，不停地向前奔跑。谁也没有想到，仅仅三个多月后他就突然发病离开了人世。他是累死的，是他们这一伙老头儿中第一个倒在改革开放大舞台上的人。他的夫人说：他太累了，我早有准备，可是也没有想到他会死得这样快！听荒煤说，那天上午李季还在开会，精神抖擞。晚上，荒煤突然接到他病危的消息急忙赶去医院，他已经走了。在第二天的日记中，荒煤痛心地写道：李季之死，使我抑郁不已！

　　四次文代会的日子很不一般，以后所有的文代会或许都没有那次那么让全国人民瞩目，也没有那次那么热闹非凡。记得每次我去冯牧的房间时，那里都人来人往，高朋满座，而他那铿锵有力的嗓门也不断地在人们中间响起，好像把自己家的客厅搬到了宾馆。荒煤那边却是另外一番情景，文学界电影界的人士汇集一起，那一个个从银幕上走下来的演员、导演常常让人看得眼花缭乱，尽管荒煤的声音从来都是低低的，却丝毫不影响客人们的欢声笑语……受着这种气氛的感染，连我也沉浸在亢奋之中，觉得一切都十分美好。我和李小林、阳翰笙的女儿欧阳永华经常在一起谈论自己的感受。因为翰老住在医院里，大会的许多事情都由永华负责联系。尽管我们不住在一个宾馆，但这并不妨碍我们交流。我们打电话沟通，开大会时悄悄在下面开小会，不仅对大家关注的问题发表意见，并开始在大会中为我们的小小目标——说来好笑，是谋划为李子云找对象——而活动着，好像在主旋律中快乐地奏着一支自己的和谐小曲。对我们的"非组织活动"巴老和荒煤颇不以为然，觉得是小孩子一厢情愿的胡闹；而李季和孔罗荪却欣然支持。我们乐在其中，并很快把目标锁定在冯牧身上。直到后来被有些人指责为"串联不选思想保守的人",我们才知道惹了大麻烦,好像从半空中一下子坠落到现实中来。

不仅如此,很快,我就更加清晰地感受到历史的沉重,这沉重正是来自文艺界的巨头、大会的领导者周扬。周扬的那个具有里程碑意义的报告《继往开来,繁荣社会主义新时期的文艺》终于出台了,报告重在总结文艺界中华人民共和国成立三十年以来的经验教训,摈弃文艺为政治服务的口号,为文艺的复兴开辟道路。这个经过了一次次讨论修改、倾注了周扬和许多人智慧的报告,给大会带来了鼓舞和力量。人们对周扬报告的反应是热烈的,大多数人都给予充分的肯定和赞许,但人们的期望显然也更高。有人说周扬讲了三条教训,但对文艺界十七年为什么一再出现"左"的偏向说得不具体,不深、不透;有人渴望报告把中华人民共和国成立三十年来的许多问题都一一交代清楚;还有人希望在报告中能提到这一部电影、那一部小说,为了这些作品有人送了命,有人"差点被吊死!"对于当下的文艺现象,更是众说纷纭,多数人认为好得很,解放思想才刚刚开始;有人则认为已经过头了,"有的电影剧本已经写了光屁股的"……

最心存芥蒂的还是那些在反右运动中被整得很惨的人。尽管从筹备文代会开始周扬就为大会制定了"各抒己见,不看风头讲话,不看眼色办事,不怕交锋,保证不扣帽子"(荒煤笔记,1979年7月)的基调;也为自己确定了勇于承担责任,对历史进行深刻反思的原则。他希望老同志能够消除隔阂团结一致向前看;希望新同志能够焕发朝气促进团结——"这个会如果不能达到团结的目的,这个会就是失败的"。本着这一原则,周扬在文代会前曾多次在大会小会上向被整错的同志表示歉意,或是登门探望表示道歉。一次,他还专门邀请三十多位被整错了的老同志见面,他单独坐在会场前面心情沉重地表述自己的歉意……然而，经历了一场又一场政治风波，饱受磨难的作家、艺术家们，他们的心还沉浸在历史的眦裂与阵痛中，他们中的一些人还无法像变戏法一样迅速地抛弃昨日。正如王蒙所说，此时他们并不想跟风大骂"四人帮"，"更想骂的，更较劲的可能另有其人"。而对于周扬再三再四的道歉，文艺界上层有人更是不以为然，发出了中央还没表态"你有什么资格检讨"的责问。

在一次大会上，周扬讲话时又向被整错了的人表示道歉。这时，突然有人站起来走到他面前大声质问，会场上很静，接着就有人应和，又一个人走过去声嘶力竭地责问……那时，我恰好就坐在前面，虽然童年的"文革"时代早已见识过种种大场面，也堪称经风雨见世面，但此时还是为在这样一个严肃的大场合中，有人站起来大声喊叫而感到吃惊。我紧张地望向周扬，清楚地看到他流泪了，他那一向从容而带些严厉的目光，在那时透露出很深的痛苦和自责，他又说了些话，意思大概是同志们所受到的委屈和伤害，我的道歉说多少都无济于事，但我必须道歉，我有着不可推卸的责任……

我感到窒息，看着会场上那一个个衰老的面容和台上周扬痛苦的表情，我这个对岁月还没有更多感受的青年人似乎一下子就触到了历史沉痛的脉搏！他们曾经一同经历了风雨沧桑，又在政治斗争的漩涡中结下了恩恩怨怨，这里面有多少时代的原因，又有多少是个人的原因呢？中国文艺界的曲折道路乃至一些人的命运和台上这个人有着怎样密不可分的联系，历史的变迁和动荡又给予台上这个人怎样的负重呢?！或许就是从那个时候起，我不再能充分享受大会表面的喧哗和快乐。我注意到另外一些层面的东西，感受到一种透不过气来的东西在空气中弥漫。很多年过去后，在写这篇文章的时候，我看到了一篇有关黄永玉先生忆及当年往事的文章，"……是'四人帮'倒台后北京一次文艺界大会，许多久违的文艺界头面人物都出席了。夏衍、阳翰笙、适夷等都有很多人趋前存问，而周扬独无，只能一个人孤零地离去。永玉顺手画了一幅小画。一根顶天立地的巨柱，下面有一个小如蚂蚁的人物在夕阳中伫立遥望……"（黄裳《永玉来访》，《文汇报》，2011年12月12日）我相信老先生描述的这个生动的场景，或许这就是那时的周扬，既有迎面而来的满场掌声，也有寂寞中的孤独离去，时而还有克制不住的"破口大骂"！重要的是他能够在这寂寞无声或是破口大骂中思考进而超越，而不是沉湎其中，这就是他的本领、他的魅力，抑或说是境界。

历史的变革带给周扬的变化是巨大的。八十年代的周扬少了昔日的霸气，多了精神上的自省和反思，带着这种自我谴责，他不能不时时感到精神上的痛苦和愧疚。

几乎在同时，周扬的战友们也立刻就察觉到了他的变化。荒煤说，尽管周扬给他的印象依然还是沉稳、坚定的，看人的目光仍旧犀利，但他还是觉察到周扬变了。沉稳中暗含着一种伤感，犀利中带有一丝丝的犹豫。他还爱流泪了，这是荒煤认识的周扬从未有过的。这种变化使荒煤不胜感慨，每次提到都有一种惊讶和惶惑——一个那么坚强的人会有这样的变化！听了荒煤的话，我总在想，周扬的这种变化是什么时候来的呢？是不是那段黑暗的日子带给他（们）的收获？他（们）在黑暗中受苦，但黑暗中也会有灵魂苏醒，有生命诞生，有新的精神在历练后爆发。"文革"毁灭了一些人，也挽救了一些人，周扬和他的战友们或许正是在苦难中获得了真正的人性复苏。

荒煤说，自己也变得爱流泪了。看到电影中感人的情节时，看到一些忆老友的文章时，或是当感情的闸门被瞬间的记忆敲开时……不管怎样，他们都不想掩饰这种变化。经历了岁月的打磨，岩石般坚硬的外壳下面裸露出柔软的内核，他们更想让它自然地袒露。

尽管让人吃惊和印象深刻，但泪水毕竟还是瞬间的感情流露。文代会结束，周扬重新走上中宣部领导岗位。承载着沉重历史负荷的周扬，以一个思想家和领导者的眼光成功地完成了新时期的转变，而昔日的周扬派们紧随其后，扬起了一面旗帜，引领着文艺界前进的脚步。

四　激流涌动

一个大大的太阳，一枝风中芦苇在日轮里摇曳着，飘啊飘。画外响起定音鼓的一声重击，一个黑色的圆点在银幕上出现。接着，连续五声重击，省略号的六个圆点随着重击声依次排列在银幕中央……

1980年末，电影《太阳和人》这六声重击敲响在银幕上，引来的却是整个思想界的震动和争执，有人说"这部电影很恶毒，对着红太阳打了六炮"。

那天，在人数不多的小放映室里，当影片结尾的六个圆点一个个在眼前显现后，灯光亮了起来，一时，放映室里竟没有什么声音，坐在前排沙发上的周扬面色凝重，心情十分复杂。

严格地说，他并不喜欢这部片子，过多理念性的东西，情节上一些明显的漏洞，都说明在艺术上还不成熟。然而，在剧本以《苦恋》的名字在《十月》杂志上发表后，争论已经持续了半年时间。他心里清楚，一部影片把新时期文艺发展面临的一些重大问题带到了十字路口，也使得人们在理论上的分歧更加白热化了。

与再聚首同时而来的是观点上的分歧。速度之快，或许是他们事先没有预料到的。随着拨乱反正的深入，曾经在批判"四人帮"问题上保持高度一致的文艺界高层开始分道扬镳。分歧主要集中在两个问题上：一是对十七年文艺路线的看法，是否承认有"左"的错误；一是对新生文艺的看法。分歧开始还只是个人之间的争论，后来就越来越严重，从高层人士一直波及整个文艺界，几乎到了不可收拾的地步。

1981年新年一过，周扬在安儿胡同的家中连续召集文艺界主要负责同志讨论《太阳和人》问题。分歧非常明确，一种意见是：禁演，或拿出来公开批判示众。另一种意见认为不能一棍子打死，要给作者修改的机会和权利。夏衍、张光年、荒煤、冯牧等人认为，影片在内容上揭露了"四人帮"迫害知识分子的罪恶行径，表现了主人公热爱祖国的革命热情，应该给予肯定；但在表现主人公"文革"中的悲惨遭遇时，把造成这场灾难的原因全部归罪于个人迷信是错误的。影片的编剧、导演、摄影、演员大都是新人，如果因为有缺点错误，就予以禁演，或允许放映，同时组织批判，两种做法都可能在文艺界、电影界引起相当大的波动，不利于安定团结，也不利于电影反映现实题材的创作。考虑到对中青年创作人员在思想上应以疏导为主，建议对影片的编剧导演进行细致的思想工作，说服他们进行修改。

周扬支持这一观点。在那个时刻，他或许想到了十几年前《早春二月》的命运。他还记得那年小放映室里摄制组人员期待的神情，记得因为自己的讲话而骤然从热转凉的尴尬气氛，记得茅盾略显沉重但又不甘的语调和目光……自然，从内容和艺术形式上它们有很大不同，但命运呢？那时候，就是他的一个电话"不用改了，一个镜头都不要改"，随之而来的是席卷全国铺天盖地的大批判。虽然他执行的是毛主席"使这些修正主义材料公之于众"的指示，但在历史的悲剧面前，他不想择清自己。一直以来他都认为大有大的责任，小有小的责任，那些责任压在他的心上，每每想到都让他有种说不出的沉重。不久前，一位外国留学生采访过他，年轻的采访者向他直率地发出了询问：过去那种整人的情况还会发生吗？那一刻，他毫不犹豫地回答，不会了。接着，他又补充说，起码我是不会再那样做了。停了一下，他又再次补充说：我要在力所能及的范围内尽量不那样做。这一次又一次有意无意的补充或许正意味着他已经意识到事情远比想象的要复杂，道路不可能一帆风顺，而他自己也可能再次面临无能为力的局面！

那段时间，文艺界的主要领导们每隔几天就聚集在周扬家里开会。他们的会往往开得很长，会议结束时大家常常都带着一脸的疲惫离开。

荒煤说有时真觉得开不下去了，但周扬坚持着，大家也坚持着。荒煤在笔记中记录了那些会中有关《太阳和人》的一次次争论。

1981年1月26日　星期一

上午在周扬家谈学习问题，最后同意全委会推后，先开党内文艺工作会议，我仍兼文联工作。

1981年2月2日　星期一

上午到周扬处谈《太阳和人》有关问题及文化部党组、副部长名单问题。

1981年2月9日　星期一

上午到周扬家碰头，谈党内文艺工作会议问题，百人会议问题，到底怎么开好。

1981年2月16日　星期一

上午到周扬家座谈。极为愤愤而归，团结不易，夏公提出不再参加会议。

1981年2月23日　星期一

在周扬家谈学习问题，我建议扩大些作家艺术家。林、刘又为《太阳和人》的问题大发雷霆，实在令人气闷。

1981年3月2日　星期一

上午在周扬家谈《太阳和人》问题。

对泄密问题可受理。

1981年3月9日　星期一

在周扬家谈电影问题。

周扬对《太阳和人》问题同意还是修改为好。

1981年3月16日　星期一

上午在周扬同志家谈学习问题。

1981年3月18日　星期三

上午到周扬处谈学习、电视问题。确定下周大会发言。

1981年3月23日　星期一

在周扬家谈学习问题，决定本周开大会。

1981年4月6日　星期一

上午在周扬处汇报厂长会议问题。

1981年4月13日　星期一

上午在周扬家谈学习——乔木谈《太阳和人》《天云山传奇》问题。

1981年4月20日　星期一

上午在周扬家谈下周工作布置。

1981年4月27日　星期一

上午在周扬家碰头，谈些学习问题。

1981年5月14日　星期四

上午在周扬同志处谈《文艺报》问题。

……

（荒煤日记）

　　多年后，我看到荒煤保存的两本座谈会记录，黄色的牛皮纸封面，内里用稿纸装订，稿纸上全部是手写笔迹，内容正是1980年底到1981年初电影界观看《太阳和人》之后，《大众电影》编辑部组织的座谈会记录。仔细阅读，尽管当时参加会议的电影评论家、编剧和导演们对影片的一些细节也提出了意见，但在大的方面几乎一致叫好。有人认为"影片在思想上是振聋发聩""艺术上是标新立异"。有人说：粉碎"四人帮"后，这是一部最新最完整的影片。还有人说：凌晨光就是影片编导者的形象。如果不是强烈地热爱祖国，写不出这样的作品……一方面是彻底的否定，一方面是一片叫好声。此时，正是周扬通知荒煤重返文化部掌管电影的时候，面对这样的局面他们再次承受了极大的压力。

为了顾全大局，荒煤同意出面劝说摄制组进行修改，但白桦不希望改动。他想请胡耀邦看片子，胡耀邦没有同意，却在另外的场合重申了自己的主张：再也不能以一部作品和某些言论加罪于知识分子了，更不能发动一次政治运动。但是，这些讲话并不能阻止反对的声音，随着批判声浪的兴起，要"枪毙"的呼声日益高涨，后来竟发展到有人要求中纪委介入……

荒煤十分焦虑。他了解白桦。1953年从中南到北京电影局上任，为了培养创作队伍，他主持了电影讲习班，白桦是第一期学员中年龄最小的一个，受到他的关爱。"文革"后荒煤回到北京，意外地和白桦在同一个饭店住了半年之久。饭桌上他们常常一起回忆五十年代的日子，回忆电影走过的曲折道路和彼此的坎坷经历。白桦爱说讲习班时荒煤给他们上课的故事，课堂上荒煤分析人物时总喜欢举屠格涅夫《贵族之家》中"丽莎的睫毛"的细节，每当这时学员中就有人悄悄地说"丽莎的睫毛又要颤抖了"……白桦生动的描述常常惹得平时一脸严肃的荒煤大笑，有时甚至笑出了眼泪。荒煤爱才，他能够理解作家的苦衷和情感，对经历了"文革"之后的精神反思颇为赞赏，对动辄就给作品扣上政治帽子加以否定的做法极为反感，但他能做到的也只是顽强地坚持"要给作者修改的机会"。表面上看，这种意见相比"一片叫好声"逊色不少，但能够顶住越来越大的压力坚持到底，已是他们做到的最大努力了。既要顶住压力，又要苦口婆心地说服年轻人顾全大局，那情景真有些苦不堪言。

《太阳和人》最终也没有上映，但批判欲罢不能——于是就针对一年前发表在杂志上的剧本《苦恋》展开了批判。1981年2月，中宣部召集在京文艺界党员领导骨干会议。主持会议的周扬在开幕式上对这场争论只字未提，这更让一些人认为有包庇之嫌。会上，有人联系文艺界的现状明确指出，"第四次文代会以后，文艺上有方向、路线错误"。并且责问："你们这几年把文艺引导到什么地方去了？"还有文艺界领导人宣称：经济上要反"左"，文艺上应反右。在历时三个月的会议中，《苦恋》一直是人们谈论的一个焦点。参加了这次会议的顾骧清楚地记得，为了表明自己的态度，周扬在责成他起草总结报告时，特意谈到了如何看待《苦恋》的问题：在学习会进行期间，发生了批判白桦同志的电影剧本《苦恋》的事情。白桦同志是一个比较有影响、有才能的作家，写过一些好的作品，但《苦恋》确实是有倾向性错误的作品，应当批评。批评的角度和观点可以不同。作者表示愿意修改电影，文化部也同意了。我们希望改好。无论是否改得好，电影公映后，还是可以批评。有错误不批评是不对的。但对人民内部的思想问题，一定要慎重。既要实事求是，弄清是非，又要团结同志，与人为善。周扬的这些观点在多个场合说过，后来被总结为三点：一、白桦是一个有才华的作家，但作品有错误，可以批评；二、应该对作家采取帮助的态度，帮他把电影修改好，而不是对作品采取"枪毙"的办法；三、批评应该实事求是。

周扬的"白桦是一个有才华的作家"引来了不少责难。有人点着他的名说：我说，周扬同志，才华有什么用？和世界观有什么关系？单单凭一点小资产阶级的才华，是不能办无产阶级宏伟事业的。

听到这样的声音，周扬似乎没有什么反应。他的观点并不仅仅针对白桦个人，而是面向更多新生力量，是从珍惜文艺界来之不易的安定团结和繁荣局面出发的。在首届茅盾文学奖授奖大会上周扬说：

对作家要十分慎重地对待，要关怀他们，使他们有一个良好的环境，需要有一点灵感和热情，你不能破坏他的情绪，使他根本不想动笔了。……要为国家培养人才，爱护和保护人才，爱护和保护是第一位的，批评也是为了爱护。在我们的国家，什么是最可痛心的浪费呢？这就是人才的浪费。爱护人才是非常重要的，要保护人才，这是我们的责任，因为我们是当权的嘛！

（《周扬新时期文稿》800页，徐庆全编，山西人民出版社，2004年3月）

此时此刻的他，更多地想到了周恩来，"我常想，为什么知识分子那么怀念周总理？"跟随周恩来多年，他耳闻目睹周恩来对知识分子既严格要求，又体贴入微、百般尊重和爱护的风范。周恩来在百忙中关注着一个又一个有成就的、有缺点的、有困难的、受挫折的各种各样知识分子，在知识分子眼里，他既是可尊可敬的国家领导人，又是一个可以亲近可以信赖的朋友。像周总理那样和知识分子做朋友，为他们遮风挡雨，周扬这样想着，也要求自己这样做。在他心里，十几年前《早春二月》的那一幕，再也不能重演了。

《太阳和人》的事情沸沸扬扬地折腾了一年，周扬他们始终坚持了自己的观点，在两年后的"清污"中这些也都成了他们要说清楚的问题。

五　期盼与无奈

1981年是个多事的年头，争论没完没了，每一次周扬都必须作出选择。

9月，文艺界隆重纪念鲁迅诞辰一百周年。这次会议的筹备工作很不一般。开始，总报告的起草工作由荒煤主抓，委托刘再复等人撰写，周扬亲自拟定了题目"学习鲁迅的怀疑精神"，并多次和起草人进行了详细的交谈。报告写成后，几经修改送领导审阅，时任中宣部部长的王任重认为没有战斗性，没有批判资产阶级自由化，报告中提到的作家良知是资产阶级人性论的表现，应该重写，并指定由林默涵挂帅。此时，离大会召开只有十几天时间，原撰稿人退出，新的起草人在林默涵的领导下执笔奋战。周扬正因病住在北京医院，荒煤等人到医院看望很是激动，力劝周扬不能作这种强加于人的报告。周扬进退维谷，内心十分纠结。初稿是在他的思想指导下写成的，强调鲁迅科学民主大众的文化精神，对此他较为满意，却未料遭到此番指责。

他不想把问题弄僵。他希望会议能开成一个团结的大会，筹备之初他就曾给荒煤写信。

荒煤同志：

报告和筹委名单已阅，稍有修改，请您们再加斟酌送默涵同志阅正后即上报。默涵如不愿当秘书长，也不要勉强他。

上海有巴金、袁雪芬，没有陈沂不好。我们要处处注意团结的工作。

名单望与夏衍同志一商，他比我会想得更周到一些。

敬礼！

周扬十二月十八日

（周扬致荒煤信，1980年12月18日）

周扬从开始就小心翼翼地顾及着各方面的团结，尽管林默涵流露了不满意、不配合的意思，但他还是一再表示了对林的尊重和信任，现在怎么办？他犹豫不决。

那天，在北京医院周扬的病房里，情绪激动的老头们似乎有了一个共同的想法。回来后，荒煤立即给纪念委员会主任邓颖超写信并转胡耀邦、习仲勋。此时，难以平静的刘再复赌气想把报告初稿作为个人文章拿到报纸上发表，周扬劝阻说，"等等，情况可能还会有变化"。等什么，他没有明说，事后看，很可能就是等荒煤信的结果。

荒煤给邓颖超的信态度坚决，历陈王任重、林默涵做法的危害，认为既有观点上的错误，也不利于团结。《苦恋》的事情还没有结束，纪念鲁迅的报告又弄得大动干戈，种种焦虑、忙碌，加上天气酷热使荒煤疲劳至极，终于阑尾炎发作也住进医院。不过，他的努力没有白费。很快，邓颖超的回复来了，认为报告写得很好，没有什么意见。胡耀邦、习仲勋也表示同意荒煤的意见。形势变了，荒煤有种感觉，可能最终还是要采用原来的报告。那天的日记中他写道："决定继续修改周扬报告稿。给邓颖超信。晚得通知仍修改周扬稿。"（荒煤日记，1981 年 9 月 17 日）荒煤立刻启动原班人马对原报告作文字上的推敲修改；林默涵虽然情绪不好，但也坚持指挥他的班子日战夜战。大会开幕前，王任重召集紧急会议说：现在有了两个大会报告，大家讨论一下到底应该用哪个？会上，林默涵不得不承认由于时间仓促新写的稿子"又乱又浅又臭"。而王任重受到邓颖超意见的影响，也表示原报告最近几天改得不错，再加上一段反对自由化的内容就行了，其实他自己也知道这个报告并没有什么大的修改。会后，林默涵还是心有不甘，他打电话给邓颖超陈述自己的观点，并一再激动地表示：不行的话我自己再起草一稿！此时，离开会只有两天了。

据刘再复回忆，那天会议结束后，他陪周扬回到家里，苏灵扬很激动地对周扬说："如果还要你去批别人，你就不要作这个报告！我们的教训够深的了！"周扬听着，沉思良久，最后拿起报告加了一句"我们现在应当特别警惕'左'的倾向"。并郑重地说："他们说要加上一段话，我看还是加上这一句。"（《师友纪事》35 页，刘再复著，三联书店2011 年 1 月）

我特别看重这个细节，深思良久的周扬心境有多么复杂没人知道，他是否又有了那种在夹缝中生存的感觉？是否对自己想要极力维持的团结已感到沮丧和迷茫？又是否意识到前面的路会更加艰难曲折？不管周扬想到了什么，最终他还是毫不犹豫地加上了那一句"我们现在应当特别警惕'左'的倾向"！他清楚地知道人家要他加的是一段反对自由化的内容，他却偏偏加了这相反的一句。改过后，他郑重地把稿子交给报告起草人保管，希望能够作为历史的见证，也表露出自己反"左"的坚定不移的决心。这一事件耐人寻味，正如顾骧感叹说：晚年的周扬虽不能说完全做到特立独行，但毕竟不再是俯仰由人、甘当一种"思想"的"宣传者"的传声筒角色；努力本着自己的声音吟唱，依靠自己的良心思考，维护着人格独立，人性尊严。

我曾经从旁听到荒煤对这一事件的讲述，他声音低低的，带着胜利的喜悦也充满着困顿和疲惫。无论如何这件事的结果和他写信力争有密不可分的关系，但他对周扬也不无意见。在这场争执中，他觉得周扬太软了，对林默涵太犹豫，太迁就了。

一直以来，在文艺界高层人士的分歧中，荒煤和林默涵之间的争论似乎格外针锋相对。荒煤最早发表的《阿诗玛，你在哪里》受到了文化部的一再责难，而那时候林默涵正领导着这个部门；后来荒煤那些支持年轻人的文章被林默涵看作是跟在年轻人后面跑；荒煤对赵丹遗言的呼应被林默涵指责为没有立场；对《太阳和人》的意见被认为是错误观点；还有许多理论问题，以及用什么人的问题……荒煤绝不示弱，他最早指名道姓地批评林默涵，在文艺界公开他们之间的"严重分歧"；他在人性、人道主义以及如何看待新时期文艺等问题上一再和林默涵展开争论。最为突出的还是在文联重新组建时。当得知周扬有意要林默涵担任文化部党组书记、文联党组副书记时，荒煤立即给周扬写信直言不讳地对这种做法表示惊讶、惋惜和反对："请原谅我坦率地表示意见，我认为你至少让他担任文联书记事，不和文艺界一些老同志商量一下，听取大家意见是不够慎重的。"理由很简单："这一年，他对文艺界只是泼冷水。"荒煤的意见并不只代表个人，周扬最终放弃了这个想法。

荒煤和林默涵的争执持续了多年，直到整风、反对资产阶级自由化，固执的林默涵对荒煤仍旧揪住不放，而荒煤也予以回击。他在1984年1月14日的日记中写道：

下午党组学习，默涵发言，目标仍对准我不放。提出几个认为文化部要注意的问题。

1. 所谓赵丹事件，我写了悼念文章，我站在哪方面？

2. 三刊物会议讨论人性、人道主义问题。

3. 重用马德波问题……

4. 我极力平静也发了言，仍不免有些激动。对斤斤计较一些谣言反感。证明今后很难合作。

两人都坚持自己的立场，你来我往，绝不妥协。1992年文艺界举办荒煤文艺生涯六十年研讨会，林默涵出席会议，他在大会发言中说："当然，我和荒煤之间对某些问题也有不同的看法和意见，但我们都是当面说，说过就算，并不影响在工作上的合作。我认为，在建设社会主义，进而实现共产主义这个根本目标上，我们是完全一致的。"荒煤在答谢辞中回应了他的讲话。多年过后再度回想他们的争论，除了让人清晰地看到改革开放之初走过的艰难道路，也让人另有感慨，无论谁是谁非，敢于如此直率地说出内心的想法而绝不隐讳自己的观点，在今天的学术界或是官场都实在太罕见了。

争论中，周扬的旗帜始终是鲜明的。他在四次文代会的报告中强调："现在的情况不是思想解放过了头，而是思想解放还不够，束缚思想解放的阻力还很大，思想僵化或半僵化的，还大有人在。我们对人们的思想解放，只能促进，不能促退，只能加以正确引导，而不能加以压制。要求文艺工作者思想解放，首先文艺工作的领导人自己要带头解放。"周扬心里明白，文艺界上层的分歧表面看是荒煤、张光年等人和林默涵、刘白羽之间的矛盾，但实际上矛头针对自己和夏衍。尽管如此，周扬对林默涵等人的看重似乎仍然没有改变。他内心非常复杂，不愿意看到分歧愈演愈烈。在他的心中团结是第一位的，只有团结才能担负起改革的重任。假如队伍四分五裂大旗又能扛多久？他在很多方面都小心地维护着团结，希望找到一种平衡。他想要林默涵担任文联党组负责人的想法或许也说明了这个问题。

为了维持团结局面，从1980年10月23日起，周扬在家中接连召开了九次老同志谈心会，试图统一认识消除分歧。然而，九次谈心会过后，双方仍旧各持己见，所有问题都没有解决。1981年初，从上面不断传来"文艺界某些人自由化倾向严重"的声音，林默涵等人更有真理在握大义凛然之势。矛盾愈加突出，形势愈加严峻。周扬延续了谈心会的做法，每周一次在家中召开由夏衍、贺敬之、林默涵、张光年、冯牧、荒煤等人参加的核心组碰头会。持续了半年多的碰头会是周扬为团结所做的最大努力，遗憾的是分歧没有消除，且随着形势的发展变得更加复杂和不可弥合。1981年末，在结束了《苦恋》风波和鲁迅纪念大会之后，周扬辞职，经过一番挽留，终于成为中宣部的一名顾问。

荒煤曾经说过，周扬最信任的人正是反对他最厉害的人。在这个问题上，夏衍也有同感，觉得周扬最终是被自己所造的势打倒。或许，周扬是太想要那份团结了，经历了"文革"的大磨难，一心期盼文艺界有一个团结繁荣的局面，这是他心中高于一切的大事。或许正是这份期盼让他不再重现昔日的霸气和决断，他不但对年轻人宽厚，对身边意见不同的人也表现出了宽容，这抑或也是他们的争论始终处于胶着状态的原因之一？然而，回望历史，回望八十年代初整个文艺界起起落落的大形势，即便重新来过，不知周扬是否还能有别的选择？

扬帆起航的队伍，曾经何其威武，叱咤风云，几经波折竟也有了零落的景象。

六　远方的岸

1983年的那场风波，周扬这杆大旗在批判中轰然倒下。

纪念马克思逝世一百周年的报告会荒煤等人都没有出席，都是大忙人。但会上的情况很快传来。张光年立即认真阅读了周扬的报告，认为"找不出大错来""有很好的深刻的见解，倘由此引起一番公开讨论，我看是好事情"。荒煤是在北小街46号夏公处听到消息的。夏衍感冒卧病在床，说起来对发起进攻的人充满不屑。晚上，荒煤与光年、冯牧通电话了解详情，并认真阅读报告，同样未看出什么大问题。隔日赶去探望周扬，周扬未多说什么，只是对文联工作深感疲惫，极力劝说荒煤回文联主持工作。荒煤非常犹豫，最终达成协议代周扬兼管一下文联党组工作。

他们对周扬报告所引起的争论感到不以为然。听说报告结束时，场上响起长时间的热烈掌声，这至少可以证明多数人不仅认同还给予很高的评价。然而，形势再次朝着相反的方向发展，指责汹涌而来。用荒煤的话说，许多人都对这些指责感到惊愕，是否又要搞运动了？面对种种责难，周扬据理力争，他的辩护引来的只是更多更猛烈的批判。在强大的压力下，周扬最终做了检查，承认自己"轻率地、不慎重地发表了那样一篇有缺点、错误的文章。这是一个深刻的教训"。

不少人都想弄明白周扬为什么要做那个检查。几年后，在病房中他还对儿子周迈谈到，认为"批异化没有道理"。显然，检查是违心的。据说还有领导希望他把检查做得既要使批评他的人满意，也要使支持他的人满意，还要让不了解情况的群众满意。做到"三满意"是不可能的，但他还是因为自己是党的人而要求自己做到服从。然而，这个检查在他的内心形成了巨大的波澜，也成为他心中永久的痛。这不禁使我想起1978年荒煤因《阿诗玛，你在哪里》而惹出的一场官司，也是胡乔木说服他在《人民日报》上发表一个类似检查的说明，以平息对方的火气。结果引来的不仅是广大读者的惊讶和猜测，也同样引来了人们对这种做法的不满。不同的是，那次毕竟没有形成全国性的政治事件；而荒煤比起周扬来，远没有那么较劲，虽然心有隐痛，却在忙碌和不屑中把这一事情抛向脑后。而周扬呢，他的认真、真诚、执着和自尊更快地把他引向深渊。

他终于变得沉默了，那沉默就像是一个被巨大的石头封住的洞穴，不管洞里有多深，有多少出人意料的奇石异景，洞外却是风不吹草不动，是永远的无声无息。

他经常坐在屋子里，两眼凝视着对面的屋檐久久地不说一句话，他的身体在巨大压力的摧残下急剧恶化、垮掉，一种从精神到肉体的崩溃，将他慢慢地覆盖。

目睹这一切的"周扬派"们感到了心寒。不仅仅是他们，更多的人，甚至包括一些曾经被周扬整过的人都感到心痛。因为周扬遭受的这次致命打击，恰恰出现在他真正觉醒的时候，在他以一个理论家的角度真实地深刻地审视历史的时候，这样的结局不能不让人们感到深深的悲哀。

他们不间断地去探望，开始还能和周扬有简单的交流。1984年4月15日荒煤在日记中写道：

下午去北京医院看周扬，遇秦川、灵扬。周频频称"老了老了"，行动极为不便。仍准备与巴金于5月同去日本。

到王府井书店等逛了一趟。

感触颇多，不胜疲劳的感觉。从事文艺工作半个世纪，总是感到负重前进，坎坷太多，常使人不知所措，挫其锐气，如此状况，振兴何易？可叹！

1985年3月巴金到北京参加全国政协会议，在他此生最后一次的北京之行中，特别由女儿和吴泰昌陪同到医院看望周扬。当他们走近周扬的病床边的时候，周扬立刻就认出了他们，他把双手分别伸向两旁握住了巴金和小林的手，紧紧地一直不肯松开。当巴金俯身大声地向他表示问候的时候，他的嘴唇艰难地嚅动着，眼睛里滚落出大颗的泪水。也正是几个月前，在作协四次代表大会开幕式上，当大会宣布周扬简短的只有一句话的贺词的时候，寂静的会场上突然爆发出雷鸣般的掌声，有人看了表，那传达着人们内心感情波澜的热烈掌声竟持续了一分钟三十四秒。接着，一封由三百多位老中青作家自发签名的慰问信送达周扬的病房，可惜此时周扬已经很难表达自己内心的感受了。

那时候的周扬充满了衰老的无奈，他只能紧紧抓住来访者的手不放，眼泪便慢慢地从眼角渗出悄然地滚落下来。每一次探望，无论访者还是被访者都有种百感交集的冲动。后来，再去医院看到的就是一个昏睡不醒的人；再后来，就是植物人，一具没有思想的空壳。一次，荒煤陪同即将离京返川的沙汀前去看望，周扬平躺在病床上，原本魁梧的身材已经消瘦得皮包骨头，他的脸色是平静的，好像在沉睡，鼻子里有长长的管子插入体内，荒煤和沙汀默默地站在床前，病房里除了仪器嗡嗡的声响什么都没有，空气中弥漫着的药物气味令人窒息。回到家中，沙汀禁不住掩面痛哭！

毕竟不是一个时代的人，周扬的儿子周艾若说：看得出他很难承受最后受到的这次打击，因为这次只有他一个人承受。"文革"中，在监狱九年他都顶住了，但后来这次对他的精神打击太大。其实，他没有想到这是一种光荣，如果想到自己是一个代表人物，是一个时代的代表，值得为此做出牺牲，那么他也许心情会舒畅得多，达观得多。可是他没有这么想。（《摇荡的秋千——是是非非说周扬》211页）

1988年，年近九十高龄的夏衍在自己家中召集光年、荒煤、冯牧、王蒙、顾骧等人商量为周扬准备"后事"。夏公意思：周扬终将不起，应当尽早为他准备后事。所谓准备后事，主要就是草拟一篇悼词，一篇"生平"，以免周扬一旦离去，措手不及。若是有人抢先拿出一份悼词，对周扬的评价、若干历史问题的论断，不尽符合实际，便会很被动，要大费周折。

一年之后，周扬结束了自己对这个世界的不舍与徘徊，离开人世。

此时正病卧在床的巴金从上海华东医院给苏灵扬发来唁电：

惊悉周扬同志病逝，不胜哀悼。想到85年和他的最后一面，我无话可说。

他活在我的心里。

巴金

1989年8月1日

周扬走后，对他的回忆和评说曾经一片沉寂。

1994年6月28日，荒煤在日记中写道：动念写写周扬，回忆往事又觉真不好写，认识时间很长，但真正深谈不多……在那个炎热的夏季，连日高温，天气奇热，荒煤翻阅着有关周扬的材料，心中涌动着许多说不清的情绪。周扬让他们记起自己年轻时代的光彩，也让他们记起晚年的再度起航，记忆起那些荣耀、波折，也记忆起那永远难以抚平的痛楚，还有在翻云覆雨的政治舞台上那些难解的历史之谜……

这一次，他真的动了念头，想要写。但不知为何，终于还是没有动手。

原载《收获》2012年第1期

蒋碧微：爱是有摧残性的

王 鹤

——————

一、私奔·裂痕

民国早期，大多数闺中女子还在恭顺地谨遵"父母之命，媒妁之言"，却也有个别例外。她们最惊世骇俗的举动便是私奔。

私奔的女子通常有果敢、泼辣的性格，叛逆、冒险的天性，不计后果的决绝，还有一点追新逐异的浪漫。她们私奔之后的人生绿肥红瘦，千差万别，但往往都不单调平淡。蒋碧微（1899—1978）的故事，更是一言难尽。

蒋碧微是江苏宜兴人，父亲蒋梅笙饱读诗书，在复旦任教授。1917年，同是宜兴人的徐悲鸿年少俊逸，英气勃勃，绘画才华已经显露，是蒋梅笙的座上嘉宾，时常待在蒋家。蒋碧微跟徐悲鸿私奔前，原本已许配给查家。她从未与他单独会晤过，但两人之间必定有心驰神往的吸引，有热烈缭乱的眼神缠绕，以及某种意在言外的默契。所以，当徐悲鸿的朋友朱了洲来悄悄传话，问她是否愿意跟随徐悲鸿出国，她几乎未经犹豫就毅然答应了。

蒋碧微刚从宜兴来到上海不久，还是幽居一楼一底的旧式闺秀，所见所识仅家人和邻居，徐悲鸿除了风度才华令她倾慕，他也象征了无边无际、惹人遐想的整个外部世界。她搁了一封信给父母，悄然离家。蒋碧微本名棠珍，徐悲鸿私下为她取名碧微，还刻了一对水晶戒指，一只刻着"悲鸿"，一只镌上"碧微"。她回忆道："那一夜，我戴上了那只刻着'碧微'两字的水晶戒指，从此我的名字也改成了碧微。"

蒋碧微随徐悲鸿远走东京、北平，在巴黎待得最久。父母只好对外谎称女儿突然病故，强咽下满腹凄惶和许多冷嘲热讽。

蒋碧微夫妇1927年回国后，徐悲鸿次年初担任中央大学艺术系教授，在画坛声誉鹊起，子女也相继出生。后来，国民党元老吴稚晖牵头，为他们在南京建造华屋。异域十年，求学的漂泊、清寒已成往事，远大前程将徐徐展开。蒋碧微的人生，好像也跟着要进入华彩篇章，她终于可以向那些冷眼看笑话的人们证明，她从前的"孟浪"之举到底没错。

蒋碧微喜欢也擅长社交，宾客往来，觥筹交错，衣香鬓影，羡慕赞美，令她怡然自得。位于傅厚岗的徐家宅邸，谈笑皆鸿儒，往来无白丁。但是，因为性格、志趣和生活方式的巨大差异，夫妻感情却渐渐淡薄了。她明白，徐悲鸿的心力全部在他热爱的艺术上，自己"无法分润一丝一毫"。徐悲鸿受不了她的控制欲和过于挑剔，她则觉得丈夫凡事以自我为中心，有艺术家"但取不予"的自私，性格偏激，就连斋名都是说一不二的"应毋庸议"，画室里的集句联则是"独持偏见，一意孤行"。

上世纪30年代初，徐悲鸿爱上学生孙多慈（原名孙韵君，他为她改名"多慈"，恰与"悲鸿"呼应，还刻了一方印章"大慈大悲"），他对这位"天才横溢"的女生悉心指点，多方提携，还帮她联系中华书局出画册。蒋碧微感觉到婚姻岌岌可危，既悲且怒，奋起捍卫。她可不是只晓得独自抹泪、凄凄切切的怨妇，她的姿态，硬朗得像个全身披挂、剑拔弩张的斗士，每根毫毛都竖成了匕首。徐悲鸿戴在手上的红豆戒指（孙多慈赠与红豆，徐悲鸿镶成金戒指，镌上"慈悲"二字）既碍眼又堵心，她无计可施。但孙多慈送给老师妆点花园的枫树苗，"师母"理所当然要全部拔掉，徐悲鸿只得愤然刻下一枚"无枫堂"印章，将公馆称为"无枫堂"，将画室命名为"无枫堂画室"；徐悲鸿绘的《台城夜月图》，画家与孙多慈一同入画，蒋碧微自有促狭办法，让他不得不自己动手，把一对意中人从画布上刮去，尽管难抑悲愤；徐悲鸿替孙多慈张罗出国留学的官费，蒋碧微则写信给相关负责人，让此事泡汤……总之，她机警、敏捷、骁勇，对"入侵者"跃马横刀，绝不手软。

夫妻俩的冷战旷日持久。徐悲鸿有家不愿回，远避广西桂林。1938年，他曾在桂林的报纸上刊登启事，声明与蒋碧微脱离同居关系。但他跟孙多慈的八年恋爱，因孙父的坚决反对，最终无果。

徐悲鸿的第三任妻子廖静文（他的发妻很早就病故于老家宜兴）出现在徐、蒋婚姻早已名存实亡之时，所以蒋碧微处之泰然。她只是看似轻描淡写地转述，说廖静文拿出一瓶毒药，威胁徐悲鸿：除非立即登报和你太太离婚，再跟我举行婚礼，不然我们就一起吃下这瓶药，同归于尽。徐悲鸿吓得赶紧答应。

徐悲鸿确实曾在贵阳的《中央日报》登出启事："悲鸿与蒋碧微女士因意志不合，断绝同居关系已历八年……破镜已难重圆，此后悲鸿一切与蒋女士毫不相涉……"三天后又登广告与廖静文订婚。

"同居"这两个字眼每每令蒋碧微勃然大怒：她十八岁跟他一起生活，同享过艺术和青春的欢愉，分担过贫寒日子的衣食无着，也短暂分享过他成功的荣耀，她还是两个孩子的母亲。她所欠缺的，不过就是凤冠霞帔、八抬大轿。假如，他俩一直琴瑟和谐，私奔就是值得频繁提起的趣事、佳话；而她仿效红拂夜奔，却落得有始无终，私奔就成了无法抹煞的难堪，难以愈合的旧伤，一戳就痛，他却偏要一戳再戳。她"受辱以后也就留下了永远无法消弭的憎恨"。或许，她也会暗自痛悔：从前年轻，到底是不知天高地厚，差了一场盛大的仪式，少了一纸郑重的婚书，以致授人以柄。

跟孙多慈分手后，徐悲鸿也曾多次委曲求全，向蒋碧微示好、求和、试图弥合裂痕。她却又凛然地将他拒之门外，言语、举措冷若冰霜，有时还很尖酸刻薄。她约请徐悲鸿来家里商量子女的抚养问题，那则刊登"分居"启事的报纸就镶在玻璃镜框里，赫然放在客厅迎门的书架上，下面还写了"碧微座右铭"五个大字，显然是硬要让他看见。徐悲鸿给蒋父丧礼送的奠仪，她也偏要退回。总之，摆明了势不两立、一刀两断的态度。

蒋碧微自陈："和悲鸿结缡二十年，我不曾得到过他一丝温情的抚慰。"往事怎么可能一笔勾销呢？单看他在巴黎给她画的那些画，哪一幅不是弥漫着双向的依恋与欢好？但是，人的记忆的确太有选择性，欢愉容易随风飘散，创痛却印痕至深，历历在目，耿耿于怀。

蒋碧微说，自己曾竭尽心力，殷切盼他迷途知返，"如今我已对他全部绝望，又怎能勉强我自己忘却那触目惊心的往事，强颜欢笑，和他重归于好？"如她所言，覆水难收，"早已化为灰烬的感情是不可能重炽的"。而蒋碧微之所以如此冷硬、决绝，更显著的原因，则是她心里眼里已经只有张道藩，再没有多余空间容纳他人。

1945年底，徐悲鸿、蒋碧微正式离婚。

二、私情·私语

蒋碧微、张道藩1922年初见于柏林。待到徐悲鸿、蒋碧微回访张道藩，仅仅第二次见面，张道藩对她已经怦然心动：但觉她"亭亭玉立，风姿绰约，显得多么的雍容华贵"。

在巴黎期间，谢寿康、刘纪文、邵洵美、江小鹣等情投意合的留学生，结成别开生面的"天狗会"，兄弟相称。徐悲鸿是二哥，张道藩是三弟，唯一的女性蒋碧微被推为压寨夫人，所以张道藩跟蒋碧微以二嫂、三弟相称。"压寨夫人"口齿伶俐，毫无旧式女子的拘谨局促、孤陋寡闻，常跟他们一起放言高论，被留学生们恭维为"天之骄女"。1926年，张道藩曾在意大利翡冷翠给蒋碧微去信，含蓄、纠结地表达过爱意，未获热烈响应。那时他刚刚在巴黎心情复杂地跟法国姑娘素珊订婚。

向张道藩主动示爱、热烈追求的女人一向不少，他避之犹恐不及，却一直暗恋蒋碧微。张道藩留法七年，主修美术，回国后转而从政，很快担任蒋介石秘书、南京市政府主任秘书，抗战前夕已是内政部次长。抗战期间历任教育部次长、中宣部部长等，到台湾后担任了九年"立法院长"。因为自身的文人气质和政治、文艺两栖的身份，他在国民党高层中很善于与文化人交朋友，画笔未曾全抛，写过电影剧本《密电码》《再相逢》，以及《自救》《最后关头》等多部有影响的话剧，有时还亲任导演甚至直接登场。算是民国时代有影响的文化活动家、美术家、戏剧家。

张道藩跟素珊结婚了，仕途也一帆风顺，却总有一丝郁郁寡欢，那是伤心人别有怀抱。他说自己对蒋碧微秘密崇拜、爱慕了十多年，"但是从来不敢有任何希求。一直到人家侮辱了她，虐待了她，几乎要抛弃她的时候，我才诚挚地对她公开了我十多年来心中爱她的秘密，幸而两心相印，才有了这一段神秘不可思议的爱史"。1937年，南京被敌机日夜轰炸，"二嫂"、"三弟"心底掀起狂涛巨澜，跟这座纷乱的危城相似，竟是一刻都无法安宁。即便同处一城，见面频繁，他们依然密函互寄，蜜情迭传。

日寇逼近，南京危急，机关、学校开始内迁，以避战乱。1937年10月初，蒋碧微携子女前往重庆。张道藩送她登舟西去，他在船上盘桓到船已起航仍依依不舍，船长只好派了两名水手，用舢板将他送返码头。

这时候，距离他俩感情明朗化才不久，匆忙相别，相聚无期，离情惨淡，张道藩失魂落魄。在小船上遥相挥手时，"泪已盈眶"，随后"眼泪已涔涔流下"；回家则"伤心落泪，饮泣多时"；到次日依旧"热泪满面"。总之，日夜多愁善感、泪腺发达。相比他在贵州被军阀周西成逮捕时，屡受酷刑也不交出密电码的刚烈，判若两人。

有时候，美的标准真是相当主观。蒋碧微在张道藩眼里，内外兼修，风度"高贵娴雅"，"俨若天仙"。他给她的信里还说："我的爱你，决不是基于青年时之尚虚荣，好美色"，"而是由于彼此间的同情和了解"；"除了以前对（素）珊以外，我不曾对任何女子像对你这样过，我愿意把我所有对女性的爱全部集中给你。因为十多年来，根据我严格观察的结果，只有你的一切条件，才够得上是我理想的爱人"。

从南京开始到重庆八年，再到40年代末，蒋碧微、张道藩互写了几十万字情书，在重庆时就曾相互交换信件，各自抄录到装订成册的本子上，张道藩将自己的情书题为《思雪楼志》（他俩写信的专用署名分别为振宗、雪，所以蒋碧微将书房命名为宗荫室）。

上了年纪，再去读别人的情书，真是需要相当的耐心。如果没有特别出类拔萃的行文，那些蜜里调油、喋喋不休的表情达意，读来就未免絮叨。因为，局外人毕竟超脱于浓情之外，事不关己，冷眼旁观，对文字和思想的质感、密度、深度就有不一样的期待和标准。当然，他们书信里浓厚、深邃的情意，还是很动人的。"我不忍看前面的江水，因为我一看就想到它是从你那边流下来的，它带了你无限的缠绵情意给我，我却不能使它倒流上去，将我的情愫送达与你"。"你若把我拿去烧成了灰，细细的检查一下，你可以看到我最小的一粒灰里，也有你的影子印在上面"。张道藩的表达，就有这么文艺，是少男似的缠绵和热切。而蒋碧微的信，写得更为精练、古典。

重庆期间，蒋碧微除在复旦大学教授法文，又经张道藩介绍，在国立编译馆兼职。后来她改任四川教育学院教授兼图书馆主任。张道藩对她无比殷切、眷恋，对她的父亲、子女也关照得无微不至。她给父亲送终时，张道藩陪伴在侧。

从陪都岁月到战后返回南京，虽然沉浸于"天地间最伟大的爱情"（张道藩语），但他两一直伤痛于不能长相厮守。蒋碧微的红叶诗说："霜风红叶总凄其，憔悴年年为别谁？无奈痴情抛不得，沉沦恨对合欢枝。"

张道藩1947年元月在蒋碧微的宗荫室则留下这样的墨迹："涉江采芙蓉，兰泽及芳草。采之欲遗谁？所思在远道。还顾望旧乡，长路漫浩浩。同心而离居，忧伤以终老。"

蒋碧微夫妇交恶后，因为嫌徐悲鸿给的家用太少，他们为钱吵架，有一次竟吵到徐悲鸿痛哭失声，他当然是为她的伺机发作、不依不饶而痛惜伤心、百感交集。她跟张道藩信里提起这事，则恼怒地说："你是了解我的，我决不是爱钱，我实在是太气愤了。"另一次，徐悲鸿托人带给她三十块大洋，她当即请人退还。随后同样跟张道藩抱怨："我虽无能，亦不至短此而饿死，是真辱我太甚矣。"蒋碧微在徐悲鸿面前，展露的是最无所顾忌的一面，强悍、野蛮、冷酷、物质化。

离婚时，按照蒋碧微的要求，徐悲鸿支付她一百幅画、一百万元赡养费以及子女的学费。她特别解释，抗战结束后的一百万元国币，相当于普通公务人员一年的薪水。

蒋碧微、张道藩深度纠缠几十年，最后在台湾同居十年，他最终没能给予她妻子的名分，她的回忆录却对他没有丝毫微词。旁人说蒋碧微不大好相处，她最好的一面大概都留给了张道藩——聪明脱俗，温柔得体，不强求婚姻，知进退，有分寸。在重庆时，张道藩多次想借机给予她经济资助，她每每阻拦："过去汝每有斯举，均极伤吾心……亦姑赧颜收存，恐过事推却，反使汝难堪也……此后务乞勿再为之，则吾人之爱，或犹可冀其永保清洁也。"张道藩趁她父亲七十大寿，送了厚重礼金，她立即寄还，去信说："幸君谅吾苦衷，纳回成命，庶几爱吾更深矣。"多么懂事明理，这还是那个为了要钱跟徐悲鸿吵架的蒋碧微吗？那个骁勇泼辣的"女将"一旦面对张道藩，真有点"脱我战时袍，著我女儿装"的意味，又仿佛百炼钢化作绕指柔。

廖静文笔下的徐悲鸿，有圣贤与君子之风。蒋碧微虽然也盛赞徐悲鸿的艺术天赋与勤奋刻苦，但她更要恼怒地罗列他为人夫、为人父那些几近小人的毛病。同样，张道藩与徐悲鸿眼里的蒋碧微，大约也有天使与悍妇之别吧。一个人的是非、优劣有可能犬牙交错，难以简单厘清。由不同的眼睛看去，更有天渊之别。汝之蜜糖，彼之砒霜，向来如此。

蒋碧微在书里称呼徐悲鸿"徐先生"，礼貌却也生分。她说，自己独自生活的晚年，依靠徐先生离婚时给她的画换钱为生，不曾用过任何人一块钱，也没有向任何人借过钱。她最后的骄傲和自尊，还是那个负心人提供的。她跟他毕竟曾经是烟火夫妻，有过柴米油盐的琐碎，唇枪舌剑的摩擦，也还有过家常日子的粘连、瓷实，更生养了一双儿女。所以，她用徐悲鸿的钱，心安也坦然，似乎还有一丝庆幸——晚景固然寂寥，好在还不困窘，也有尊严。

蒋碧微跟徐悲鸿和张道藩的关系，分别像是植在土里与浸在营养液里。前者盘根错节，有泥有虫有腐叶，杂、乱、浊、重；后者清澈纯净，无渣滓无杂质，养分虽充足，却似乎有一点点修饰，优美而欠天然，少松弛。

三、情路·暗伤

蒋碧微生得饱满健硕，大枝大朵，年轻时有青春衬底，也还自有一番丰艳。到老来也不曾柔软，又积淀了一路走来的坚硬、要强，愈发阳刚。站在她身边的张道藩，因此更显得斯文、软糯。

能写出那样黏稠、细腻情书的男人，很难手起刀落地剪断感情的乱麻。尤其是，妻子素珊单纯、温良、柔顺，一根筋地依恋他——她只会为丈夫的背叛暗自饮泣，却从无强硬或过激手段。张道藩一生都在婚姻内外踌躇万端，既想跟蒋碧微朝夕相守，又不忍、不便抛弃妻女。

到台湾后，素珊携女儿定居澳洲，蒋碧微与张道藩共同生活近十年，最终依旧分离。这是她晚年生活的一大转折，蒋碧微语焉不详地说起：1958年底，张道藩表示想去澳洲新克利多利亚，探望素珊、丽莲母女，也流露了接她们回来的念头。蒋碧微或许早就料到终究会有这天？所以波澜不惊："我深切了解他是永远无法打破原有的环境的。"当然，"十年相依，一朝分袂，脆弱点的人也许会受不了，但我生来理性坚强，对于现在情势，我必须做一决断"。

蒋碧微不动声色，推说要去马来西亚探望外甥，两人各自上路，以回避分手的伤怀。几个月后，在她归来前三天，张道藩搬到了新租的房子。昨日永逝，即便再有情绪的铺垫和时空的缓冲，心底怎么可能不翻江倒海？她却只肯说，自己觉得非常安慰："他果然按照我的意思，做了这样的决定。"

1960年，素珊母女返回台湾，他们阖家团聚。当年蒋碧微离开一双儿女，随爱人"逃到孤岛"，做这样选择的母亲，很自我也很少见吧？眼看着彼此都老了，张道藩终于撇下她重返家庭，其间的伤情和难堪，其实一言难尽。但蒋碧微真是硬朗好强，撑得起场面，她很漂亮很豁达地总结道："基于种种的因素，我决计促成他的家庭团圆。"两岸隔绝，与子女音书难通，她暮年独居近二十年，孤独离世。

蒋碧微回忆录多次强调，因为自己遭逢过外力介入而毁家的痛楚，所以，一直不愿拆散张道藩的家庭。这，或许也是由衷之语？不过，张道藩和素珊的家，形虽未全散，而神早已成残渣碎片了。

与张道藩分手六年后，蒋碧微完成五十余万字的回忆录，分为上下篇《我与悲鸿》《我与道藩》，在皇冠杂志连载后，"轰动遐迩"。

蒋碧微这一生拍遍阑干，有全方位、多色调的情感遭际并且体验到极致。从迷醉的巅峰到痛楚的深渊，从守疆卫土的妻子，到攻城略地的小三……她深陷的两段感情，都既飞扬恣肆，又愁肠百结。地下情尤其艰险：恋爱的香醇甜美自不待言，然而使君有妇，罗敷有夫，进退维谷，处境尴尬：既受制于情魔，难抑相思之苦，又不能毅然抽身，慧剑斩情丝。面对素珊，也曾"内疚甚深，觉孽障重重，无可挽救！""辗转终宵，深自忏悔"。到台湾后，虽然了却夙愿，两人得以"晨昏相对，形影不离"，"不顾物议，超然尘俗"，但毕竟物议不绝，何况到底名不正言不顺了——她说：别人给"张院长与夫人"的请帖，她从不出席。除非另有请帖给她。这，既是自知之明，也有难言之隐。

早在重庆时，蒋碧微给张道藩的信里就曾感慨："人类的爱是有摧残性的"，"爱情之为害，早已洞悉"。道理谁不清醒呢，但感情这包鸦片销魂蚀骨，也撕心裂肺，却又欲罢不能，哪里是说戒就戒得掉的？

为情所困的岂止于她呢？孙多慈、徐悲鸿、张道藩、素珊，这一根藤上，牵着多少条苦瓜。

张道藩的重庆岁月最是愁苦无绪。相见时难别亦难，他常常胡思乱想，想辞职，想上前线，想离婚，想失踪，想逃到孤岛……万分悲观时，竟想过自杀。他甚至盘算过：假如能筹到四百英镑（折合法币三万元），够两人的旅费和一年开销，就可以摆脱羁绊，远走高飞。无奈既受经济更受诸多难题束缚。

最大的难题是他身居高位。一向致力于立德立言立功，素有儒雅君子的美称，如今正值国难，竟然深陷婚外情，爱上的还是"二嫂"！既有道德自谴，更怕形迹暴露，身败名裂。"倘使我们的爱恋终于暴露，我就得受人指责和唾弃"。他最长的一封信，与蒋碧微讨论何去何从，"以泪和墨"写成于凌晨四点，却依旧没有主张。郁达夫、王映霞的情变沸沸扬扬时（郁达夫怒写《毁家诗纪》，起因便是发现了许绍棣写给王映霞的情书），他吓得差点把蒋的情书和《思雪楼志》烧掉。

素珊对丈夫的私情心知肚明。上世纪40年代她带着病女到兰州疗养，50年代又远走澳洲。多少委屈辛酸，不言自明。

徐悲鸿与孙多慈也历经磋磨。徐的老友沈宜甲对孙多慈的父兄印象极坏，但对她本人赞不绝口："来桂林后，凡任何男女友人与之相处愈久，愈觉其为人可佩。""幽娴贞静，旧道德，新思想，兼而有之。受尽家中折磨，外间激刺，泰然处之。"黯然中断牵绊数年的师生恋后，孙多慈经王映霞介绍，与浙江省教育厅长许绍棣结婚。1949年以后，孙多慈随丈夫赴台，他们育有两子。她50年代在台湾师范大学艺术系任教授，绘画颇有成就。学生们说她不急不躁，温文尔雅。看孙多慈中年的模样，柔润清雅，有内敛的灵光。在徐悲鸿深爱过的三个女性里，她无疑最具艺术天赋和智性之美。

今人或许要遗憾，他们或失之优柔寡断，或过于执迷执着，或不肯轻易撒手，或不能回头是岸……遂有这堆愁绪万千。然而，人的选择，既受制于性情和环境，也与大时代载沉载浮，甚至被冥冥不可知的命数左右。情天恨海，是谁都能轻而易举跳得出的么？

蒋碧微的同代人里，有过如此浓烈、炽热情感经历的女子不乏其人。只因为徐悲鸿和张道藩巨大的知名度，她就这么不期然地成为民国两桩最醒目情事的女主角。她当过大学教师，担任过社会公职，但她作为职业女性的那一面，却被人们忽略了。

原载《书屋》2012年第3期

梁思成落户大同

梁 衡

————————

　　当北京正在为拆掉梁思成、林徽因故居而弄得沸沸扬扬满城风雨时，山西大同却悄悄地落成一座梁思成纪念馆。这是我知道的国内第一座关于他的纪念馆，没有出现在他拼死保护的古都北京，也没有出现在他的祖籍广东，却坐落在塞外古城大同。我当时听到这件事不觉大奇。主持城建的耿彦波市长却静静地回答说："这有两个原因，一是20世纪30年代梁先生来大同考察，为古城留下许多宝贵资料，这次古城重建全赖他当年的文字和图录；二是解放初梁先生提出将北京新旧城分开建设以保护古都的方案，惜未能实现。60多年后，大同重建正是用的这个思路。"大同人厚道，古城重建工程还未完工，便先在东城墙下为先生安了一座住宅。从去年九月开馆，到现在参观者已超过三万人。

　　梁思成是古建专家，但更不如说他是古城专家、古城墙专家。他后半生的命运是与古城、古城墙连在一起的。1949年初解放军攻城的炮声传到了清华园，他不为食忧，不为命忧，却为身边的这座古城北平担忧。一夜有两位神秘人物来访，是解放军派来的，手持一张北平城区图，诚意相求，请他将城内的文物古迹标出，以免为炮火所伤。从来改朝换代一把火啊，项羽烧阿房，黄巢烧长安，哪有未攻城先保城呢？仁者之师啊。他激动得说不出话来，标图的手在颤抖。这是他一生最难忘的一幕。

中国有世界上最古老的房子却没有留下怎么盖房的文字。一代一代，匠人们口手相传地盖着宏伟的宫殿和辉煌的庙宇，诗人们笔墨相续，歌颂着雕栏玉砌，却不知道祖先留下的这些宝贝是怎么样造就的。梁思成说："独是建筑，数千年来，完全在技工匠师之手。其艺术表现大多数是不自觉的师承及演变之结果。这个同欧洲文艺复兴以前的建筑情形相似。这些无名匠师，虽在实物上为世界留下许多伟大奇迹，在理论上却未为自己或其创造留下解析或夸耀。"如何发扬光大我民族建筑技艺之特点，在以往都是无名匠师不自觉的贡献，今后却要成近代建筑师的责任了。直到上世纪20年代末，国内发现了一本宋版的《营造法式》，但人们不懂它在说些什么。大学者梁启超隐约觉得这是一把开启古建之门的钥匙，便把它寄给在美国学建筑的儿子梁思成，希望他能在洪荒中开出一片新天地。梁思成像读天书、破密码一样，终于弄懂这是一本古代讲建筑结构和方法的图书。纸上得来终觉浅，他在欧美留学回来即一头扎进实地考察之中。那时的中国兵荒马乱，梁带着他美丽的妻子林徽因和几个助手跑遍了河北、山西的古城和古庙。山西的北部为佛教西来传入中原时的驻足之地，庙宇建筑、雕塑壁画等保存丰富；又是北方游牧民族定居、建都之地，城建规模宏大。上世纪30年代，西方科学研究的"田野调查"之法刚刚引进，这里就成为中国第一代古建研究人的理想实验田。1933年9月6日梁思成、林徽因一行来到大同，下午即开始调查测量华严寺，接着又对云冈、善化寺进行详细考察，17日后又往附近的应县木塔、恒山悬空寺调查。再后来，梁、林又专门去了一次五台山，直到卢沟桥的炮声响起他们才撤回北平。因为有梁思成的到来，这些上千年的殿堂才首次有现代照相机、经纬仪等设备为其量身造影。在纪念馆里我们看到了梁思成满面风尘爬在大梁上的情景，也看到了秀发披肩，系着一条大工作围裙的林徽因正双手叉腰，专注地仰望着一尊有她三倍之高的彩塑大佛。这就是他们当时的工作。幸亏抢在日本人占领之前，这次测量留下了许多宝贵资料。以后许多文物即毁在侵略者的炮火下。全面抗战的八年，他们到处流浪，丢钱丢物也不肯丢掉这批宝贵资料，终于在四川长江边一个叫李庄的小镇上完成了中国古建研究的重要成果，也成就了梁、林在中国建筑史上的地位。

现在纪念馆的墙上和橱窗里还有梁、林当年为大同所绘的古建图，严格的尺寸、详尽的数据、漂亮的线条，还有石窟中那许多婀娜灵动的飞天。真不知道当时在蛛网如织、蝙蝠横飞、积土盈寸的大殿里，在昏暗的油灯下，在简陋的旅舍里，他们是怎样完成这些开山之作的。这些资料不只是为大同留下了记录，也为研究中国建筑艺术提供了依据。

1949年新中国成立，饱受战乱之苦又饱览古建之学的梁思成极为兴奋。他想得很远，9月开国前夕，他即上书北平市长聂荣臻将军，说自己"对于整个北平建设及其对于今后数十百年影响之极度关心"。"人民的首都在开始建设时必须'慎始'"，要严格规划，不要"铸成难以矫正的错误"。他头脑里想得最多的是怎样保存北京这座古城。当时保护文物的概念已有，但是，把整座城完好保存，不破坏它的结构布局，不损失城墙、城楼、民居这些基本元素，这却是梁思成首次提出。他曾经设想为完整保留北京古城，在其西边再另辟新城以应首都的工作和生活之需。他又设想在城墙上开辟遗址公园。"城墙上面，平均宽度约十米以上，可以砌花池，栽植丁香、蔷薇一类的灌木，或铺些草地，种植草花，再安放些椅子。夏季黄昏，可供数十万人的纳凉游息。秋高气爽的时节，登高远眺，俯视全城，西北苍苍的西山，东南无际的平原，居住于城市的人民可以这样接近大自然，胸襟壮阔。还有城楼角楼等可以辟为陈列馆、阅览室、茶点铺。这样一带环城的文娱圈、环城立体公园，是全世界独一无二的。"你看，这是他的论文和建议，也这样富有文采，可知其人是多么纯真浪漫，这就是民国一代学人的遗风。现在我们在纪念馆里还可以看到他当年手绘的城头公园效果图。但是他的这个思想太超前了，不但与新中国翻身后建设的狂热格格不入，就是当时比较发达，正亟待从战火中复苏的伦敦、莫斯科、华沙等都市也无法接受。其时世界各国都在忙于清理战争垃圾，重建新城。刚解放的北京竟清理出34.9万吨垃圾，61万吨大粪。人们恨不能将这座旧城一锹挖去。他的这些理想也就只能是停留在建议中和图纸上了。中华人民共和国成立后的十多年间，北京今天拆一座城楼，明天拆一段城墙。每当他听到轰然倒塌的声响，或者锹镐拆墙的咔嚓声，他就痛苦得无处可逃。他说拆一座门楼是挖他的心，拆一层城墙是剥他的皮。诚如他在给聂荣臻的信里所言，他想的是"今后数十百年"的事啊。向来，知识分子的工作就不是处置现实，而是探寻规律，预示未来。他们是先知先觉，先人之忧，先国之忧。所以也就有了超出众人，超出时代的孤独，有了心忧天下而不为人识的悲伤。

1965年，他率中国建筑代表团赴巴黎出席世界建筑师大会，这时许多名城如伦敦、莫斯科、罗马在战后重建中都有了拆毁古迹的教训，法国也正在热烈争论巴黎古城的毁与存。会议期间法国终于通过了保护巴黎古城另建新区的方案。而这时比巴黎更古老的北京却开始大规模地拆毁城墙。消息传来，他当即病倒。回国途中他神志恍惚，如有所失，过莫斯科时在中国大使馆小住，他找到一本《矛盾论》，把自己关在房子里苦读数遍，在字里行间寻找着，希望能排解心中的矛盾。一年后，"文革"爆发，北京开始修地铁，而地铁选线就正在古城墙之下，好像专门要矫枉过正，要惩罚保护，要给梁思成这些"城墙保皇派"一点颜色看，硬是推其墙、毁其城、刨其根，再入地百米，铺上铁轨，拉进机车，终日让隆隆的火车去震扰那千年的古城之根。这正合了"文革"中最流行的一句革命口号："打翻在地，再踏上一只脚"，算是挖了古城北京的祖坟。记得那几年我正在北京西郊读书，每次进出城都是在西直门城楼下的公交车站换车，总要不由仰望一会儿那巍峨的城楼和翘起的飞檐。如果赶在黄昏时刻，那夕阳中的剪影，总叫你心中升起一阵莫名的感动。但到毕业那年，楼去墙毁，沟壑纵横，黄土漫天。而这时梁思成早已被赶出清华园，经过无数次的批斗，然后被塞进旧城一个胡同的阴暗小屋里，忍受着冬日的寒风和疾病的折磨，直到1972年去世。辛弃疾晚年怀才不遇，报国无门，他曾自嘲自己的姓氏不好，"艰辛做就，悲辛滋味，总是辛酸、辛苦"。梁先生是熟悉宋词的，他晚年在这间房子里一定也联想到自己姓氏，真是凄凉做就，悲凉滋味，凉得叫他彻心彻骨。这是他在这个生活、工作，并拼命为之保护的城市里的最后一个住所，就是这样一间旧房也还是租来的。我们伟大的建筑学家，研究了中国古往今来所有的房子，终生以他的智慧和生命来保护整座北京城，但是他一生从没有一间属于自己的房子。

今天我站在新落成的大同古城墙上，想起林徽因当年劝北京市领导人的一句话：你们现在可以拆毁古城，将来觉悟了也可以重修古城，但真城永去，留下的只不过是一件人造古董。我们现在就正处在这种无奈和尴尬之中。但是重修总是比抛弃好，毕竟我们还没有忘记历史，在经历了痛苦的反思后又重续文明。现在的城市早已没有城墙，有城墙的城市是古代社会的缩影，城墙上的每一块砖都保留着那个时代的信息和文化的基因。每一个有文化的民族都懂得爱护自己的古城犹如爱护自己身上的皮肤。我看过南京的明城墙，墙缝里长着百年老树，城砖上刻有当年制砖人名字，而缘砖缝生长的小树根竟将这个我们不相识的古人拓印下来，他生命的信息融入了这棵绿树，就这样一直伴随着改朝换代的风雨走到我们的面前。我想当初如果听了梁先生的话，北京那40公里长的古城墙，还有十多座巍峨的城楼，至今还会完好保存。我们爬上北京的城楼能从中读出多少感人的故事，听到多少历史的回声。现在我只能在大同城头发思古之幽情和表示对梁先生的敬意了。我手抚城墙，城内的华严寺、善化寺近在咫尺，那不是假古董，而是真正的辽、宋古建文物，是《营造法式》书中的实物。寺内的佛像至今还保存完整，栩栩如生。他们见证了当年梁先生的考察，也见证了近年来这座古城的新生。抚着大同的城墙我又想起在日本参观过的奈良古城，梁思成是随父流亡时在日本出生的，日本人民也世代不忘他的大恩。二战后期盟国开始对日本本土大规模轰炸，有199座城市被毁，九成建筑物被夷为平地，这时梁先生以古建专家的身份挺身而出，劝阻美军轰炸机机下留情，终于保住了最具有日本文化特色的奈良古城。30年后这座城市被联合国宣布为世界文化遗产，她保有了全日本十分之一的文物。梁思成是为全人类的文化而生的，他超越民族、超越时空。这样想来，他的纪念馆无论是在古都北京还是在塞外大同都是一样的，人们对他的爱、对他的纪念，也是超越地域、超越时空的。

呜呼，大同之城，世界大同。哲人之爱，无复西东。古城巍巍，朔风阵阵。先生安矣！在天之魂。

原载《人民日报》2012年7月4日

莎菲也会老的

李美皆

丁玲的晚年风光在许多人眼里并不美丽。综观丁玲晚年，延安时期与男权制文化的冲突早已淡化，20世纪50年代与政治文化语境的冲突业已随她的"政治化"而化解，但她自身固有的情绪化、尖刻等因素与老年固有的弱点相结合，为她的晚年形象带来的负面影响是不容忽视的。尽管我有文章充分解析了历史问题和宗派对立如何影响了"晚年丁玲"，但仍必须承认，丁玲自身的原因也占了很大的比重，她应该为自己的晚年形象负责。如果说，历史问题的受挫和宗派对立是生成丁玲晚年形象的客观原因，性情与老年的弱点，就是生成丁玲晚年形象的主观原因。

1979年2月21日，丁玲在北京友谊医院体检时的日记中写道："萧（应指萧三）诗人住二楼。昨晚亦来，已经属老人。耳聋甚，步履须人扶持，对事态感觉迟缓。希望我能慢点到他的境况，是一毫无有所作为的人了。"可见，丁玲是多么不服老。尤其在当时，平反未成身先老，她不甘。

1979年，丁玲刚回北京时，在友谊宾馆吃饭见到沈从文夫妇，"丁玲感觉他们已经是'龙钟老态'了"。当她这样去感觉别人时，似乎完全没有意识到自身的衰老。

可是，丁玲毕竟老了。尚侠写道：

途中，你的情绪却突然低落了下来，一改以往相见时的平易亲切、谈笑风生。问你什么时，回答得也很有些勉强，甚至还为了一件小事，批评了增如同志几句。当时，外面天气阴晦，凄凄雨丝抽打着车窗，我望着你凝重的面容，第一次从你身上感觉到了自然法则的严酷与冷峻。……你会在遽然之间，为了别人的劝慰吃药而如此烦躁不安起来，是我始料不及的。这举止已经不仅属于病态中的老人，而且是一种老人的病态了。看起来，即便是你，于此也是未能幸免的。

这是尚侠的直接观察，对一个老人的情绪化感受颇深。

只要不是患上抑郁症，老年人的首要特点就是话多，爱唠叨，丁玲也不例外。

她在四次文代会发言中说：

我回到北京以后（注：指1979年从山西回到北京，即"复出"），有些老熟人，不是文学界的，是搞政治的，好多年没来往了，看到我，给我一个忠告。他说，你这次回来，第一不要写文章；开文代会，不是老早就要开的么？你开幕的时候去一趟，以后就不要去了；也不要讲话，也不要会朋友，最不要见的就是记者。你要不听我的话呀，你还要倒霉。你现在呀，落后，你不懂这个社会，现在比你倒霉时的那个社会复杂多了，你应付不了。你还是老老实实，请求党，把你的历史作个结论，给你两间房子，和陈明住下来，养老，算了。这是老朋友的忠告。……还有人跟我说，看破红尘吧，看破红尘吧，关起门来自己修行吧！

但她表示：她不能这么做，"看破红尘的人，是世界上最自私的人"。

她在延安演讲中也说："1979年，我又出来了。有朋友劝我不要写了，不要活动了，和陈明找个房子住下来安度晚年，躲开是非。但我不能按朋友希望去做。一开会，我就得发言。人家客气，说你讲几分钟吧？我就来了，几分钟从来不够用！"

倚老卖老是典型的老年心态，丁玲似乎已经陷入了一种"说"的惯性，不管儿孙们听不听得进去，反正就是要唠叨。演讲太多，又往往是不能随便说话的场合，就重复一套话语，自然成了陈词滥调，为自己赢得了"马列老太太"的称号。演讲太多，又不令人信服，结果就是不仅没有赢得威望和爱戴，反而失去了人们对她早年的好感。固执地把老生常谈芹献于人，却自以为不是老生常谈，而是为别人好，这是老年人的放纵和不自知。

说得太多，丁玲把自己"说"成了一个话题人物，而且是一个非文学的话题。林贤治指出，现在对于丁玲，"人们更多地评说的是她的行状，而不是她的文学事业本身"。这"行状"，就是传言，就是似是而非的印象观点。丁玲并不是一个思想家型的人，演讲太多，思想库存又不足，势必导致根本不能为自己的发言负责。对丁玲的发言首先是要去伪存真。丁玲晚年的所谓"文艺观"，许多并非由衷之言，而是受情绪、情势和利益驱使的功利性话语，甚至根本不能叫"文艺观"，所以，大多不值得认真对待，能否作为"文艺观"来研究都是个问题。

丁玲1982年10月回家乡湖南临澧，离开的那天，应临澧县委的邀请对县直机关干部发表了讲话。中午的告别宴会上，她和陈明双双走下席来与家乡的亲人频频碰杯，她说："感谢同志们把我的故乡建设得这样好。我是人民的儿女，我将来还要回来……"午宴过后，她顾不上休息，用自己浓厚的乡音给家乡人民录下了一篇热情洋溢的广播讲话。她深情地对家乡人民说：当我满怀兴奋、喜悦，欢呼这些崭新的、翻天覆地的变化的时候，我感激领导中国人民革命一步一步走向胜利的中国共产党，缅怀为夺取革命胜利，做出重大贡献和不惜牺牲自己生命的老一辈无产阶级革命家。同时，我也敬重那更多年轻的在各条战线、各个岗位上正在为建设社会主义而呕心沥血的同志们。……在即将离开你们的时刻，我希望你们，祝福你们，团结一致、同心同德，努力发展生产，建设社会主义精神文明，把澧水两岸，把我们的家乡建设得更加兴旺、繁荣，让她成为芙蓉王国里一朵更加美丽鲜艳的花朵。

另一处记录丁玲的话是："感谢同志们把我的故乡建设得这样好，我是人民的儿子，我将来还要回来……"不知是不是笔误。

小平同志说：我是人民的儿子。小平同志是政治家，这样说是有意义的。丁玲作为一个作家，有必要用这样的口径吗？她似乎过分进入政治角色，导致作为作家的自我的迷失，这些花儿一样美丽的语言，与她作为作家的妙笔生花，效果毕竟不同。当然，家乡政府的盛意，可能也是冲着丁玲的副部级去的。如果她仅仅是一个名作家而没有副部级，也许就不是这样的规格。

"说"这个动作本身，对于丁玲来说似乎就意味着一种话语权，显示着她的存在，给她一种满足感。她的"说"里面，包含着与周扬争夺话语权的意思。正如陈登科劝她"少管事"时，她说的："那谁管呢，那叫坏人来管吗？"她把自己苦口婆心的"说"解释为责任感、使命感、无私精神，而实际上，可能只是一个老年人的不甘寂寞、不愿退出话语中心而已。

有人用斯德哥尔摩情结来阐释丁玲晚年，有不确切之处，斯德哥尔摩情结是因为恐惧而臣服并热爱，丁玲却是因为历史问题的现实需要。但是，丁玲的种种发言，确实反映着她在政治上的不安全感所带来的焦虑。她用不停的言说，来克服这种焦虑；只有说着，才能让她感觉安全。

丁玲不喜欢写伤痕，不喜欢提"走麦城"的经历，但是，20年的屈辱，自尊上的伤害，已经给她的内心种下不少的毒，那些发泄性的言辞，实际上也是排毒，是啮咬她心灵的隐痛的释放。

弗洛姆在《逃避自由》中说："假如生命的意义已存疑义，假如一个人与人与己的关系不能使他觉得安全，那名誉就是抑压一个人怀疑的手段。名誉与埃及金字塔、基督教信仰灵魂不朽具有异曲同工之妙。他可以使一个人虽时时处于被限制、受干扰，却还感到万事如意。假如一个人的名字在同代人中已无人不晓，并且还有望流芳百世，那么他的生命藉着别人对他的仰慕，也获得了意义。""发言""讲话"，这种蕴含着话语权和荣耀感的象征性行为，对于丁玲所产生的正是弗洛姆所谓的"名誉"的意义。

言说是双刃剑，在荣耀、满足、补偿、发泄的同时，必定也会产生副作用，损蚀她的晚年形象。

更现实的是，丁玲的"说"直接影响了她的"写"，晚年她说得太多，写得相对较少。《丁玲全集》总共430万字，整个第8卷约36万字，都是丁玲晚年的讲话和受访记录，大约占了终生所能留下的文字的8%。能不能不朽，不在于谁说得多，而在于谁说的留存得久。写也是一样。——当然，丁玲可能考虑不到不朽的问题，她的目光更多停留于眼前。

她对自己的状况也很清楚：

这几年文章写了不少，一年10来万字，只是小说少，有点散文，更多的是比较短、比杂文长的东西，算是书面的发言吧。小说太慢了，太含蓄了，不能及时表示我的态度。我急于要说我心中的话。有话便直讲。

她1980年6月给友人宋谋瑒的信中说："两年多来，尽写些不得已的小文章，实在不过只是自己在读者中平平反，亮亮相。好在现已发誓除实在不得已而外，不写短文。人家打人家的仗，我写我自己的文章。……现在只就文艺来说局势复杂得迷人，简直叫人摸不清。因此，只有不管它，自己按自己的认识写文章。我就坚持不入伙……"但她实际上并没有做到，不打仗不入伙只写自己的文章没有做到，不写短文也没有做到。

别人也为她写得少而遗憾，李锐说，希望她在晚年集中余力，多写一些东西，尤其是回忆录。可是在生命的最后日月，她却以一种只有年轻人才有的狂热着手创刊《中国》文学杂志的工作。

杨桂欣对这一遗憾做了具体分析：

这个最大的遗憾，我以为主要是由丁玲自己造成的。首先，她缺乏全面描写自己以表现时代的创作意识。"我自己毕竟不重要"，这种说法，貌似正统和正确，而其实是错误的。丁玲若能"表现自我"，那就决不会是什么一己的自我，社会内容不丰富不复杂的自我。我在《记老作家丁玲》一文中，对于她决心利用劫后余生写活在她脑子里的老百姓而不写自己，曾加以肯定和赞扬，当然也是不妥的，错误的。其次，丁玲复出以后不言老，更不谈死，这种精神境界，固然有积极的一面，但是应该面对现实，老与死是自然界的客观规律，谁也抗拒不了。丁玲复出之际已经进入75周岁高龄，应该珍惜健康，争取多活一些时日；更应该精打细算，把所剩不多的劫后余生，用到最该用的处所。可惜，丁玲没有这样做。她复出以后干了不少不该她干的事，最突出的是创办文学期刊《中国》。……《中国》创刊号刚刚问世，内部矛盾便爆发了，而且来势颇猛，不易解决。……

其次，时文写得太多、太杂。……实在应该把有限的劫后余生用到争取传世的创作中去。即使不集中力量写自己的一生，也应该千方百计完成《在严寒的日子里》。……天不假年，徒唤奈何！

杨桂欣所说的"时文"，与丁玲自言的"比较短、比杂文长的东西"的"书面的发言"大体是一致的，占了她晚年写作的较大的比重，虽然她曾"发誓除实在不得已而外，不写短文"。而她晚年写作的三大愿望——已经断续写了二三十年的长篇小说《在严寒的日子里》，两部长篇回忆录《魍魉世界》《风雪人间》——最终都是未完稿，成了三大遗憾。她在讲话中也经常提到这三大愿望，然而，就是在她抱怨这三大愿望没有时间去完成的时候，可以去完成这三大愿望的时间流走了。虽然她并不服老，但长篇小说对于一个老年人来说确实是勉为其难了。其实，丁玲的《在严寒的日子里》写不出来并没什么好遗憾的。可想而知，写出来也不会是什么优秀之作，不会比《杜晚香》好到哪里去，她之所以一而再、再而三地写不出来，真正的原因也许就在这里。丁玲本人就是一部革命文艺运动史或曰文坛政治史、一部20世纪文学史，她的回忆录应该是颇有价值、值得期待的。丁玲晚年留下的作品中，真正有价值的也是回忆录。所以，没有留下更多的回忆录，这是她真正的遗憾。

李锐和杨桂欣不赞成丁玲办《中国》文学杂志，是从影响她创作的角度而言的。但办《中国》毕竟是一件有价值的事情，是她晚年的亮点，算不得浪费和多余。真正浪费和多余的是她晚年的大量发言。从她解决历史问题的实际诉求而言，有些发言显然是有必要的。作为德高望重者，有些表态、讲话也是不可避免的。但她还有太多没必要的、徒令人诟病的发言。言多必失，何况很多是张口即来的、未经认真思考准备的发言。"你有权保持沉默，否则你的话将作为法庭上的证供。"把"法庭"改为"文坛"或"文学史"，这话一样成立。说得多，留下的"罪证"就多。矜尊地住口，晚年的丁玲会可敬得多。最后她说自己"成佛了"，"以后什么事都不管了，只写我的文章，这还不是成佛吗？"大概也是意识到自己说得太多了。

丁玲有过清醒的时候："我不愿意谈个人问题，不愿谈恩怨。什么恩，什么怨，没有什么个人的恩怨，也不是某一个人就能把我打倒的。也许有人背地里怀疑，丁玲是什么人什么人打倒的。不是，不是哪一个人，是一个社会问题。"但她还是陷入了过去恩怨的泥潭。

丁玲晚年过多纠缠与周扬的恩怨，念兹在兹，似乎是为对手活着的，就说明她过不去、放不下，不能向前看，没有未来了。一个有未来的人是不会如此的。如果她专心写自己的小说和回忆录，做自己的事，超脱一点，文坛是非恩怨按下不表，淡定一点，任尔东西南北风，她的晚年将有价值得多，历史问题也未必不能解决。丁玲的历史问题，如果上层要解决，周扬也是挡不住的，那么，她就谋求于上层好了，何必非要夹枪带棒，把对周扬的敌意提在口上，让无关的他人也皱眉和嫌避呢？她总是牢骚太盛，总觉得自己是受害者，当然要不平则鸣，其实也可以不鸣，至少用不着鸣个没完。丁玲咬定：不是我不和解，是人家不和解；是你不仁，我才不义的。这就为自己介入"文坛政治"找到了一个合理的借口。丁玲的斗争思维一向是：你把我当敌人，我更把你当敌人。她是情绪写在脸上的人，不会示弱，更不会若无其事或以柔克刚来化解矛盾，矛盾在她那里容易被放大。

其实，和解甚至都没有必要了，就当他不存在，最大的骄傲就是当他不存在。王蒙说得对，周扬"视对于他的个人攻击如无物"，证明他是"大人物"。王蒙指的就是丁玲对周扬的攻击。这些攻击根本撼动和损毁不了对手，反而有损于自己的形象。说得越多越丢分，徒增困扰，真不如缄口自重。周扬是不会把与丁玲的恩怨提在口上的，那显示出对敌手的重视，反而太抬举了对方，降低了自己。真正有杀伤力的是行动，而不是口舌之功，周扬是个行动主义者。丁玲真的打定主意要报一箭之仇，聪明的做法应该也是去"实干"，而不是满城风雨地去"费话"。

学者王尧评价邓拓："邓拓是位书生本色的政治家，这样的角色冲突和与此相关的心灵冲突始终缠绕着他，尤其当政治和政治文化处于异常状态时。"对比之下，丁玲似乎更可悲，其可悲在于：她虽然被政治缠绕了大半生，但她根本算不上什么政治家，而只是一个误落政治迷局且为政治所贻误的作家。丁玲晚年在政治上的那些表现，不要说政治智慧，就连政治世故都算不上，有政治智慧或世故的人都不会那样说和做。周扬晚年的"倒霉"不是因为丁玲，但丁玲与周扬一上一下的同时，在无形的对比之中就使人感觉构成了因果关系。丁玲似乎是胜了，但胜得不尽是快慰，代价可观。丁玲如果不是关于周扬说得太多，带来旁观者的不以为然，也不至于付出这种类似于"触犯众怒"的代价。

《多余的话》是瞿秋白最后的话，在生命的最后——也算"晚年"——文学家的瞿秋白否定了政治家的瞿秋白，但他绝不提政治对手和恩怨，而是让他人、后人去补白。如果瞿秋白也活到真正的晚年，也被反复改造过，还有没有可能写一个《多余的话》呢？丁玲以无比的坦白，写出过《不算情书》，也以无比的率真，写出过《"三八"节有感》，然而，经历了一茬又一茬改造和血泪教训的丁玲，到晚年却写不出一个《多余的话》了。瞿秋白的勇敢和坦诚，在于他明白地写出了革命者的哀衷。丁玲比瞿秋白桀骜，即便有血泪，也绝不以哀示人，然而丁玲也硬撑到了虚假的程度，把自我丧失了。

丁玲第一次读《多余的话》是在延安，当时还有人怀疑它是伪造，丁玲一读就"完全相信这篇文章是他自己写的"，因为她"读着文章仿佛看见了秋白本人"，那样的真实坦白，是不容易伪造的。她说：我读着这篇文章非常难过，非常同情他，非常理解他，尊重他那时的坦荡胸怀。我也自问过：何必写这些《多余的话》呢？我认为其中有些话是一般人不易理解的，而且会被某些思想简单的人、浅薄的人据为话柄，发生误解或曲解。

丁玲认为瞿秋白最后留下的话多余，是心疼他；同时，经过了延安的革命历练，她已然明白，有些话是只能想而不能说的。此时的丁玲看已经就义的瞿秋白，如同一个有阅历的姐姐看不谙世事的弟弟。

1980年写《我所认识的瞿秋白同志》时，丁玲重读了《多余的话》，经过了更多磨难的她当然又有了更深的认识：我想补充一点我的感觉。我觉得我们当今这个世界是不够健全的，一个革命者，想做点好事，总会碰到许多阻逆和困难。革命者要熬得过、斗得赢这些妖魔横逆是不容易的，各人的遭遇和思想也是不一样的。比如秋白在文学与政治上的矛盾，本来是容易理解的，但这种矛盾的心境，在实际上是不容易得到理解、同情或支持的。

丁玲的意思是：这些话之所以多余，不是它们本身多余，而是环境使它们变成多余；谬误不在于瞿秋白，而在于不健全的社会和时代。丁玲的更深一层的领悟就是：那些并不多余的真话是危险的，真正多余的废话、假话反而安全。丁玲晚年说了那么多真正的"多余的话"，是不是源于这种领悟呢？

张凤珠曾经表达过这样的遗憾："丁玲的晚年，却因为太多的干扰，影响了她有更多作品问世。"这些干扰，历史问题的困扰当然是首要的。发言太多、内在能量消耗太多也是一个方面。还有一个重要的方面，就是她是非太多。她的是非多，与她的处境有关，也与她的性情有关，她的争强好胜、意气用事、不甘寂寞，到了晚年更发展到了一个新强度。铜豌豆似的好斗，出现在一个老太太身上，本来就容易被描述为死缠烂打，何况她的言语确实有把自己妖魔化的危险。

她标榜："人家打人家的仗，我写我自己的文章。我对于内战是不想参加的。……我就坚持不入伙，免得学别人倒来倒去，演笑剧。"实际上，她标榜不做的，正是她所做的，她从反面把自己说中了。她不忘嘱咐："我的意见，只是一管之见，望勿扩散。到钱明达为止。全国都有耳，小报告四处飞，我惹不起人。"从这一嘱咐可以看出，她自己正是一个很有是非意识的人，而不是像她标榜的那样一尘不染不谙世事。也许，她以为或希望自己是那样的人，但实际上却做不到。"来说是非者，便是是非人"，这是规避是非的态度。丁玲却责备自己50年代的秘书张凤珠什么也不告诉她了，以至于让张凤珠很难过。可见，她与是非贴得太紧了，唯恐被边缘化。

玩不玩得好是能力问题，想不想玩是意愿问题，玩不好就说自己不想玩，那是不诚实的。自从与周扬搅进矛盾的漩涡，丁玲几乎就没有偃旗息鼓过。只有自己明显处于弱势时，她曾想不玩了，比如50年代反右前夕，结果却已经晚了，退不出来了。她平反的过程中，也许曾想过再也不玩了，结果是周扬在历史问题上不放过她，于是她又奉陪到底。周扬之所以不放过她，是否正是看透了她不会真的收住呢？

丁玲的"太政治""勾心斗角"，其实都是"非政治家"的"小政治"、不入流的"小把戏"。丁玲吃亏就吃亏在不是政治家，却貌似政治家；没有政治家的战斗力，却给人当政治家来对付。所以，过多地从政治上去评价她，本身就是不合适的。王蒙的问题在于，一面指出丁玲不是一个政治家，一面又以政治眼光去评判她。这也是很多论者的问题。以不适应的政治标杆来衡量别人，政治眼光和人际关系眼光交互运用，或把政治完全等同于人际关系，恰恰折射出论者本身浓厚的政治意识。

丁玲的灵魂始终是"非政治"的，把她当政治家来分析难免"下药太重"。

冰心给人的感觉一向是平和冲淡，晚年姿态更是如此。孙犁一向是回避是非，远离政治，晚年依然出于避祸心理而与文坛保持适当的间离。丁玲之所以老得不够可爱，就是因为她缺乏这种淡定平和、宁静致远的东西。莎菲时代结束以后，丁玲本来就不再是一个优雅的人，老了，更与优雅无关了。老人要放下，她放不下，主客观都决定了她放不下，所以姿态如此。假如她晚年淡泊隐忍一点，在潜心写作中耐心等待，也许历史问题仍然有机会解决，同时也没有浪费心力和才华。

人到了晚年，往往容易向传统回归，趋向保守。丁玲虽然不服老，但老年毕竟是老年，逃不脱的必然规律，她对美国贷款买房的不以为然就体现出保守心态。历经坎坷的人，晚年的道路走得尤其小心翼翼，觉得自己再也不能经受新的折腾了。丁玲晚年向传统的回归，其实就是一种与世界和解的姿态。事实上，因为家族经济纠纷，她年少时是跟母亲怀着恨意离开临澧的，后来很久没有回去过。正如她自己所说："60年前，我怀着对封建家族的不满和嫌弃，离开了风光秀丽的临澧，辞别了生我养我的临澧人民。"可如今，她与临澧"和解"了。不仅是时间，更是老年，使丁玲达成了这种"和解"。

老人的善念，就是宁愿相信一切都好，安稳幸福。1982年她给一个读者的回信中说："难道老一代人就认为我们现实社会一切都好，好得不得了吗？我们的思想里就再也不会偶尔也产生一丝消极和失望的感触吗？我们不过是因为年龄大了一些，经验丰富了一些……"这也是她老年心理倾向的一个自陈。

老年人喜欢圆满、吉庆、祥和，喜欢大团圆式的喜乐，不想揭盖子，不喜欢批判和悲观，不愿触及社会弊端，这就很容易走向"卫道"。丁玲晚年做顺民，为了历史问题的解决，为了政治上的安全，也为了老有所养。所以，她放弃了知识分子批判的义务，不想让自己反思更多、否定更多。

学者王尧这样评价邵燕祥："邵燕祥是作家中少数几个不讳言自己疮疤的人。这么多年来，邵燕祥由诗人而成为杂文家，他对鲁迅先生杂文精神的继承、他在写作中体现出的知识分子的批判精神，已经为大家熟知。这样一个大的变化，显然是在发生了深刻的精神裂变之后。"主客观条件限制，使这种"深刻的精神裂变"与丁玲无缘了。

苦尽甘来的人，更不愿提过去的倒霉，而宁愿多看到眼前的福气。她晚年不喜欢写灰暗，也不喜欢别人写灰暗，她对"伤痕文学"的态度就是如此。

法国传记作家安德烈·莫洛亚评价马尔罗：他的生平就是他的代表作。这句话同样适用于丁玲，她这一生的"情节"太曲折了，尤其这个出人意料的"结尾"。丁玲晚年是喜剧还是悲剧？无法做出单一判断，也许可以说，喜剧背后是悲剧。历史地看，丁玲晚年的亮点有二：写了自己和他人的有价值的回忆录、办《中国》文学杂志。丁玲晚年最肯定的是自己哪些作品？她从未给出过统一答案，因为，她本身对此就是矛盾的。

原载《红豆》2013年第3期

我心中的郭沫若先生

杨牧之

────────

　　我没见过郭老，却与他有过多次通信的交往。那时候，尽管"文化大革命"已经开始，打倒反动学术权威的口号喊得震天响，关于郭老的传言也各种各样，他自己也说，要把他的作品全部烧掉。可是，当我们得到他的回信时，仍然"大喜过望"。

　　时光如水，从"文化大革命"开始到现在，转眼几十年过去了，想起40多年前的"文化大革命"，仍然历历在目，仍然有一种极其混乱而对命运不可预测的感觉。前几天，偶然读到有关"郭沫若在'文革'后期"的文章（《郭沫若的晚年岁月》中央文献出版社，2004年6月版），颇多感慨，往事涌到眼前。想起当时我们和郭老通信的前前后后，再把我们和郭老的通信交往纳入郭老在"文化大革命"时期的大事记中，我心情不能平静，对郭老产生深深的敬意和无尽的同情，心底里深感自己当时的无知和浅薄。

　　1966年下半年，我们正在北京大学等待毕业分配。那时是"文化革命"初期，北京大学是"文化大革命""第一张大字报"的炮制地、出笼地，各地来北大参观、学习者前拥后挤，络绎不绝。还有很多群众，专程来北大中文系请教有关毛泽东诗词的解释，那种信任和渴望让人感动。我便萌生了注释毛泽东诗词的愿望。很快就找来先我两年毕业留校的陈宏天和同班好友崔文印，我们日夜兼程，没有多久就起草了一份《毛主席诗词注释》初稿。因为是毛泽东诗词的全注本，这种全注本当时社会上还没有，所以虽然简单，看到的人都说很有用。北京大学印刷厂的师傅很热情地给我们打印出来，印了50份。没有想到，这样粗浅简单的"注释本"竟然不胫而走，一时间索要者甚众。群众的欢迎，大大鼓舞了我们。当时校内外派仗正打得热火朝天，学习、研究毛主席诗词，真是公私两利的事，于是，我和陈宏天、崔文印便决定再找几位志同道合者，坐下来认真研究一番毛泽东诗词，好好编一本"毛主席诗词解释"。

今天看来，真是不知深浅，不自量力。但那时"文化大革命"风起云涌，整个国家都在"指点江山，激扬文字，粪土当年万户侯"，我们正当青年，好像没有干不成的事，正应了那句话"无知者无畏"。说干就干，随后我们又找来曾贻芬、任雪芳、严绍璗，总计6个人，成立了"傲霜雪"战斗组。夜以继日，苦干了几个月，在初稿的基础上，居然把当时毛主席公开发表的37首诗词又全部注释讲解了一遍。

解释得有没有错误？注释是否准确？真要拿出去时心里又胆怯了。当时，特别想听一听对毛主席诗词有研究的专家们的意见。但有的先生被定为"反动学术权威"，谁敢接近？有的先生近况不明，我们也不敢"冒险"。这时，我们想到郭沫若先生。郭老，他在我们心中不仅仅是个大学问家，而且因为他经常和毛主席诗词往还，阐释毛主席诗词，我们认为他是一个名副其实的解释毛主席诗词的权威，如果郭老能给我们审阅稿子，那该是何等的幸运啊！但转念又想，郭老能看得上我们这些青年学生的浅薄文字吗？"试试看嘛，万一能回信呢？"于是，抱着这万一的希望，一封信、一本打印稿，寄给郭老了。那是 1967 年 6 月 2 日。

一天早晨，中文系办公室送来一个很大的信封。看到信封上熟悉的遒劲、潇洒的字迹，我们都欢呼起来了："郭老回信了！"郭老有信，还把原稿逐页做了审阅，在文旁做了许多批注，我们真是喜出望外。郭老的信这样写道：

毛主席诗词的注释，看了一遍。有些地方，我作了小的修改。有些地方我打了问号，请你们斟酌。

"渔家傲·反第二次大围剿"中"枯木朽株齐努力"句，我以前的解释是和你们的解释一样的。有人请示过主席，主席说那样的解释是错误的。因为"努力"是好字眼，不能属诸"腐恶的敌人"。

"枯木朽株"这个词，最初见于邹阳《狱中上梁王书》，比司马相如《谏猎疏》还早。

"有人先游，则枯木朽株，树功而不忘。"准此，主席诗词中的"枯木朽株"不是恶意，可解为"老人病人都振作起来，一齐努力"。供参考。……

回信的时间是 6 月 13 日。

我们急忙翻开打印稿，逐页细看。郭老为我们修改了几十处，既有关于词义的理解，也有错别字，甚至还有用得不妥当的标点符号。修改的字迹，有用毛笔写的，有用铅笔写的，还有用红蓝铅笔写的，说明不是成于一时，或许是多次斟酌过的吧？郭老给我们回信，而且是如此细致、认真，我们大家都没有想到。更没有想到的是，回信竟然这样快，从我们寄出信，到我们收到回信，前后不过 11 天。一本 10 多万字的稿子，郭老给我们从头改到尾，要用去他多少时间啊！而对于一个学习、研究毛主席诗词的人来说，还有什么比得到郭老的指教更快乐的呢？人家都说郭老没有架子，对什么人都乐于帮助，这次，我们亲身感受到了。

可惜的是这些资料今天都不在了。本来这些材料都在我手里保存，陈宏天借去看，夹在书稿堆中，搬家时连同旧书稿一并丢失了，幸而还有抄件。

郭老的关怀，更激励我们努力把毛主席诗词注释搞好。我们又给郭老写了第二封信，一方面表达我们对他的感谢，另外又把我们理解不好的几个问题，再向他请教。这几个问题是：

一、《浪淘沙·北戴河》中"秦皇岛外打渔船，一片汪洋都不见，知向谁边？"究竟有什么寓意，上下阕的联系怎样？

二、《登庐山》中"桃花源里可耕田"一句，就是指的人民公社的发展吗？

三、"答友人"中的"友人"，是实指还是虚指，所指大概是什么样的人？

很快，郭老又给我们回信了。信中郭老详尽地回答了我们的问题。郭老写道：

一、我看不出有什么寓意。上阕是借景抒情，下阕是借史抒情，和《沁园春·雪》是同样的手法。我的解释是往常见到的打渔船，今天在大雨大浪中看不见了，和你们的解释有些不同。主席看海而想到渔船，是表示对人民的关怀。这和曹操的自负是完全两样的。大雨、地望、沧海、秋风，和曹操当时的情况都可发生联想。曹操打败了乌桓，也可能联想到打败了美帝。

二、陶潜的《桃花源记》是属于空想的社会主义的范畴。空想的社会主义，列宁认为是马克思主义的三个来源之一，恩格斯也是肯定的。可以想见，主席对于陶潜在当年能有那样的空想，还是认为可取的。故在诗里怀想到他。因此，桃花源可以让我们联想到人民公社，但空想和现实是大有区别的。

三、这个人姓周，名字我忘记了。是民主人士，好像是湖南省副省长。他献给主席的诗，我处也有，但不知放到什么地方去了。我建议：没有必要说出。

四、打字稿看了一遍，有些地方作了一些修改，直接写在稿子上了，送还你们，仅供你们参考。有些地方可能还有问题，并望你们仔细推敲。要注释得恰到好处，我看是不容易的。

在我们的注释中，《七律·长征》"更喜岷山千里雪"岷山一词的注释下面我们写道："又称大雪山。"郭老在文旁批道："岷山以山脉而言，绵亘青海、甘肃、四川境内。以孤独的山峰而言，在四川松潘，不是大雪山。大雪山——一名夹金山，海拔四千公尺以上，在川西康定县，是岷山山脉南支之一峰。诗中'千里雪'，是以山脉而言，包含夹金山在内。在这里可能是指夹金山，但不能说岷山又叫大雪山。"郭老详尽地给我们讲解了岷山和大雪山的关系，既指出了它们之间的相互联系，又指出了它们之间的区别。从这一小小的问题，看出郭老治学的严谨。又比如：在《菩萨蛮·大柏地》一词旁郭老批注道："出虹时每伴有霓（雌虹），在虹之上，色较淡，色序相反。这一反一正，一雌一雄，更显示出彩绸飞舞之趣。"在《水调歌头·游泳》一词旁批道："不是孙权是孙浩，见陈寿《三国志·吴志·陆凯传》。批注是凭记忆批上的，有些不准确的地方，应照原书修改。请酌。当年的武昌是鄂城县，不是今天的武昌。"像这样的例子，在郭老给我们修改的稿子中还有许多处。特别是郭老在信的末尾语重心长地嘱咐我们，"要注释得恰到好处，我看是不容易的"，很让我们警醒，也让我们自诚和努力。

1968年3月，我们完成了第三次修改稿。大家觉得这一稿已经吸收了广大读者的意见，又参考专家的意见一一做了修改，可以说是定稿了。我们急忙给郭老寄去两本，一是表示我们的感谢，一是想听听他的意见。郭老于 3 月 20 日回信：

谢谢你们给了我两册《毛主席诗词注释》（第三稿）。所收入的"一从大地起风雷"一诗的墨迹在我看，不会是主席写的，请你们仔细研究。

这时，在我们心中郭老已经不只是一位国家领导人、一位大学者、大文学家，他已经是我们的一位师长、一位朋友。

回忆往事，这些请教、切磋，是那样地让我们快乐。在我们，可以说一切都在兴奋和期盼中轻松进行。可是，今天，当我了解了郭老在这一时期的遭遇时，设身处地想想郭老当时的心境，我才真正感到郭老给我们写信、回答我们问题的不易，他是在怎样的痛苦与折磨中满足我们的期盼啊！

据专家考证，正是在这期间，在短短的一年半不到的时间里，郭老曾先后失去两个儿子。郭民英，1967 年是中央音乐学院小提琴专业学生，郭老与于立群的第四个孩子，因为将家里的盘式录音机带到班上，与同学一起欣赏古典音乐，结果犯了大忌：一是有炫耀资产阶级生活方式之嫌；二是宣扬"洋、名、古"，与党的文艺方针、教育方针不符。试想想，在那时，欣赏古典音乐，与时潮该是多么格格不入啊！于是，中央音乐学院的"青年学生"给中央写信了。"青年学生"要求彻底清除师生中十分严重的崇洋思想，把教材中、舞台上的帝王将相、公爵、小姐统统赶走，换上工农兵。毛泽东在中办秘书室编印的《群众反映》上读到这封信的摘要，随即给当时的中宣部部长陆定一写了一个批示："此件请一阅，信是写得好的，问题是应该解决的。但应采取征求群众意见的方法，在教师、学生中先行讨论，收集意见。"毛泽东在署名之后又加写两行字："古为今用，洋为中用"，"此信表示一派人意见，可能有许多人不赞成"。

毛泽东的批语不见得是针对某一个青年学生的，但伟大领袖一句话所产生的巨大政治作用是可想而知的。面对"炫耀资产阶级生活方式"的大帽子，面对热衷"封资修"的指责，只有24岁的郭民英极为痛苦，竟致得了忧郁症。他黯然神伤地离开了中央音乐学院。郭老劝他转到其他大学读书，"即便从一年级开始也可以"，他对所学专业不感兴趣，不愿去读。后来总算参了军，在部队发挥了音乐才能而成为中共预备党员，但最终还是在1967年4月12日自杀身亡，没有留下任何相关文字。

而我们的第一封信是1967年6月2日写的，郭老6月13日回的信，这距郭民英的死仅仅只有两个月。对于一个父亲，24岁儿子的死该是多么沉重的打击啊！这两个月该是多么沉重的两个月！再想一想，对于一个国家领导人，在那个年代，亲生儿子自杀，又是多么严重的事情！可以想见，郭老给我们复信的每一个字是在怎样一个痛苦的心情下写出的。

而在郭老给我们写最后一封信的时候，则面临着他的又一个儿子郭世英的横死。

1962年郭世英考入北大哲学系。他是一个敏感的忧国忧民的青年。他的同学对他出身名门、生活优裕仍然心情郁闷，十分不解。郭世英回答说：人并非全部追求物质。他和几个中学好友组织了一个"×诗社"，经常一起讨论时局，议论大事。后来有人回忆道："他极其真诚，可以为思想而失眠、而发狂、而不要命。那些日子里，在宿舍熄灯之后，我常常在盥洗室里听他用低沉的嗓音倾吐他的苦闷。现行政治、现行教育的各种弊端，修正主义是否全无真理，共产主义是否乌托邦，凡此各种问题都仿佛对他性命攸关，令他寝食不安。"

后来，×诗社被告发。郭世英还没读完大学的第一学年，就被下放到河南西华农场劳动。而另外几个人全以"反动学生"定罪，判了刑。据说对郭的"从轻发落"是周恩来表示了意见。但躲过了初一，躲不过十五。1968年3月，"文化大革命"如火如荼，一个群众组织绑架了郭世英。他们私设公堂，刑讯逼供，并追究"是谁包庇了反动学生郭世英"。郭沫若当时虽然还是副委员长，但他无权过问此案的审理判决，何况这是在"文化大革命"中啊！可以看出，绑架者的目的已经不在一个青年学生身上了。

4月22日上午，郭世英从关押他的三层楼上的房间里，破窗而出，以死抗争，年仅26岁。

郭老的夫人于立群悲愤难忍，责备郭老何以不及时向周总理反映。郭老深知案子的复杂，知道刑讯逼供的矛头所向，他悲愤莫奈地回答道："我也是为了中国好啊！"

今天看来，郭老明白周恩来的处境，他不愿意给周恩来出难题，他不能为了自己而将周恩来推向困境……

我们正是在这个时期，给郭老寄去《毛主席诗词注释》（第三稿）。而郭老正是在为爱子被关押极度焦虑中看我们的书稿，为我们审读，给我们回信。设想，假如我们面临这种局面，我们能沉得住气吗？我们还能为别人审读书稿吗？我们还有心思关心别人、抓紧时间给别人回信吗？

爱子死后，郭沫若以难以想象的坚强，忍受着亲子横死的悲痛，将郭世英在西华农场劳动时写的八大本日记，一行行、一页页誊写在宣纸上，一笔笔、一字字，用泪水和墨汁倾诉着自己的哀思和歉疚。

呜呼！一个大学者，可以说是旷世奇才；一个领袖的追随者，可以说是竭尽忠诚；一个新社会的歌颂者，可以说不遗余力，竟然落到如此下场，让人唏嘘。黄永玉先生在他的《比我老的老头》一书中说："辈分高莫高过郭沫若，荣华富贵，到了晚年连个儿子眼睁睁保不住，这是一种读书人的凄凉典型。"就是说的郭老这个遭遇。这是时代的悲剧，是国家的悲剧，是社会道德的悲剧。当我们渐渐了解了历史本来面目时，我们怎么能不对郭老产生深深的敬意和不尽的同情？

我们企盼这历史不再重演。

原载《中华读书报》2013年4月24日

时代的寻梦人

施立松

———

1934年，从广东到上海的轮船上，一位中年男子独倚舷边，望着茫茫大海，默默叹息。他此去，千里迢迢，只为发起一个募捐，为一个年老色衰的，名叫赛金花的一代妓女。

这位以"公使夫人"之名出使欧洲，又曾在八国联军攻入紫禁城时，出面奉劝联军统帅瓦德西整肃军纪，使无数中国人免于死难的名妓赛金花，奇特的经历足够吸引世人眼球。可是，时局动荡，她晚境凄凉，生活陷入困顿。站出来帮助她的，竟是与她并未深交的男子。他发起"赛会"定期筹募资金。在一次募捐演讲中，他慷慨陈词："赛金花一个烟花女子，尚知民族大义，曾救北京于危难之中，这样的侠骨柔肠，我们不妨自己问一问，比得上吗？"他计划写一个宣传她的电影剧本。他还写信鼓励她："我们对你是极愿意帮助的，然而为力甚微弱。无阔友，有也管不及了。华北又告警了，你尚能奋斗吗？与其空念弥陀佛，不如再现身救国，一切慈善事均可加入的，看护妇也极可为。"这个男人就是大名鼎鼎的民国性学博士张竞生，当然，这个"名"，是

"臭名昭著"的。

一

张竞生是老同盟会员，汪精卫刺杀载沣未遂被捕，他假扮其亲戚送信。他还担任过南方议和团的首席秘书，参与南北议和谈判。但清帝退位后，他却不以财帛为念、不以禄位动心，毅然负笈出洋，决心科学救国，成为民国首批官派留学生。同一批的25人中，就有后来的民国要人宋子文和杨杏佛等。

1920年的春天，草长莺飞，芰麦青青，在法国读书8年的张竞生回国了。浪漫的西方国度里，张竞生淋漓尽致地张扬着他与生俱来的浪漫天性，他记忆中的巴黎，"坐在电车上好似有一股热烈的气氛，如水蒸气一样在围绕着我！"8年的留学生活，除了给张竞生留下了数段刻骨铭心的罗曼史，更成就了张竞生的才识学问。他遍游欧洲列国，精通英德法三种语言，同时，因受法国提倡性解放和性自由的文化熏染，激起他性学研究兴致。

张竞生口袋里揣着里昂大学的哲学博士学位——他是"民国三大博士"之一，一回国就担任潮汕最高学府——金山中学校长。当时的中国，人口像蚂蟥一样疯长，民生像牛马一样不堪。现实的苦难灼烧着张竞生的眼睛，刺痛着他的神经。张竞生喝了一肚子洋墨水，踌躇满志，急于展示才华和抱负。他字斟句酌，旁征博引，洋洋洒洒地写了一份建设家乡广东的施政建议，从社会改良、经济发展，到教书育人、民生福祉，都提出自己独到的见解和思路。其中，他用大半的篇幅论述限制人口发展的重要性："人类根本冲突就在户口的膨胀，一国的强盛不在人口的繁多，而在其有相当的人口以后，使他们多多有了人的资格。中国人口能永久四万万就好了。"他主张每对夫妇只生两个孩子，多者受罚；倡导晚婚，实行婚前体检。遗憾的是，在当时，却没人能看懂这样的真知灼见。时任广东省长兼督军的陈炯明大骂他为"神经病"。陈氏本人妻妾数人，有子女十多个，要他施行节制生育的"仁政"，无异于与虎谋皮，更何况，"多子多福"是祖祖辈辈中国人的精神信仰。这是他提倡节育避孕初次受挫，也是他在国内坎坷生涯的开端。

先知总是孤独的。秀才遇到兵的无奈，更是悲哀的。张竞生提出节制生育的主张虽未被采纳，但他没怀忧丧志。他一方面大刀阔斧地改革金山学校弊政，并率先在全国推行男女同校，另一方面，频频在广东的报纸撰文公开提倡避孕节育。面对指责与谩骂，毫不所动。他的"不识相"终于让当权者忍无可忍，丢掉"饭碗"就显得理所当然。离开广州后，张竞生依然为节制生育鼓呼。1922年4月，美国生育节制及性教育运动的领袖人物山格夫人访华，张竞生和胡适一同接待她。山格夫人在北京大学作了关于"为什么要节育"的报告，并全文刊于《北京晨报》副刊。张竞生乘机极力介绍山格夫人的主张，可惜听者寥寥。会后张竞生万般感慨说，山格夫人主张节制生育，被待为上宾，只因她是美国女人；而我的主张相同，却被目为发神经，只因我是中国男人。

二

被军阀陈炯明免职后，张竞生受邀担任北京大学哲学教授，他和胡适是当时北大哲学系两个最年轻的教授。这是张竞生人生最辉煌的时期。蔡元培任校长的北大，思想自由，兼容并蓄，李大钊可以在北大讲马克思主义，张竞生可以在北大举办性学讲座。张竞生走了一条和胡适等新文化运动的先锋人物们完全不同的道路，他独树一帜，在家庭、婚姻、爱情等"大众文化"中开创新的学术领域，著书立说，演讲社交，一时间，张竞生成为中国思想文化界一位出尽风头的人物。

1922年春，北大校园爆出一则奇异的爱情花絮。张竞生的留法同学、北大生物系主任谭熙鸿教授丧妻后，没出一个月就和小姨子陈淑君结婚，陈当时为北大学生。师生恋在当时还如洪水猛兽。一时间，北大校园议论声沸沸扬扬，人们纷纷指责谭陈"不道德"的婚姻。张竞生在法国"情场十年"，邂逅了无数"浪漫的事"，他深为国人的无知和愚昧而痛心疾首，堂堂中国一流大学的多数教授们却不懂"情为何物"。他发誓要为中国人上一堂爱情课，他写下《爱情的定则与陈淑君女士事的研究》一文，并在报上公开发表。张竞生第一次提出爱情的四个定则：第一，爱情是有条件的；第二，爱情是可以比较的；第三，爱情是可以变更的；第四，夫妻为朋友的一种。以此四项衡量，则谭陈的婚恋是无可指责的。"陈女士是一个洋式的、喜欢自由的女子，是一个能了解爱情，及实行主义的妇人。"他还宣称："主婚既凭自己，解约安待他人！凭一己的自由，要订婚即订婚，要改约即解约。"没想到，这篇2000多字的文章，竟然成为中国历史上第一次爱情观公开大讨论的导火线。张竞生深陷舆论漩涡，差点被批评谩骂的唾沫星子淹死，但也从此声名远播，成为家喻户晓、鼎鼎大名、备受争议的人物。在延续两年的讨论中，张竞生陆续抛出自己观点，他提倡婚姻自由，主张实行情人制和婚外制，甚至提出"新女性中心论"，设想新女性在社会上占据要津，以情爱养成情人，以美趣造成美人，以牺牲精神培养女英雄，建立女性占主导地位的"女性中心社会"，这就是张竞生理想中的完美社会。

讨论越深入，张竞生也越大胆激情。他冒天下之大不韪，踩踏雷区，堂而皇之地谈论性问题，将性"美"育。他在北大课堂开讲性学课，在第一课上，他这样解释性："性譬如水，你怕人沉溺么？你就告诉他水的道理与教会他游泳，则人们当时暑热满身焦躁时才肯入浴，断不会在严冬寒冷投水受病，又断不会自己不识水性，就挽颈引领，闭目伸头，一直去跳水死。故要使青年不至于去跳水寻死，最好就把性教育传给他。"绝对一语中的石破天惊。但在中国，性的位置一直很奇怪，很尴尬。国人对性素来呆板，虽古时介绍技巧尚多，但更多是一种为姿势而姿势的花样。中国人不谈性，即使谈，也须蒙上一层道德说教的面纱。张竞生不熟稔国情，偏偏反其道而行，津津乐道他的性观念、性学说。

1925年冬天，张竞生在《京报副刊》刊登征集性史广告——《一个寒假的最好消遣法——代"优种社"同人启事》。他激情鼓说："天寒地冻，北风呼啸，百无聊赖，何以度日？最好的消遣法，就是提起笔来，详细而系统地记述个人的'性史'。"第二年，他编辑出版了对他一生影响巨大的《性史》。《性史》共有12篇文章，所描述的内容，有懵懂的性启蒙、青春期的冲动与自慰的心情，情节上则有偷情、偷窥、嫖妓等，相当真实地反映出当时的性观念。每篇文末，张竞生都撰写按语，提出中肯评论。《性史》一出，立即掀起轩然大波。正人君子摇头叹息，而又在暗中读得津津有味；"赵老太爷们"更气急败坏，活像掘了其祖坟。一时间，前所未有的口诛笔伐、讥讽谩骂，以排山倒海之势，向他袭来。民国作家刘心皇著文说："当时的中年人都起而对张竞生作严酷的批评，甚至破口大骂。许多人一面看他的书一面骂，越骂越看他的书；青年人呢，没有骂，只看他的书。因为他的书所谈的问题，都是大家所不敢谈的问题。"就是当时一些思想与世界接轨的"前卫人士"也纷纷反对，留美多年的胡适指出张竞生之《性史》不过淫秽之书，毫无价值，甚至发出"书犹如此，人何以堪"的感叹；让人悲哀的是，曾与张竞生同批留法的宋子文，在南京教育会议上，更是点名斥责张竞生倡导乱爱和淫乱。

《性史》出版4个月后，先在天津遭禁，接着被全国各地列为禁书。人们称张竞生为"卖春博士"和"情爱专家"，真是臭名昭著，无以复加。一册《性史》，让张竞生"名满天下"。此时的北大，容得下陈独秀先锋激进，也容得下封建遗老遗少，唯独容不下一个讲性讲本能的人。张竞生付出了身败名裂的惨重代价，与主张在教室公开画人体写生的刘海粟、写时代曲《毛毛雨》的黎锦晖被称为"三大文妖"。"大淫虫"张竞生不得不离开北大，浪漫的法兰西精神在中国，只落得灰溜溜的命运，这虽是一个历史的误会，也不得不承认是一个民族的悲哀。

三

在张竞生的眼里，生活与性，都应该以美的形式存在。他一直提倡生命是自由的，青春是浪漫的，性爱是美好的。他所著的《美的人生观》一书，提出的美育观核心目的是人生的美。比如，他认为衣服不应仅是为蔽体而更应是为美丽而穿的，他反对束胸，主张天乳，中国女人胸部得以彻底解放，张竞生功不可没。因他率先提出，要扯下裹在中国女性胸口上千年的那一抹白布。张竞生提出，束胸使女子美的性征不能表现出来，胸平扁如男子，不但自己不美，且使社会失了兴趣。他倡导裸体行走，裸体游泳，裸体睡觉，认为性欲本是娱乐的一种。在风气未开的中国，这一观点自然"大逆不道"，立刻又引来骂声一片。

张竞生还提倡美的政府观。为了促使"美的政府"中的官员能够切实为人民效力，张竞生异想天开地设计了具体监督环节：每年的国庆庆典上，自总统及国务员及一切官吏，都要身着朴素的用人服装，以公仆的样子，站立在一个极狭窄的棚中，恭敬地接受坐在对面一座极华丽的厅上身穿大礼服的人民代表评判。人民代表分坐三排，先由左排代表发言，列举公仆们一年来的政绩，代表人民向政府示谢；继而右排代表发言，直陈政府一年来工作中的过失，代表全国人民予以责备；然后由中排代表宣布："公仆，方才二方代表所说甚是，我们国民希望你们从今日起，努力向善，补救过失。明年此日，你们如有政绩，才来此地再会，若不争气，请速引退，免受国民的惩罚，勉哉公仆！"最后，由大总统代表公仆团向人民代表团行三鞠躬礼，并致词如下："高贵的主人啊！承示训饬，敢不敬命，从兹努力，无负重托。"张竞生又将这样的国庆节，称之为"美的国庆节"。他的天真，让人哑然失笑。

张竞生败走京城后，去了"十里洋场"上海。他本以为在"东方巴黎"，可以挥斥方遒。他先在四马路与友人合资开书店（兼有出版社性质），取名"美的书店"。张竞生身兼总编辑，雄心勃勃，大展拳脚，驰骋于上海出版界。书店的征稿启事别具一格："本书店自负要从丑的、无情的、禽兽交的中国社会里打出一条美的、热情的、有艺术性的性教育大道路来。"张竞生经营有方，主打产品《性育小丛书》，非常畅销。丛书封面上印有从巴黎公开出版物上取来的艺术裸体女像，这在当时是非常新鲜大胆的。丛书定价低廉，书店购书可获赠美女画，他还雇用年轻漂亮的女店员，那时上海的商店里都还没有女店员，"做生意"也还是男性的职业，因而购者踊跃，丛书受到前所未有的热捧。美的书店生意越做越红火，更以专售性书而驰名上海滩。美的书店的经营自然招来卫道士们的围攻，就连鲁迅也写文章大肆鞭挞："最露骨的是张竞生博士所开的'美的书店'，曾经对面呆坐着两个年轻脸白的女店员，给买主可以问他《第三种水》出了没有等类，一举两得，有玉有书，可惜美的书店竟遭禁止。"不久，张竞生就被诬传雇用妓女贩卖淫秽书刊而被警察传唤，书店也被迫关门。在国内没有立足之地的张竞生，在同学陈铭枢的资助下，不得不远走法国，专门从事研究。他译出了卢梭的《忏悔录》，成为中国第一位翻译《忏悔录》的人。

四

上世纪30年代初，历经坎坷的张竞生再次归国，赶上内乱外患加剧的年代，他认识到自己"美治"救国理想已经破灭，他要开始"实业救国"的尝试。书生意气的张竞生，决心尽自己所能，振兴广东农业。他回到家乡饶平大榕铺，从事乡村建设试验。他兴校育才、修桥筑路、造林种果，造福村民。这期间，他深入农村做经济调查，写出《农村复兴实验谈》《人口与经济问题评议》等调查报告，热情为农民代言和鼓呼。一时间，中国有了从事乡村建设的"南张北梁"之称，南方是张竞生，北方是梁漱溟，但梁漱溟重于教育，而张竞生更多地着意于发展农村经济。

抗日战争爆发后，老上级兼故人汪精卫屡次函电邀他到南京出任伪职，均遭他一口拒绝。当蒋介石发动内战时，张竞生打了锄头4把，上刻"休养生息"4字，分寄国民党要员，要他们停止内战。新中国成立不久，已经退隐江湖多年的张竞生，不顾个人得失与安危连夜写下13000字的《我的几点意见》，上书最高领袖毛泽东。文中，他言之凿凿：为了民众的长远利益，必须科学地节制生育，不能学苏联的人口政策对生育5个子女以上的人授予"母亲英雄"。这一年他已经是65岁的老人了。令张竞生哭笑不得的是，他写的万言书被有关部门批了4个字"退回，酌办"后，最后退进了他个人的档案袋里。不久，又一个提倡节育的人站了出来，提出了"新人口论"，他就是北大校长马寅初。上世纪50年代后期，张竞生身处运动的风口浪尖，妻离子散，生活朝不保夕，但他仍能写出让人"刮目相看"的美文，用生命实践了自己倡导的"美的"生活态度。在他生命的最后时刻，书桌上煤油灯仍然亮着，桌上摊着一本已看了一大半的书。

若干年后，北大文学系教授陈平原说："这是一个倔强而又孤独的叛逆者，一个出师未捷便轰然倒下的寻梦人，一道欢快奔腾越过九曲十八涧的溪流，一颗划过天际瞬间照亮漫漫夜空的彗星，这是一个生错了时代、选错了职业因而命运多舛的浪漫派文人。这种性格以及生活趣味，放在苏曼殊、郁达夫等浪漫派作家行列，也许更合适。"

一个时代有一个寻梦人，便不会太沉寂太荒凉，因他足以传达一种声音，完成一种呐喊的使命。张竞生曾说："毁誉原无一定的，凡大思想家多受诋于当时而获直于后世者，世人蠢蠢而不知贤者之心情，而贤者正不必求世人之谅解。"中国人可能会骂张竞生50年，或者一个世纪，但不可能永远遗忘他。鲁迅在《两地书》里说过："至于张先生的伟论，我也很佩服，我若作文，也许这样说的。但事实怕很难……知道私有之念之消除，大约当在二十五世纪。"诚如斯言，21世纪已经来了，25世纪也总会来的。

原载《散文》2014年第7期

柔韧如水沈从文

卢惠龙

———————

　　水的德性为兼容并包，从不排斥拒绝不同方式浸入生命的任何离奇不经事物！却也从不受它的玷污影响。水的性格似乎特别脆弱，且极容易就范。其实则柔弱中有强韧，如集中一点，即涓涓细流，滴水穿石，却无坚不摧。

——沈从文：《一个传奇的本事》

　　沈从文在现代文学史上留下的是一个孤独的背影，因为他怀有另一种梦。

　　由南而北的横断山脉长岭脚下，有一些为人类所疏忽所遗忘的残余种族聚集的山寨。他们用另一种言语，用另一种习惯，用另一种梦，生活到这个世界一隅，已经有了许多年。

　　他在《月下小景》中的这段文字，我以为是对他笔下所有乡土民风，对他那些晶莹饱满、温润剔透的文字，乃至他自己一生的点题。

这位从湘西凤凰，从千里沅水、沱江走来的乡下人，对他的乡土饱含深情，充满眷恋。他用他的作品为我们展现了另一个世界，另一种梦。《月下小景》《边城》《柏子》《萧萧》《丈夫》……一首首婉约而又悲伤的曲子，伤感，却不绝望；茫然，却不痛切。他的湘西系列，描摹乡村生命形态的美丽，人与自然和谐共存，本于自然，回归自然。"湘西"代表健康、完善的人性，这是他的全部创作所要负载的内容。

中国的文学，"五四"以后走着同一性的路。乡村，被定义为灰暗，滞闷，野蛮，阴冷，甚至残忍，被接受进化论和西方现代性的知识分子纳入他们的话语体系，成为启蒙、革新的对象，列入改造的日程。于是，文学上出现了或者恣睢、麻木的典型，或者愚昧、绝望的形象，而启蒙知识分子在民众疾苦面前又是这般无奈、孤独与虚无，客观上显现了先驱者悲凉的心灵史。这条主线，一直延续了半个多世纪。

面目和善、羞羞答答的沈从文，很儒雅，可他内心却有湘西苗民的野性，倔犟，执拗，他顽强地捍卫内心的领地。他没有顾及别的人，孤独地走着自己的路。他似乎一厢情愿地以为，那无量的苦难、无赦的罪愆，永远不能阻止婴儿的诞生。冥冥之中，有一种专属人的精神贯通，即使在山呼海啸，一无凭借时，也能依稀辨认出那条道路，那个方向，那个彼岸。他始终这么深爱着他的乡村，视乡村为生命的来源和归宿。他用乡村的眼光审视现代文明，把他的反叛和情感，幻化为平和淡雅的文字。他清楚，完全真实的乡村可能永远无法还原，他对乡村写实，建筑人性的神庙。湘西的乡村，是他记忆最活跃、最拥挤的区域。乡村是一口深井，所有景致、人物都在这口深井之中，并且不确定地闪烁。正是个体生命和乡村的交融，才有闪烁记忆的文章。他守望这口深井，于是，乡村持了生命的护照，成规模地进入他的文本，他自己也从其中获得创造力的舒张和生命力的释放，从而获取了慰藉和愉悦。

《边城》，是一幅描绘人生的风俗画、一首讴歌人生的赞美诗，倾注了他无尽的幽思与情怀，其中的文字，朴素无伪，犹如摘一根草茎放到嘴里咀嚼，总有山野泥土的味儿，清香的，也涩涩的。他似乎不刻意反映什么，似乎并无什么寓意，保持生活中那些未被人为分解的画面，兼得清浊之音，共有浓淡之韵。更重要的是他为我们留下了翠翠这样一个健康，善良，朝气，呼之欲出的女性形象，让我们看到湘西淳朴自然的人性美。沈从文并不回避苦难，《月下小景——新十日谈之序曲》中，一对恋人，四方逃离，也无法摆脱古老的传统的约束，只得选择死，对这样一个悲伤的结局，沈从文也把它描写为找到幸福的心相拥着安详地死去。他的侧重点，是表现了人性"真"的一面。

在《湘行书简》中，沈从文说："一个中国人对他们发生特别兴味，我以为我可以算第一位！"这话很真，很准，绝非诳语。

匪夷所思，1948年以后，可爱的沈从文"封笔"了。这让人惊愕，惊愕之后，归于明白。

1923年，受新文学运动余波影响的沈从文只身来到北京。在北京的底层漂泊，观察，寻找他的出路和归宿。

从1925年至1929年五年间，沈从文发表作品200余篇，出版集子20多个，有长篇小说《旧梦》与《阿丽思中国游记》一、二卷。他因而赢得了"多产作家"、"短篇小说之王"和"中国的大仲马"的称誉。鲁迅认定他是"自新文学运动开始以来"，"所出现的最好的作家"之一。

那么，他究竟为什么"封笔"呢？

1948年11月7日夜晚，北京大学"方向社"在蔡子民先生纪念堂召开一个叫"今日文学的方向"的座谈会。辽沈战役已经结束，平津战役迫在眉睫，在历史大转折的前夕讨论文学的"方向"，自然不会只是一个单纯的文学议题。果然就谈到了政治，沈从文把文学的前景比喻成"红绿灯"。

沈从文说，驾车者须受警察指导，他能不顾红绿灯吗？冯至说：红绿灯是好东西，不顾红绿灯是不对的。沈从文说：如有人要操纵红绿灯，又如何呢？冯至说：既然要在路上走，就得看红绿灯。沈从文说：文学自然受政治的限制，但是否能保留一点批评、修正的权利呢？废名说：第一次大战以来，中外都无好作品。文学变了。欧战以前的文学家确能推动社会，如俄国的小说家们。现在不同了，看见红灯，不让你走，就不走了！沈从文说：我的意思是文学是否在接受政治的影响以外，还可以修正政治，是否只是单方面的守规矩而已？

　　这在自视"聪明"者看来，实在是书生气十足，迂腐得很。

　　沈从文曾经说过："一面是千万人在为争取一点原则而死亡，一面是万万人为这个变而彷徨忧惧，这些文章存在有什么意义？"

　　不用讨论，很快，11 月 8 日沈从文所编的天津《益世报·文学周刊》停刊；跟着，他和周定一合编的《平明日报·星期艺文》也停刊。

　　更大的灾难在等着沈从文：

　　1949 年 1 月上旬，北京大学贴出一批声讨沈从文的大标语和壁报，壁报转抄了郭沫若《斥反动文艺》全文。

　　郭沫若，还有邵荃麟，认定沈从文是"大地主大资产阶级的帮凶和帮闲"，"直接作为反动统治的代言人"。郭沫若说，地主阶级的弄臣沈从文，为了慰娱他没落的主子，也为了以缅怀过去来欺慰自己，才写出这样的作品来，然而这正是今天中国典型地主阶级的文艺，也是最反动的文艺。沈从文是"桃红色"的代表，"作文字上的裸体画，甚至写文字上的春宫"……

　　沈从文不怕文学论争，他怕的是文学批判和思想批判背后的政治力量。

　　1 月初，沈从文在旧作《绿魇》末尾写了这么一段话："我应当休息了，神经已发展到一个我能适应的最高点上。我不毁也会疯去。""最高点"，也即是说，再下去，就要出问题，毁或者疯。

林徽因看沈从文精神紧张，夜里睡得不多，给他换了一种安眠药，交金岳霖三粒，每晚代发一粒给沈从文。临睡前还让沈从文喝热牛奶一杯。

最为绝望时，沈从文"神经错乱"，选择了自杀。他用剃刀把自己颈子划破，两腕脉管也割伤，又喝了一些煤油，被张兆和的堂弟发现，送去医院急救。

遇救后，他在精神病院住院，他反应不像以前激烈，张力松弛下来，悲剧转入谧静。

能够接受命运，不是想通了，而是梦醒了。沈从文用了《红楼梦》的比喻，"这才真是一个传奇，即顽石明白自己曾经由顽石成为宝玉，而又由宝玉变成顽石，过程竟极其清楚。石和玉还是同一个人！"

然而，也有许多往事值得他留恋，难以释怀：

他记得在私塾念书时常常逃学，他曾经写道，我的心总得为一种新鲜声音，新鲜颜色，新鲜气味而跳，为人生远景而凝眸。我的智慧不需从一本好书一句好话上学来。

那年，农历七月十五，中元节，因家境衰落，母亲让他辍学参加一支土著军队。沈从文随这支部队路过泸溪县城，他在一家绒线铺见到一个女孩，印象极深，她的明慧温柔后来融化成《边城》中的翠翠。

在西南联大，他不知从哪里买了那么多少数民族的挑花布。沏了几杯茶，大家就跟着他，对着挑花布赞叹一晚上。有一阵，一上街，他就到处搜罗缅漆盒子。

他曾以小学学历被胡适破格聘任为大学讲师，进而成为胡家的座上客。他在吴淞中国公学，开设"新文学研究"、"小说习作"和"中国小说史"，对中国公学外国语文学系二年级女生张兆和，产生一发不可收的恋情。

他不辍地给张兆和写信，一直是泥牛入海，他去请教胡适，可胡适的话他听不进去。他急了，又写，字有平时的九倍大！斗胆称了"兆和小姐"。张兆和叹道：唉，这一场孽债！也去向胡适讨教怎么办。

1933年9月，他与心仪的张兆和在北平的中央公园水榭举行婚礼。北平达子营新房那里，院子里有一枣一槐。树荫下，婚后的沈从文静静地写作《边城》和《记丁玲女士》。

第二年11月20日，他的长子沈龙朱出生。"龙朱"，这是他的一篇小说的标题。22日，他致信胡适报喜："兆和已于廿日上午四时零五分得了一个男孩子，住妇婴医院中，母子均平安无恙，足释系念。"

那年，周作人在《人间世》第十九期发表《一九三四年我所爱读的书籍》中，列举自己爱读的三本书为：1. 希本著《木匠的家伙箱》；2. 蔼理斯著《我的告白》；3.《从文自传》。

那年，闻一多带领长沙临时大学师生向昆明转移，路过沅陵，暴风雨后又下起雪来，还夹着冰雹，无法行走，只好住下。沈从文与老友相会在穷乡僻壤，自有一番热闹。他请闻一多吃狗肉，闻一多高兴得不得了，直呼："好吃！好吃！"一条毯子围住双腿，大家吃酒暖身。

沈从文路过贵阳时，拜访了不久前才从北平回到贵州的老友蹇先艾，并同游阳明洞。蹇先艾是他在北大当旁听生时结识的朋友。

那年3月，中华全国文艺界抗敌协会在武汉成立，沈从文缺席当选理事。4月3日，他在给张兆和的信中写道："今天星期（日），这时节刚吃过饭。我坐在写字桌边，收音机中正播送最好听音乐，一个女子的独唱。声音清而婉。单纯中见出生命洋溢。如一湾溪水，极明莹透澈，涓涓而流，流过草地，绿草上开遍白花。且有杏花李花，压枝欲折。"

……

这是一个硕大无比的人生磁场！足以让人产生生之留恋。

精神一点点地从崩溃中恢复。

他对张兆和说：这是一种新的开始，让我们把生命好好追究一下，来重新安排，一定要把这爱和人格扩大到工作中去。

我要新生，在一切毁谤和侮辱打击与斗争中，得回我应得的新生。

我看到了沈从文的一幅照片，是内山嘉吉1959年拍摄的，他做了中国历史博物馆的解说员。依然是那副黑边的眼镜，依然是孩提般的微笑。他开始把陶瓷史、漆工艺史、丝织物、家具一样样做下去……

作为中国边缘部落的纯粹后裔，沈从文拥有山野溪涧孕育的底气，又被现代文明穿透。官道上马项铃清亮细碎的声音，平田一隅新收的稻草，吊脚楼的支柱，河滩上的妓船，还有善良的翠翠、勤劳的天保、让花狗把心窍唱开的萧萧、被沉潭的巧秀娘……让他不离不弃。他真诚地写道："人实在值得活下去，因为一切那么有意思。"

此后，沈从文爱哭的习惯，有增无减。沈从文是感情纤细敏锐的人，流泪是感情表达的一种自然方式；同时他也是个隐忍的人，他会用其他的方式来压抑、分散或者表达感情。但是随着厄运到来，流泪渐渐变得多了起来，或者，流泪所表达的东西也多了起来。

"文革"中期，孙女沈红在学校因成绩好、守纪律而受厌学顽童欺负，沈从文闻之落泪。1977年，穆旦59岁不幸去世，他听到消息时，不禁老泪纵横。自他病倒之后，行动不能自如，说话越来越少，流泪也越来越多。1982年，他回乡听傩堂戏而流泪，偶然听到"傩堂"两个字，本来很平静的他，眼泪顺着眼角无声地落出。一次母亲见他独坐在藤椅上垂泪，忙问怎么回事，他指指收音机——正播放一首二胡曲："怎么会……拉得那么好……"泪水又涌出，讲不下去了。1985年，一个杂志社几个人来采访，问起"文革"的事，沈从文说，在"文革"里我最大的功劳是扫厕所，特别是女厕所，我打扫得可干净了。来访者中有一个女孩子，走过去拥着老人的肩膀说了句："沈老，您真是受苦受委屈了！"没想到的是，沈从文抱着这位女记者的胳膊，号啕大哭。什么话都不说，就是不停地哭，张兆和就像哄小孩子一样，又是摩挲又是安慰，才让他安静下来。1987年，黄永玉得到一张碑文拓片，碑是熊希龄一个部属所立，落款处刻着："谭阳邓其鉴撰文，渭阳沈从文书丹，渭阳沈岳焕篆额。"渭阳即凤凰，沈岳焕是沈从文的原名。立碑时间是1921年。黄苗子看了沈从文的字体，说："这真不可思议，要说天才，这就是天才，这才叫作书法！"沈从文注视了好一会儿，静静地哭了。黄永玉妻子说："表叔，不要哭。你19岁就写得那么好，多了不得！是不是，你好神气！永玉60多岁也写不出。"

1987年7月，瑞典客座作家汉森（Stig Hansén）和汉学家倪尔思（Nils Olof Ericsson）对沈从文进行了连续4天的访谈。汉森带给他一份复印件，是1949年瑞典杂志上的《萧萧》，这是最早译成瑞典文的沈从文作品；还给他看最新的瑞典杂志，上面有马悦然翻译、斯德哥尔摩Norstedt出版社出版的《边城》的广告。他们的谈话围绕沈从文的生平和文学展开，汉森说："我昨天看了英文的《贵生》，这是写的……"沈从文接话道："对被压迫的人的同情。"——就在这时，他的眼泪落了下来。

……

正是：知我者，谓我心忧；不知我者，谓我何求。

沈从文早年的文学成就能被永远屏蔽吗？

沙汀说他喜欢《顾问官》，聂绀弩喜欢《丈夫》，曹禺说《丈夫》是了不起的作品，李准喜欢《萧萧》，还有人喜欢那些据佛经故事改成的小说，更多的人喜欢《边城》……

1980年10月27日，沈从文应美国一些大学的邀请，偕夫人离京赴美讲学。讲学历时仨月，从美国东部到西部，最后到檀香山。先后在耶鲁大学、哥伦比亚大学、圣约翰大学、哈佛大学、乔治·华盛顿大学、普林斯顿大学、芝加哥大学、斯坦福大学、伯克利大学加州分校、旧金山州立大学、夏威夷大学等15所大学讲学23次，与当地学界人士多次进行交谈、聚谈。讲学内容有中国的新文学、中国古代的服饰，以及自己从文学写作转到物质文化史的研究情况等。

11月7日，沈从文正在哥伦比亚大学演讲，由夏志清主持，傅汉思担任翻译。同日，《光明日报》刊登了一篇文章："正当沈从文在国内被冷落的时候，国际上却掀起了一股'沈从文热'……在中国香港，沈从文的选集出了100多种；美国大学里，已经有4个人因为研究沈的作品而得了博士学位，有30多个青年研究沈从文的作品获得硕士学位；在中国香港、日本，正出版或翻译沈从文的全集或选集。"

紧接着，国内，各种沈从文作品开始大量印刷。

就在这时，瑞典的那个马悦然已经翻译了不少沈从文的作品，他是瑞典皇家学院的中国通。

沈从文一生都为住房困扰，他每天去小羊宜宾胡同与家人吃午饭，并带回另外一顿饭食、两片消炎片，去东堂子胡同。文艺界普遍戏称是"东家食而西家宿"的"沈从文飞地"。

1986年，在胡耀邦的关心下，沈从文在崇文门东大街22号楼分到了一套新居，初夏搬入。

这时候，沈从文已是行迈靡靡。

1987年8月24日，沈从文的二儿子沈虎雏把誊抄好的《抽象的抒情》拿给沈从文看。他看完后说："这才写得好哪。"沈从文已经不记得这是他自己写的文章，犹如晚年的马尔克斯，不知道《百年孤独》为何物。

1988年5月10日下午，沈从文会见黄庐隐女儿时心脏病发作。张兆和扶着他躺下。他对他们说："心脏痛，我好冷！"6点左右，他对张兆和说："我不行了。"

在神志模糊之前，沈从文握着张兆和的手，说："三姐，我对不起你。"这是他最后的话。

马悦然通过大使馆确认沈从文去世的消息后，肯定而惋惜地说，如果沈先生在，他10月份就领诺贝尔文学奖了。

1992年5月，张兆和率领全家，送沈从文回归凤凰。沈从文的骨灰一半撒入绕城而过的沱江清流，另一半直接埋入墓地泥土。

墓地简朴、宁静，墓碑是一块大石头，天然五彩石，正面是沈从文的手迹，分行镌刻《抽象的抒情》题记的话：

照我思索

能理解"我"

照我思索

可认识"人"

至今，沈从文似乎没有走：

"我很会写结尾。"沈从文笑起来，颇有几分自得，自得里透着孩子似的天真。

"您和老舍熟不熟?""老舍见人就熟。这样，反倒不熟了。"

在荆州战国楚地的出土丝绸瑰宝前，80岁的沈从文下跪了。

北京小羊宜宾胡同的花园里，有一盆虎耳草，来自湘西，种在一个椭圆形的小小钧窑盆里，这是沈从文喜欢的草，也是《边城》里翠翠梦里采摘的草……

原载《散文》2014年第10期

萧军日记里的二萧（节选）

叶　君

———————

　　从1932年7月至1938年4月，萧红和萧军共同生活了差不多6年时间。二萧"浪漫"的结合，富有传奇色彩的成名以及让人扼腕的劳燕分飞，至今仍是人们津津乐道的话题。在60余种萧红传中，以往人们对于二萧分手前的情感状态，很大程度上充满想象与讹传。近年，《萧军全集》公布了1937年5月4日至 1942年底的部分日记。1937年4月23日前后，萧红结束当年1月为抚平萧军1936年上半年的情感出轨而带来的情感创痛的东京之旅不久，因不堪再次面对对方更为严重的情感出轨，独自离沪北上，开始又一次疗治心灵之伤的旅行。在萧红传记研究上，二萧平沪间往还的书信（萧红自北平致上海七通，萧军自上海致北平四通）素来被人忽视或误解，但却是了解萧红从日本归国后情感波动及思想变化的重要文献，有助于揭示二萧真实的情感世界，对今人理性认知二萧的最终分手，具有非同寻常的意义。

一

无论东渡扶桑，还是北上北平，萧红作为女性之"弱"在于，萧军与陈涓、许粤华等的情感纠葛，不仅给她带来心灵巨创，更扰乱了她作为一个痴迷于创作的作家的生活方式。每一次逃离是追求"眼不见为净"的自我麻痹；而更主要的是为寻得一个安宁心境的处所，进入写作状态，以达到对现实的暂时忘记。因而，无论东京还是北平，对于萧红来说是逃离更是找寻，伤痛和焦虑始终伴随着她。1937年5月3日在致萧军的第三封信里，她自述，"心情又和在日本差不多，虽然有两个熟人，也还是差不多"，同时更加明确地意识到："我一定应该工作的，工作起来，就一切充实了。"

收读前两信后，萧军于5月2日回信提及，送萧红北上当晚回家，日记里记下当时心情："她走了！送她回来，我看着那空旷的床，我要哭，但是没有泪，我知道，世界上只有她才是真正爱我的人。但是她走了！"对比晚年萧军对萧红北上缘起的讳饰（如为了访友、怀旧），青年萧军当时的回信，坦率说出了其内心的愧疚，以及对萧红情感世界的真切感知。他也谈到自身心境烦乱，还有无法开始工作的焦虑。

也许，二萧同在上海期间，萧红无法当面向萧军直陈内心的伤痛。一旦时空间隔，萧红再次独自面对自我，终于有机会通过纸笔向对方倾诉。5月4日第四封信基本上没有了前三封信里的寒暄，直接表达内心苦痛的深巨。这在二萧往来书信中实属罕见：

我虽写信并不写什么痛苦字眼，说话也尽是欢乐的话语，但我的心就像被浸在毒汁里那么黑暗，浸得久了，或者我的心会被淹死的，我知道这是不对的，我时时在批判着自己，但这是情感，我批判不了，我知道炎暑是并不长久的，过了炎暑大概就可以来了秋凉。但明明是知道，明明又做不到。正在口渴的那一刹，觉得口渴那个真理，就是世界上顶高的真理。

这回的心情还不比去日本的心情，什么能救了我呀！上帝！什么能救了我呀！我一定要用那只曾经把我建设起来的手把自己来打碎吗？

很显然，萧红让长久以来郁积的隐痛，有了一次痛快"说"出的机会，文字因情感起伏而错落有致，但是痛诉里亦充满理性。这封信是她与自身拉开距离之后的深刻观照。某种意义上，痛苦让萧红对自己甚至女性的命运有了更深切的认知。这封信似乎成为逼着晚年萧军无法回避萧红痛苦呼号的根源。1978年9月19日，他注释此信时坦承自己爱情上对萧红曾有"不忠实"发生："那是她在日本期间，由于某种偶然的际遇，我曾经和某君有过一段短时期感情上的纠葛——所谓'恋爱'……"他对因此给萧红带去的"刺痛"引为终身遗憾，但还保持那份道德优胜："除此以外，我对于她再没有什么可遗憾的地方：——对于她凡属我能尽心尽力的全尽过所有的心和力了！"

晚年萧军所谓与某君"恋爱"，虽发生于萧红旅日期间，但后续影响却持续于萧红返沪后很长时间之内。自东京返沪，二萧的生活、写作都陷于巨大混乱，萧红再次离沪其实是他们力图重新厘清头绪、调整生活的努力。作为无辜者，如果说萧红此时是独自品尝伤痛的话，那么，作为当事人的萧军，则再次陷于"失恋"的苦痛。1937年5月4日萧军日记载有，头天许广平劝其珍惜才华，"不要为了爱就害了自己"，应该"把失恋的痛苦放到工作方面去"。对于许的劝告，他亦坦率相告："我但愿自己渐渐就会好起来的，不过，自己总是不能把握自己的热情……"而正在阅读《安娜·卡列尼娜》的他，5月6日日记更反省到自己"不适于做一个丈夫，却应该永久做个情人"。6日，他回复一封长信，将自己所认为的作为一个作家如何面对生活中的情感变故的态度，介绍给萧红：

　　我现在的感情虽然很不好，但是我们正应该珍惜它们，这是给予我们从事艺术的人很宝贵的贡献。从这里我们会理解人类心理变化真正的过程！我希望你也要在这时机好好分析它，承受它，获得它的给予，或是把它们逐日逐时地记录下来。这是有用的。

　　这段规训意味浓郁的文字，居高临下地传达出一个极其怪异的逻辑：规训者的情感出轨，对于被规训者同时也是无辜受伤者及他自己这种"从事艺术的人"，都是一种很有益的经验，应该坦然接受并"好好分析"。命令的语气和霸道的逻辑，自然让萧红难以接受。这一方面归之于萧军成名后的狂妄、自恋；另一方面，又源于二萧结合之初，他当年对张迺莹那"爱的哲学"的告知。

　　萧军此时的自恋之态常流露于日记：5月15日，他首先对萧红作出一种居高临下的判断，认为她"是一个不能创造自己生活环境的人，而自尊心很强，这样人将要痛苦一生"；接着更有一段对镜自怜："我有真挚的深厚的诗人的热情，这使我欢喜，也是我苦痛的根源。晨间在镜子里，看到自己的面容，很美丽，更是那两条迷人的唇……清澈的眼睛，不染半点俗气，那时我的心胸也正澄清。"所谓"真挚的深厚的诗人的热情"，应该是他常常情感出轨的根源所在。可见，青年萧军将自己的多情视为可炫耀的浪漫。正因狂妄与自恋，萧军无从体察自己给萧红带去的到底是什么。6日信中，在大段规训之后，还有类似"领导视察工作"般的指示："注意，现在安下心好好工作罢，那时（指大约两个月后萧军自己也来北平——论者注）我要看您的成绩咧！"

　　5月9日在对萧军6日信进行回复之前，萧红述及收读对方两信哭了两回，6日自己也有一封信，只是因为流着眼泪写的没有寄出，怕自己的恶劣心绪影响对方。然而，等到情绪稍稍平复回复萧军，此信却是另一番滋味。对方的规训、命令，令其大为反感。而对那即将视察其长篇创作计划的"命令"，萧红更是将新旧账算在一起反唇相讥道：

　　我的长篇并没有计划，但此时我并不过于自责。"为了恋爱，而忘掉了人民，女人的性格啊！自私啊！"从前，我也这样想，可是现在我不了，因为我看见男子为了并不值得爱的女子，不但忘了人民，而且忘了性命。何况我还没有忘了性命，就是忘性命也是值得呀！在人生的路上，总算有一个时期在我的脚迹旁边，也踏着他的脚迹。总算两个灵魂和两根琴弦似的互相调谐过。

　　据书信原件，萧红将最末一句划掉了，并在旁边注明："这一句似乎有点特别高攀，故涂去。"在日本期间，萧红读到萧军小说《为了爱的缘故》引起不快。现如今，经历此前种种，萧红对萧军已然拥有另一层面的认知。这封信显然伤及萧军的骄傲，萧红的话真切戳到其痛处，令他不知如何回复。于是，13日日记载有："昨晚吟有信来，语多哀怨，我即刻去信，要她回来。"萧军令萧红返沪的信只有寥寥数语，诸如"见信后，束装来沪"，原因是他"近几夜睡眠又不甚好，恐又要旧病复发"；并说"本欲拍电给你，怕你吃惊，故仍写信"。这显然是萧军编造的借口，6日信中他还叮嘱萧红租房，两人准备在北平过冬。
　　萧军骄傲而难有自责并非偶然。这出于他对"情"与"欲"的认知。1937年5月11日，他在日记里认识到"获得'性'是容易的，获得爱情是艰难的。我宁可做个失败的情人，占有她的灵魂，却不乐意做个胜利的丈夫……"正如他对自己所谓的"热情"的认知，可以肯定的是，当时，他对于自己的情感出轨给他人所带来的苦痛的认识，亦非常有限。这自然让他不可能从萧红的角度来看待自己的作为。正因如此，他回复萧红5月4日那封充满痛苦呼告的来信，更充斥居高临下的规训。信头由惯常的"吟"一变而为"孩子"。萧红所等待的，或许只是对方一声发自内心的道歉。但萧军此时没有这个意识，骄傲如他，"道歉"不在他的词典里。萧红也就觉得跟这样的男人说出更多真实所想也没有意义。5月15日，针对萧军的长信，她只作了一个极简短的回复，对萧军那热烈而庄严的规劝，冷淡回应道："我很赞成，你说的有道理，我应该去照做。"不过，晚年萧军注释说，这不过是萧红的"反话"。

很显然，如此回应萧军，源于萧红独处东京的历练与女性意识的生成。某种意义上，萧军霸道的逻辑和居高临下的规训早已令其厌烦，她在寻求人格独立。或许，她由此看到在狂妄、自恋的萧军面前，与之心灵通约的不可能。一年后，二萧的分手自是必然。

二

一次别离确乎是二萧常常用以处理情感隔膜貌似有效的方式。萧军日记1937年5月22日开头载有："吟回来了，我们将要开始了一个新的生活。"在日记里，萧军亦多有对自己待人接物的反省。6月2日悟出"思而后做，多是不悔"，"做而后思，多是后悔"，而他常犯第二种毛病，萧红与之却恰成对比。无论青年萧军在书信中、中年萧军在日记里，抑或晚年萧军在书信注释间，一向少有对萧红的正面评价。6月2日，认识到萧红在待人处世上优于自己，可能基于一种特殊情境令其激发出对萧红的爱意，以及在情感上的回归。随即，他还表达了对未来爱情的不渝："我现在要和吟走着这一段路，我们不能分别。"

从萧军日记来看，二萧间的"和谐"似乎只维持至6月12日左右。萧军曾将与萧红的关系，比喻成两个刺猬在一起："太靠近了，就要彼此刺得发痛；远了又感到孤独。"这或许是晚年萧军事后对与萧红相处较为理性的看待。本质上，萧红、萧军都是个性鲜明、充分尊重自身人格取向的人。萧红骨子里极其不愿成为男性的附庸。当活着为生存第一要义的时候，这一切也许无从体现；而当他们各自追求自己的发展空间时，人格取向和艺术取向上的差异自然凸显。这或许就是二萧何以能够度过艰难的商市街岁月，恰恰成名之后劳燕分飞的深层原因。在我看来，成名后二萧间最为根本的矛盾，除萧军的情感出轨外，还在于他自认为对萧红的救赎，始终将她当作一个"孩子"，一如导师般指导其人生，而不知道这个"孩子"在拜其所赐的苦难中早已长大。

1937年6月13日萧军日记有一段对自己帮助他人心理的剖析："一个人对旁人有过一下援助，如果被援助者反叛的时候，就要感到失望，伤心……接着就有一种'再也不援助任何人'的心理决定。可是过了不久，这决定又破碎了，又形成了……我是在这矛盾里常常苦痛着。"这段话自然是有感而发，或许不只是针对萧红。但是毫无疑问，由一个落难旅馆险些被卖到妓院的潦倒女子到如今的知名女作家，在萧军看来，萧红自然是其援助的最大受益者，某种意义上是他创造的一个救赎"奇迹"。而"被援助者反叛"明显暗示萧红此期对其说教生出的叛逆与冲撞。联系二萧当时的关系，分析其语境，这段话分明有所指。紧接着，当天日记便重新观照自己与萧红的关系：

　　我和吟的爱情如今是建筑在工作关系上了。她是透明的，而不是伟大的，无论人或文。
　　我应该尽可能使她按照她的长处长成，尽可能消灭她的缺点。

将爱情"建筑在工作关系上"，意指两人在情感上的淡漠。这意味着他们近20天的"蜜月期"即将终结，情感上趋于冷淡。萧军对萧红"人"和"文"的所谓"透明"的评价，实则还是想说萧红的"弱"。正因为有了如此认知，才有了他那在萧红面前导师角色的定位。由此可见，二萧之间，萧军此时以爱的名义力图指导萧红无论"人"或"文"的成长，而萧红却已然有了自己的取向与定位。因为在历经伤痛的基础上，她渐渐丧失了对萧军的感激和崇仰。

萧军日记6月25日记载其散文集《十月十五日》出版后，他将每篇文章重读一遍，自觉"运用文字的能力确是有了进步，无论文法或字句，全没有什么疵"，"内容也全很充实"。他接着分析，萧红"全不喜欢"该书，"是她以为她的散文写得比我好些，而我的小说比她好些，所以她觉得我的散文不如她。这是自尊，也是自卑的心结吧"。他更谈到萧红"近来说话常常喜欢歪曲，拥护自己，或是故意拂乱论点，这是表现她无能力应付一场有条理的论争"。或许，萧军无从意识到，敢于批评，不附和，恰恰是萧红自主性增强的表征；而面对萧红这一悄然发生的变化，他仍以一个规训者和指导者自居："我应该明白她的短处（女人共通的短处——躁急，反复，歪曲，狭小，拥护自己……）和长处，鼓励她的长处，删除她的短处，有时要听取她，有时也不可全听取她。只是用她作为一种参考而已（过去我常要陷于极端的错误），当你确实认清了一个人的时候，你会觉得过去有的地方实在愚蠢好笑。"当天日记接着还记载了两人为描述一个日常情景所运用的一个词句孰高孰低，发生有些动气的争执。两人都认为自己的表达优于对方，最终在友人鹿地亘的调和下平息。从这近乎孩子气的争执里，可以见出二萧当时见解的不能调和已是常态。

除了人事、文学见解上的差异之外，横亘在二萧之间的另一重因素是萧军与许粤华的后续交往，这是导致他们家庭冲突升级的导火索和心灵渐远的重要诱因。萧军日记6月30日记载了发生在两人之间的一场严重争吵，并说因此"决心分开"。起因似乎在于，许到来之后同萧红说话，遭到不搭理的冷遇，这让萧军很受伤害，于是故意上前对许说将要和萧红分开，并且说自己对于许的事情以后还要帮助，并让她明天十点再来。如此这般自然是故意刺激萧红，但萧军认为这是萧红逼他这么做。他还写到，眼见许流着眼泪无言走开，萧红也难过地哭了。稍后，当他们在友人池田幸子的调解下和好时，萧军坦言"我也哭了"。面对许粤华，萧红申辩"为了爱，那是不能讲同情的吧?"换来的却同样是萧军的一段规训："×并不是你的情敌，即使是，她现在的一切处境不如你，你应该忍受一个时间，你不应这样再伤害她……这是根据了人类的基本同情……"并断言萧红"将永久受一个良心上的责打"，进而得出结论："女人的感情领域是狭小的，更是在吃醋的时候，那是什么也没有了，男人有时还可以爱他的敌人，女人却不能。"

自此，他也感到与萧红不能达成沟通与理解，以致生成深深失望。后续日记不时出现与萧红争吵的自我告诫。7月21日写道："少与吟作无必要争吵"；24日更写道："少和吟争吵，她如今很少能不带醋味说话了，为了吃醋，她可以毁灭了一切的同情。"1937年8月4日日记里，萧军将对于萧红的失望，阐释得非常清楚：

她，吟会为了嫉妒，自己的痛苦，捐弃了一切的同情（对×是一例），从此我对于她的公正和感情有了较确的估价了。原先我总以为她会超过于普通女人那样范围，于今我知道了自己的估计是错误的，她不独有着其他女人一般的性格，有时还甚些。总之，我们这是在为工作生活着了。

由此可见，至少沪战爆发前，二萧仍生活在萧军那"没有结果的恋爱"的后续影响下。萧军夹在萧红的嫉妒还有许的无助之间，或许也是一种煎熬。他一天天感到与萧红之间爱情的死亡，只是出于工作需要生活在一起。

沪战爆发前，二萧的婚姻就这样走向名存实亡的边缘，分手只是时间长短问题，只是等待一个特定情境到来。经历淞沪抗战，萧军在8月21日日记结尾平静写道："对于吟在可能范围内极力帮助她获得一点成功，关于她一切不能改造的性格一任她存在，待她脱离自己时为止。"这显示出他在离沪前往武汉前夕，对萧红蓄有离意的冷静。两天后，他进一步表达了对爱情的灰颓与不信任，以及对萧红那份可怕的冷漠："我此后也许不再需要女人们的爱情，爱情这东西是不存在的。吟，也是如此，她乐意存在这里就存在，乐意走就走。"

三

沪战爆发，战争促使他们转移，打破了两人那暗战僵持的格局，新的变数亦随即出现。

1937年9月，二萧转至武汉，住进武昌小金龙巷。不久，东北籍作家端木蕻良应萧军之邀来到武汉，与二萧生活在一起。一个屋檐下生活，一张大床上挤睡的三人日久悄然产生了情感格局的变化，由三人行渐至瓜田李下。更大的变动随即到来，1938年2月6日，萧红、萧军、端木蕻良、田间一行抵达临汾，任教于民族革命大学，旋即因为晋南战局变化，民大被迫转移，萧红、聂绀弩、端木蕻良等人决定跟随"西战团"前往运城，而萧军却执意留下打游击。萧军长篇散文《侧面》记录了二萧在临汾车站分手时萧红的缠绵、伤感与不舍。在萧军，这应该就是用一个冠冕的理由与萧红作出的心照不宣的分手。

见证人之一的聂绀弩，对萧军这蓄有离意的分手亦叙述详尽。当萧军坚持己见，在月台上将萧红托付给聂时，面对其诧异、不解，他说出了对萧红总结性的评价："她单纯、淳厚、有才能，我爱她。但她不是妻子，尤其不是我的！"并表达了与萧红分手的原则："我说过，我爱她；就是说我可以迁就。不过还是痛苦的，她也会痛苦，但是如果她不先说和我分手，我们还永远是夫妻，我决不会抛弃她！"

临汾一别，萧军去五台山打游击不成，后转至延安；萧红则随"西战团"到了西安。在西安，萧红与端木的恋情逐渐明朗，而在与聂绀弩的交谈中，她同样也有对萧军的总结性评价："我爱萧军，今天还爱，他是个优秀的小说家，在思想上是个同志，又一同在患难中挣扎过来的！可是做他的妻子却太痛苦了！我不知道你们男子为什么那么大脾气，为什么要拿自己的妻子做出气包，为什么要对自己的妻子不忠实！忍受屈辱，已经太久了……"

这些都明示二萧情感世界再也没有修复之可能。1938年4月初，当萧军跟随丁玲、聂绀弩一同回到西安的当天，萧红就当着众人面向萧军提出分手请求。以萧军的骄傲，自然是硬气答应，即便事后或许得知萧红怀有自己的孩子而有所反悔，但情势不可逆转，萧红与端木的恋情亦同时公之于众。萧红与萧军6年的共同生活从此彻底终结。不久，萧红与端木南下武汉，5月在汉口大同酒家正式举行婚礼。萧军与一班文化人结伴西去，途经兰州与王德芬相识，旋即堕入爱河。

对于二萧而言，西安一别遂成永诀。

值得一提的是，1940年10月7日，萧军在延安与王德芬因看戏发生冲突，日记里他由此反思与王德芬以及此前与之生活过的女人的态度："我的咄咄逼人的态度，命令的声调，这是一个人不能忍受的，可是芬她能忍受，这使我更不能离开她，更深地爱着她。这似乎近于感恩。我又记起红说过：'一个男人爱女人，无非让她变成一个奴隶，这样他就更爱她了。'的确，不有奴隶忍受性的女人，是不容易得到爱了。"由此，似乎可以进一步地看出萧红与萧军在一起时的悲剧根源。写下这些时，二萧分手已两年多，萧军也意识到自身强迫与自己生活在一起的女人所遵守的逻辑的怪异与霸道，不禁自问："这是什么逻辑?!"

1942年4月8日，延安《解放日报》转载了萧红逝世的消息。萧军当天日记载有"下午听萧红死了的消息。芬哭了"。两天后的日记里，他在4月8日的剪报下面写道：

师我者死了！
知我者死了！

无论为"人"还是为"文"，萧军在萧红面前总有一份无形的优越，直到萧红已死，他仍然将萧红看作他的效仿者和追随者，完全无视萧红离开他之后有诸多杰作问世。他自然不可能认识到，恰恰是离开让作为作家的萧红走向了成熟。在萧红传记研究上，对于二萧情感世界的认知，几十年来一直过于依赖萧军晚年的自述。对当时事件的后续阐释毫无疑问大多带有有意无意的讳饰和自我同情。萧军20世纪三四十年代部分日记的面世，很显然对于理解二萧间情感裂隙生成直至分手的深层根源提供了全新的可能。在萧红传记研究上，这批文献将产生深远影响，某种意义上或许可能改变人们对于二萧形象的固有认知。

原载《天津师范大学学报》2014年第2期

陪你在暮色里闲坐

赵　玫

————————

　　最近我刚写完一部小说，显然，它不是一部传统意义上的小说，甚至是有些冒险的。

　　一切由李庄起。

　　那林林总总的爱与凄惶。

　　便由此而想到，能否写成小说？

　　不，不单单是小说，而是一些，似小说，又非小说的文字。或者，在故事与言论中游移的某种诉说。

　　自2010年最初的设想，到我此时此刻进入实际的写作。几年间，书店里已遍布了关于那女人的前世今生，于是我犹豫是否还忝列其间。但到底那女人的故事让我难以割舍，哪怕很多人在编织她的童话。终归不同的写作者会有不同的视角，文字的质地以及感知的方式也会迥然不同。你写的，就是你的，仿佛某种基因，每一个字都会镌刻下你自身的印记。

　　由李庄而起的这个故事确实美丽。那爱与死的挣扎和毁灭。那已逝的，不单单是诗人的死，还有爱过并被爱过的花样人生。当这种爱被升华到精神的维度，便必然会为人们留下神圣与永恒。

或者这就是小说的缘起。

对我来说，这段二三十年代的悱恻故事早已尽人皆知，成为经典，所以该怎样写，才不会落入历史的窠臼中。我只想在斑斓的往昔中探寻人性的真伪，在凄切的迷惘中寻觅爱的真谛，在交叉的纠葛中找到那个精美的角度，在似有曾无的虚实间，让文字依我的心意行云流水。

单单是体味心中那诸般的苦。单单是斯人已去的那无望和悲凉。于是便有了女人写给挚友的那封坦诚的信，说她是爱着逝者的。说自己有时的心，前几年不管对得起他不，倒容易——现在结果，也许我谁都没有对得起。又说是逝者警醒了我，他已然变成了一种激励存在于我的生命中。或恨，或怒，或快乐或遗憾，或难过，或痛苦，我也不悔的……

写这样的爱的心路，一定是美的，却也很神伤。

或许这女人，从灵魂深处就迷失了。

于是想到了戏剧。想到了由演员来承载故人的今世前生。在舞台上，他们既是自己，又在扮演着别人的灵魂。而只有通过他们，才能幻化出当年的景象，展现出人物的苦乐沉浮。而他们的表达显然是多声部的，充满了戏剧性的，于是就成了那个时代的传声筒。

然后，慢慢地读，关于那女人所有的琐碎篇章。林林总总地，却最终在心中勾勒出一片迷人的景象。这个被称之为倾城倾国的女人，这个被比喻成旷世聪慧的女人，她的存在所以能成为瞩目的焦点，当然不单单是因为她水花镜月的貌，更因为她蕙心兰质的心。于是这种在知识圈中优雅的妇人，大抵是要让风流才子神魂颠倒的。这不是她的错，亦不是爱她的那些男人的错。

徽因随父游历英伦前后八个月。偏偏那位以诗为歌者，成为她生命中的第一个追求者。那时她大抵已被征服，诗人才敢冒天下之大不韪，与妻离婚。

但无论怎样眷恋，她最终还是选择了远离。在迷茫与无奈中，回到北京雪池的家。不久后便落入梁家的"圈套"。这曾是梁任公自诩的一个杰作。且年轻的思成风度翩翩，有着常人不及的家道和学养。于是两个年轻人彼此相悦，类似两小无猜的青涩与浪漫。

不久后诗人打道回府，才知道悔之晚矣，伊人已去，万念俱灰的心情可想而知。于是将所有情怀投笔于《新月》，以诗词歌赋，浇心中块垒。此间，徽因也常来《新月》游弋，和诗人有着丝丝缕缕的文学联络。当诗人终于知其不可为，便不再为之，任凭英伦的往昔化作天边云彩。

为此，我让小说中的人物承担起他们沉重的负荷。无论属于他们，抑或不属于他们的，浮生若梦般的悲凉。于是演员成了小说中最具表现力的载体。唯他们能将当年的风云人物再现于舞台。为此，他们的自身也随之变得丰富。不仅要在表演中体现人格，还要出神入化地诠释出人物的命运。于是，自我，非我，分裂的精神状态，或者，终将不过是"花非花"的俗套。

灿若晨星的胡适、志摩、林长民及梁启超，让《新月》中盘根错节的关系短短长长。志摩和林长民自伦敦交好，而志摩和梁启超又有着忘年交。尽管梁启超对志摩的行止多有诘难，却始终坚称自己是爱着志摩的。在如此复杂而斑驳的关系中，唯其爱，才是其中最美好的，但这爱却又委曲回环着，绝不是志摩或思成所能驾驭的。一个团体的兴衰，竟被一个女孩的命运所牵系，或者这就是所谓《新月》的悲剧。

在这如此纷繁而隐忍的关系中，偏偏又迎来了泰戈尔的到访。对志摩来说，那当然是他最欣悦的成就。泱泱中国，大概也只有他能将大师请来。于是某个不期的机遇应运而生，泰戈尔在华期间，志摩和徽因始终全程陪伴。其时已心有所属的徽因并不曾拒绝，因那是《新月》共同的盛事。在泰戈尔的照片中，总有志摩和徽因的来踪去迹。但终究劳燕分飞，哪怕泰翁亲自说情。于是诗人痛断肝肠，只能在无望中独自嗟叹。

接下来演员粉墨登场，杰出者即为泰斗级大师。尽管他早已风采不再，但在体制改革的大潮中，依旧勇敢地创建了"火焰剧社"。失败的婚姻曾让他一度偏居一隅，独自落寞。后出演《新月》。在这部诗剧中，大师要先后扮演三个角色，徐志摩、梁思成和金岳霖。在不同的时间段和不同的角色中，表演出不同人物迥然不同的风度乃至内心。这对于大师来说亦属挑战，毕竟，他从未在舞台上同时扮演三个不同的角色，但这种尝试对他来说显然是值得的。

舞台上，一直是两个人在表演，表演者始终在承受着人格的分裂。为此让大师觉得难以承受，很多次都觉得自己几近崩溃。他显然已不愿承受那个时代的苦难和爱情，他觉得他们所经历的痛苦和不幸，已深深地淤积在了他的身体中……

不久后思成偕徽因前往美利坚游学，从此彻底断绝了诗人的念想。便是这人生的挫败，让他终于迷途知返，将早前的凄切付之一炬。随之掀开新的篇章，小曼登场。而这对于诗人来说，又几多风雨。原以为小曼终于成了诗人镜花水月的归宿，就像他诗中写的那般"甜美的梦撒开了青纱的网"。但不久后诗人便奔波于上海、北京的各个讲堂，赚取银两，以满足妻的翩跹妖娆的纸醉金迷。

倏忽间四年过去，思成与徽因返国。此时他们已完成婚礼，度过蜜月。伊人相见，已不似当年景象。徽因和思成很快便远赴东北大学任教，荒寒中，徽因少年时罹患的肺病复发。志摩闻讯出关探望。随之，思成将徽因送回京西香山的双青别墅养病。其间老金、从文等一干朋友每每结伴上山，探望徽因。志摩自然也常来常往，流连于香山的病榻之间。此间志摩身边既无小曼，思成也已返回教职，于是漫不经心中营造出某种心驰神往的氛围，一种彼此守望的炽烈与辉煌。他们的关系仿佛又回到某种从前，以至于香山成了彼此最贴近的地方。

那些从清晨到黄昏的时光。这可从他们的诗歌和通信中觅得端倪。尤其徽因那些热烈而澄澈的诗行。绝美的诗句令志摩无限慨叹。或者，那就是徽因的文学起步，从此她写出无数动人的诗篇。"忘掉曾有着世界，有你"；"落花似的落尽，忘了去"；"吹远了一缕云，随那风冷"；"那一天你要听到鸟般的歌唱，那一天你要看到凌乱的花影"；"陪伴着你在暮色里闲坐，当我去了，还有没说完的话"；"它知道，知道是风，一首诗似的寂寞"……

倒是，志摩因他的《爱眉小札》，抑或不尽如人意的晦暗的婚姻，反而变得不那么高蹈，写给徽因的信中尽是悲戚与无望。及至最后，才有了他为自己和徽因的《你去》。在信中，最让人伤感的是最后一语："我还牵记你家矮墙上的艳阳。"

那矮墙上的艳阳。

女演员曾经是大师的妻子，端庄美丽，聪慧而优雅。仿佛林徽因的角色就是为她量身定做的，在某种意义上，她本人的气质看上去就很像那个时代的女人。当然，她还要在舞台上挑战陆小曼，要将一个吸食鸦片的风情女人表现得淋漓尽致。

这是很多年后，女演员和大师的再度合作。相见时，他们似乎已无恩怨。她觉得她和大师之间的关系始终亦师亦友，她怀念他们在一起时的那段美好时光。她离开大师是因为剧作家灿烂的诗句，她觉得那些迷人的意象给了她不一样的人生。她决意离开，是因为喜欢那种更深邃的男人，她知道自己的选择很残酷。她当然期待和大师的再次合作。在心里，她一直是钦佩大师的，哪怕断绝良久。

接下来，《我们太太的客厅》，那部小说，像硝烟一般地弥漫在北总布胡同的徽因家中。太太的客厅，或者，下午茶，其实不过是复制了欧美上流社会的某种交际方式。来此做客的，当然是那个年代出类拔萃的诗人和学者。由此以私家客厅中相互切磋的方式，最终奠定了《新月》这个影响深远的文学流派。

如此以小说诟病徽因的客厅确乎不够厚道。显然那是种骨子里的小气与嫉妒。何以"太太"就像是带着光圈的女神，又何以风流才子们趋之若鹜地聚集在"太太"身边。亦有诋毁者讥言相向，称徽因不能将思成、志摩和老金一网打尽，便只能以"太太的客厅"作为某种补偿。志摩自然是"太太的客厅"的常客。

不幸八十年后的某个春节，"太太的客厅"被突然拆毁。曾经多少爱与恨的故事发生于此。但这一切的一切，终究归于虚无。于是，悲凉，愈加为"客厅"抹上了惨淡的色彩。

戏剧家曾是蜚声诗坛的诗人。因书写屈原投江的诗剧，被"火焰剧社"招纳。进入剧社后，为大师撰写了多部戏剧，自此蜚声剧坛。而他真正要写的，不是那些肥皂剧，而是这部关于诗人之死的诗剧。为此他殚精竭虑，呕心沥血，用十几年的心血打造这部对他来说经典而永恒的戏剧。为此他不惜突破戏剧模式，由两个演员来扮演剧中的所有角色。

与大师的合作，让剧作家始终心有余悸。尽管光阴荏苒，风卷残云，但他依旧不敢肯定大师是否能加盟他的戏剧。他知道，唯有大师才能担当这样的角色，而有了大师，他的《新月》才能成为永恒。为此他不在乎妻子和大师将怎样在舞台上表演他所描述的爱情，对他来说，能将这部诗剧完美地表现出来，便不枉此生。

然而谁也不曾想到，有一天，志摩竟真的会飞升了去。此前在清华的茶会上，徽因夫妇还见过志摩，并提及他翌日将回上海。当晚志摩再访梁家，未及相见，遂留下"明早六时飞行，此去存亡不卜"的字条。旋即徽因打去电话，问及志摩往返行程。约定19日赶回北京，听徽因在协和礼堂向外国使节讲述中国古建筑。19日当天，徽因收到志摩登机前从南京发来的电报："下午三点抵南苑机场，请派车接。"下午，思成驾车前往机场，志摩的"济南号"却迟迟未到……

当晚徽因讲演大获成功。却始终记挂着何以没有志摩的消息。焦虑中，朋友们齐聚胡适家中，直至《晨报》刊发了诗人罹难的消息。随之思成、老金等前往济南，会同从文、一多、实秋等料理志摩后事。思成代徽因向志摩灵柩献上了亲手赶制的花圈。返回时，又遵徽因所嘱带回失事飞机的残片，从此白绫包裹，置于家中，直到离世。不久后，徽因在《晨报》发表了《悼志摩》的文章，句句令人肝肠寸断。四年后，她再悼志摩，依旧饱含着痛与悲伤。

显然，诗人爱得最苦的并不是他的妻，而是那"永失我爱"的林徽因。自世间有了这女子，她就再不曾离开诗人的心。而志摩爱徽因，则必定是爱得很凄惨，也很悲凉。而诗人的死，或者就因了，他再不想承受这人生的苦，不想再被虚妄的情怀所煎熬，亦不想在悲哀的守候中挨着无望的希望。于是冥冥中，他终于洞穿了自己的命运。在生命的最后时刻，为爱的女人写下了悲凉的《你去》。亦有论者说，志摩的人生，是将他的负心与伤悲、暗淡与心碎化作了光辉和迷醉。

大师所希冀的那个经纪人终于慕名而来，她说她对他们的合作充满期待。女人对大师似乎充满了虔诚与敬慕。她说，所以和一个昔日明星签约，完全是为了满足她母亲那一代人的愿望，由此他们当即签约。她说她公司的名称叫"董色"，而她的名字叫羽。

事实上这个年轻的经纪人已做得风生水起，且很著名。她本来对大师这种过气的男人根本不屑一顾，但几乎当天，大师就让这女人上了他的床。当然，她不是大师喜欢的那类女性，对大师来说，她显然过于干练了。但是他只能接受这个有着好听的名字的女人了，是的，羽，因为她确乎能将大师萧条的岁月变得光焰复燃。为此他宁可在黑暗中释放自己的情欲。是的，羽就是能让他再度傲然舞台的女皇，羽就是他从此源源不断的财源。

然后是谦谦君子的梁思成，这个在任何情况下，都维持着贵族般高贵与斯文的男人。他生性平和，沉实敦厚，有着一颗包容的心。而那时的徽因就像一束散乱的花，寻到思成后，才知道自己到底拥有了什么。

不是什么人都能像思成这般，将爱情提升到一个宽广而崇高的境界。他或者从一开始就知道，徽因必定会置身于人们的爱慕中。当徽因最终选择了思成，他首先要做的，就是将徽因的朋友当作家庭的友人，从此往来唱和，不曾生任何嫌隙。

思成爱徽因，是爱到了不让徽因有哪怕一丝局促的地步；爱到了，倘若徽因爱上了别人也不会有任何阻遏的境地。于是才会有那么多各色才俊，尽日沉湎于徽因的客厅。他们中几乎每一个人，都不同程度地迷恋着这个被思成所描绘的"我那迷人的病妻"。或者就因了思成的大度，反而让喜欢徽因的那些友人，无形中有了某种底线。自此，无论谁，都不得不将这爱的感觉变成高贵的情怀，让曾经的迷乱化作缕缕飞烟。

所以，徽因说，她不悔在生命中选择了思成，倘若给予她重新选择的机会，她还是会做出同样的选择。是的，她可以飞扬，可以浪漫，可以写下那些真诚的诗篇，但唯独在她的生命中，不能没有思成。

只是，读志摩的死，总是不胜唏嘘，流潸然的泪。觉得志摩一路走来，爱得好隐忍，好艰辛，那，璀璨的苦。也知道，徽因，其实更从不曾放下过这位远逝的朋友，从不曾停息过刻骨的怀念。于是临终前，她才会特意在病榻前约见张幼仪，或者就为了，那个始终活在她们各自心中的诗人……

大师最终在舞台上崩溃。那一刻，他已经不能掌控自己的行为。他开始在舞台上胡言乱语，让不同人物的台词颠三倒四。他忘记了此时此刻自己扮演的究竟是哪个角色。但他却没有忘记他所扮演的那些男人都很不幸，其中包括他自己。他知道自己已不再能承受悲剧和死亡，宁可和他扮演的那些人物一道凋零。

如今徽因、思成、志摩及老金，均成为老照片中的故人，于是许多当年的细节已无从考证。时至今日，这段久远而凄美的故事，已慢慢变成传奇。所以人们今天追述的，往往已不再是岁月留痕的种种往昔了。

总之，不忘五月时油菜花开的美丽时节。不忘由李庄而起的这段迷人的往事。不忘走进李庄的那一刻，就笃定了，要"陪伴着你在暮色里闲坐"。

然后，一个字一个字地，涂抹出《矮墙上的艳阳》。

原载《作品》2015年第4期

人物册子

胡竹峰

钱玄同

钱玄同貌古，看其照片，有青铜黑土味，不像南方人。钱玄同是浙江湖州人氏，那里人说话娉婷袅袅，十分悦耳。想到钱玄同，脑海立刻冒出梅兰芳的京剧。心想那么个人物说一口吴侬软语，在民国学林倒也独树一帜，真像舞台上改装易容的梅先生。

读来的印象，钱玄同颇痴，愚顽得近乎可爱，虽说是新文学阵营里的斗士，很多地方纯然老夫子。章衣萍《枕上随笔》中写他生平不懂接吻。一日，和几个朋友在周作人家里闲聊，钱问：接吻是男人先伸嘴给女人，还是女人先伸嘴给男人？两口相亲，究竟有什么快乐和意义呢。座上有客，欣然回答：接吻，有女的将舌头加诸男的口中者，有长吻，有短吻，有热情的吻，有冷淡的吻。钱玄同听了，喟然叹曰："接吻如此，亦可怕矣。"

钱玄同丝毫不同，分明心异（鲁迅曾戏称钱玄同为金心异），其号疑古倒是说明了他的个性。值得一提的，他虽然是文学革命的功臣，却有勇无谋，话一往深刻里说，就露出过激的浅薄来。钱玄同当年积极主张汉字改革，认为汉字难认、难记、难写，不利于普及教育、发展国语文学和传播科学技术知识，主张废除方块汉字。因此颇有些人看不起他，鲁迅就批评他十分话常说到十二分。

钱玄同说话总是矫枉过正，仍然不改一个浅字或者说书生意气。知道其为人的朋友，大多懒得和他顶真。钱玄同早年认为人到四十就该死，不死也该枪毙。1927年9月12日，正当他四十周岁，胡适、刘半农等朋友准备在《语丝》杂志上编一期《钱玄同先生成仁专号》，并且撰写了讣告、挽联、挽诗和悼念文章。专号后来没有编成，胡适不罢休，作了首《亡友钱玄同先生成仁周年纪念歌》开他玩笑。鲁迅后来在《教授杂咏》里也戏谑道："作法不自毙，悠然过四十。"

钱玄同是白话文运动的主将，古文家林纾曾作文言小说《荆生》《妖梦》攻击过他。《荆生》篇写三个书生：一为安徽人田其美，影射陈独秀。二为浙江金心异，影射钱玄同。三为狄莫，影射胡适。小说写三个人在陶然亭畔饮酒放谈，骂孔孟，骂古文。"伟丈夫"荆生进来把他们痛打一顿，咆哮说："尔敢以禽兽之言乱吾清听！"田其美刚打算抗辩，荆生用两个指头按住他的脑袋，如被锥刺，然后用脚践狄莫，狄腰痛欲断。金心异近视眼，荆生把他眼镜取下扔了，金则怕死如刺猬。

文白相争的早期，完全是你死我活势不两立的架势。

中国语音文字学方面，钱玄同有突出贡献：

一、审定国音常用字汇（历时十年，合计一万二千二百二十字）。

二、创编白话的国语教科书。

三、起草《第一批简体字表》（计二千三百余字）。

四、提倡世界语。

五、拟定国语罗马字拼音方案。

此外，他执教近三十年，开设过"古音考据沿革""中国音韵沿革""说文研究"等课程，为中国语言学界培养了大批英才。这些年民国人物颇受追捧，但钱玄同一直是冷门人物。潜心学问、安贫乐道的学者，事过境迁，就这样默默湮没在洪荒中。

钱玄同属于新文化阵营里的人物，骨子里还是旧派名士。钱玄同口才出众，用普通话讲课，深入浅出，条理清晰。他身材不高，戴着近视眼镜，夏天穿件竹布长衫，腋下夹一个黑皮包，走到哪里，哪里就响起了高谈阔论的声音。张中行当年在北大听学，曾以口才为标准排名次，胡适第一，钱玄同第二，钱穆第三。

张中行晚年回忆说："第一次考钱先生这门课，上课钟响后，钱先生走上讲台，仍抱着那个黑色皮书包，考卷和考题发下之后，他打开书包，拿出一叠什么，放在讲桌上，坐在桌前一面看一面写，永远不抬头。我打开考卷，看题四道，正考虑如何答，旁坐一个同学小声说，好歹答三道就可以，反正钱先生不看。临近下课，都交了，果然看见钱先生拿着考卷走进注册科，放下就出来。后来才知道，期考而不阅卷，是钱先生特有的作风，学校也就只好刻个'及格'二字的木戳，一份考卷盖一个，只要曾答卷就及格。"

钱玄同这套无为而治的方法，到燕大时行不通了。燕大由美国人主事，人家较真，说按照学校规定，不改试卷扣发薪金。钱玄同一听，把钞票和试卷一起退回，附信说："薪金全数奉还，判卷恕不从命。"

学生上钱玄同的课，来去自由，爱来不来，悉听尊便。上课时，钱玄同从不看看学生有无缺席，笔在点名簿上一竖到底，算是该到的全到了。

钱玄同为人随和，与学生称兄道弟，写信每称对方为先生，说先生只是男性的通称，犹英文的Mr。有学生起了误会，说钱先生不认他为弟子，是摒之门墙之外的意思，钱玄同后来只得改口了。

钱玄同怕狗，每次去刘半农家，倘或看见那条小黑狗在门前蹲点，必定等刘家孩子把狗引走，才敢进门。黑狗，可谓其一生最惧之物也。

钱玄同书法好，棱角磨圆了，像扬州八怪里的金农，秀润富态。这样一个人，只活了五十二岁，真可惜。

王　力

民国文体家，两个人未曾深入，一个俞平伯先生，一个王力先生。此二人后来热衷学术，没能在文章之路上走远。这是中国学术的幸运，也是中国文章的损失。

文体家是天赋，有前世注定的意思，学问家差不多可以修，有今生努力的味道。文体家是天才，学问家是大才。朱光潜给梁实秋写信说："大作《雅舍小品》对于文学的贡献在翻译莎士比亚之上。"言下之意是说翻译工作他人可代，《雅舍小品》则非你莫属。

王力身上有些名士风度，两耳不闻窗外事，对政治不感兴趣。俞平伯先生童心未泯，给人感觉不够认真。王力正相反，在学问路子上，锱铢必较。俞是出世的，王是入世的。俞平伯活得像个艺术家，王力更像个有社会责任感的人文学者。

上个世纪80年代初，王力写过一篇《与青年同志们谈写信》的随笔。文中，感慨十年动乱，相当多的青年人在"读书无用论"的毒害之下，不懂得认真学习和正确运用语言文字，写信常常闹笑话。后来这篇文章选入人教版初中语文教材，我念书时学过。现在想起来，还记得文章写得苦口婆心，一片谆谆教诲。

现在人知道王力，基本是其语言学家的身份，忘了文章好手的面目。胡兰成早年有才子相，晚年骨肉棱角淡了，柔了，现出学者风范。人的相貌会被身份左右，徐志摩是典型的诗人样子，郁达夫一副小说家派头，齐白石天生一张中国水墨之脸，梅兰芳天生一张中国戏剧之脸，徐悲鸿长出了西洋画的味道，于右任则有草书风范，晚年李叔同一派高僧气度。有记者采访王力，后来在报道中说他"目光温和，笑容亲切，举止安详，表现出一个渊博的学者的优雅风度"。见过一些王力的照片，有学者气质，总是身着深蓝色中山装，有时候还会在左胸口袋处插一支钢笔。

拙作《衣饭书》前言写过这样一段话：

中国文章的羽翼下蜷伏着几只小鸟，一只水墨之鸟，一只青铜器之鸟，一只版画之鸟，一只梅鹤之鸟。不是说没有其他的鸟，只是不在中国文章的羽翼下，它们在草地上散步，它们是浮世绘之鸟，油画之鸟，教堂之鸟，城堡之鸟……王力的散文正是青铜器之鸟，其古意，有旧家具的木纹之美，如今回过头看那本《龙虫并雕斋琐语》，不能说多好，但毕竟是中国文章的产物，亲近之心还是有的。

王力最初的工作是小学教员，一个月拿三五十个铜钱，吃饭都不够。日子虽过得艰难，王力却表现出极强的能力，学友见他年轻有为，集资送其到上海念大学。1926年，王力考入清华，在梁启超、王国维、赵元任门下。赵元任当时在清华讲语言学，王力毕业后留学法国，奠定了终身学术方向。

王力的看家本领是研究文言文，对中国古汉语有独到的领悟能力。他的书法和旧体诗在那一代人中算出类拔萃的。他所处的年代，中国传统文化被西方侵蚀，结果他一身好中文就显出古典的不凡。

抗战时期，王力开始在报纸上写一点小品文。旧学功底好，又懂外语，下笔成文，自有别人不及处，一出手很受欢迎。王力的文章谈及古今中外，从饮食男女到琴棋书画，从山川草木到花鸟虫鱼，写出了青铜器的古泽与青花瓷的清丽，在古典的堂奥间左右逢源，干净简洁，飘然出尘，潇洒入世。后来这些文章结集出版，成了一册《龙虫并雕斋琐语》。因为这本书，文学史谈到白话散文，常常把王力尊为一家。

王力的散文，说好是因为有特色，才华横溢，那些文字在中国古典一脉河水中浸润已久。说可惜是没有继续文章之路，文白交织有些拗口，用典太多，没能写出更炉火纯青的作品。

在《龙虫并雕斋琐语》中，王力大掉书袋且非常学究气。掉书袋和学究气都是作家的大忌讳，王力的了不起在于让文章从头到尾贯穿了浓郁的生活气息，让人们在书房美文中品味人间滋味。王力的《龙虫并雕斋琐语》和梁实秋的《雅舍小品》有异曲同工之妙，都是人生百科式的入世之作。

王力能听音辨人。上个世纪80年代，记者白描去见他，刚落座，王力说："你是苏北人，哪个县我可不知道。"又对同去的郑启泰说："你是客家人。"白描非常诧异。王力笑着说："我是研究语言学的啊。"

王力任广州岭南大学文学院长时，梁羽生在岭大读书，没有上过他的课，因为性喜文学，也常到他家中请教。后来也写文章说："他（王力）有一门'绝技'，和新来的学生谈了几分钟，往往就能一口说出那个学生是哪个地方的人。"这样的故事现在人听来，基本都是传奇了。但这样的传奇不过学术大家的牛刀小试。

王力懂得法文、英文、俄文。他的研究生问他："我研究汉语史，你为什么老要我学外文？"王力回道："你要学我拼命学外文。我有成就，就多亏学外文，学多种外文。"不知道这番话对那个学生可有启发。在王力看来，所谓语言学，无非把世界各种语言加以比较，找出它们的共同点和特点。这几乎是常识，但常识里需要一个人太多的付出与尝试。

从王力的身上能看到老一辈学者的努力。在清华大学当教授时，学校规定，工作五年可以休息一年，王力却利用休假到越南去研究东方语言。他在越南一年研究了越南语、高棉语，并写出专著。1970年，越南的语言代表团来中国，向王力学习写《汉语史》的经验。经验介绍过了，他们发现王力对越南语的历史也很清楚，他们又请教写越南语史，王力先生只好又讲了一个上午。

"文革"期间，王力被关进牛棚，按照他的说法是，对牛弹琴可以，但不能研究语言学了。走出牛棚后，王力不敢公开研究语言学了。那时候开门办学之风盛行，王力今天到这里，明天去那里，向工人讲授语言学。讲是讲了，但他们也未必能听懂，王力就把更多的心思放到写书上。写书仿佛做地下工作，至亲好友都不让看到。客人敲门，赶快藏起稿纸，陆陆续续，写出《同源字典》《诗经韵读》《楚辞韵读》等著作。王力对夫人说："我写这些书，现在是不会出版的。到了出版的那一天，这些书就成了我的遗嘱了。"两个人的心里黯然得很。这样的叹息，几乎是那一代知识分子共有的情绪。

除了文章与学术之外，王力还翻译了不少法国的文学作品。在不太长的时间里，出版了多部纪德、乔治·桑、左拉、莫洛亚等人的作品，还起意要翻译法国戏剧家莫里哀的全集，邮寄给商务印书馆。可惜这些书稿，在战争中毁了一大半。叶圣陶评价王力的翻译说"信达二字，钧不敢言。雅之一字，实无遗憾"。雅之一字，几乎贯穿了王力一辈子。文章、学术、翻译，均体现了第一流的文字功夫。王力的著作，不仅在学问知识上对人有帮助，文章本身也是很好的汉语教材。

说起王力翻译的中断，有个小插曲。当时清华大学惯例，专任讲师任职两年升为教授。王力两年专任讲师当下来，接到的聘书仍是"专任讲师"。跑去找系主任朱自清质问，朱笑而不答，王力只能回来反躬自问。想想自己讲授的专业，再看看这翻译出的一大堆法国文学作品，朱自清觉得他"不务正业"。此后，王力集中精力发愤研究汉语语法，不久写出一篇《中国文法学初探》的论文，任教第四年，升为教授。

王力治学严谨，有人向他请教明人朱良知《哭海瑞》诗中第二联"龙隐海天云万里，鹤归华表月三更"的隐喻所指，他表示，"我也讲不好"。

王力学术在1980年前一直是显学，家弦户诵。由于所谓的"附共"，海外出版他的著作和署名，在翻印时都给改篡了。《汉语音韵学》一书就曾改名为《中华音韵学》，著者改为王协，也有改为王子武的。

晚年王力多次说，"暮年逢盛世，人生大快意事"之类的话。说还有好多书要写，可以再写一百本书，真想多活几年啊！写诗自道：

漫道古稀加十岁，还将余勇写新篇。

王力先生生于1900年，死于1986年。

熟悉王力的朋友告诉我说，王力先生喜欢清水煮豆芽，不放盐，蘸一点醋，空口吃，真不像《龙虫并雕斋琐语》的文章。

老　舍

梅兰芳演《晴雯撕扇》，必定亲笔画张扇面，装上扇骨登台表演，然后撕掉。画一次，演一次，撕一次。琴师徐芝源看了心疼，有回散戏后，偷偷把梅先生撕掉的扇子捡回来，重新裱装送给老舍。

老舍钟情名伶的扇子，梅、程、尚、荀四位以及王瑶卿、汪桂芬、奚啸伯、裘盛戎、叶盛兰、钱金福、俞振飞等人书画扇，藏了不少。老舍也喜欢玩一些小古董，瓶瓶罐罐不管缺口裂缝，买来摆在家里。有一次，郑振铎仔细看了那些藏品之后轻轻说："全该扔。"老舍听了也轻轻回："我看着舒服。"彼此相顾大笑。此乃真"风雅"也。舒乙著文回忆，老舍收藏了一只康熙年的蓝花碗，质地细腻光滑，底釉蓝花色泽纯正，另有一只通体孔雀蓝的小水罐。

老舍一生爱画，爱看、爱买、爱玩、爱藏，也喜欢和画家交往。30年代托许地山向齐白石买了幅《雏鸡图》，精裱成轴，兴奋莫名。和画家来往渐多，藏品日益丰富，齐白石、傅抱石、黄宾虹、林风眠、陈师曾、吴昌硕、李可染、于非闇、沈周，他在北京家里客厅西墙换着挂，文朋诗友誉为老舍画墙。

老舍爱画也爱花，北京寓所到处是花，院里、廊下、屋里，摆得满满当当，按季更换。老舍说花在人养，天气晴和，把这些花一盆一盆抬到院子里，一身热汗；刮风下雨，又一盆一盆抬进屋，又是一身热汗。老舍家客厅桌子上两样东西必不可缺，一是果盘，时令鲜果轮流展出，二是花瓶，各种鲜花四季不断。老舍本人不能吃生冷，但对北京产的各种水果有深厚的感情，买最好的回来摆在桌子上看看闻闻。

老舍爱画爱花的故事听了心里欢喜，这是真正的舒庆春。老舍的面目、茅盾的面目、鲁迅的面目，几十年来，被涂脂抹粉，早已不见本相。

大陆有人在乡间小学当校役，成长期碰到"文革"，没有受过正统教育，文笔却好得惊人。亦舒说她从来没有兴趣拜读此人大作，觉得这样的人难有独特的生活经验和观点意见，认为文坛才子是要讲些条件的，像读过万卷书，行走万里路，懂得生活情趣，擅琴棋书画，走出来风度翩翩，具涵养气质。老太太说话锐利了一点，却有道理。文章品位得自文化熏陶，头悬梁锥刺股，囊萤映雪，乃至朱买臣负薪读书，求的还只是基本功，未必能成大器。钱谦益说：

文章者，天地英淑之气，与人之灵心结习而成者也。与山水近，与市朝远；与异石古木哀吟清唳近，与尘埃远；与钟鼎彝器法书名画近，与时俗玩好远。故风流儒雅、博物好古之士，文章往往殊邈余世，其积习使然也。

钱谦益读的书多，气节上暂且不论，见识不差。

文行出处，此四字不能忘。古玩字画吹拉弹唱，读书人懂一点好，笔下体验会多一些。老舍手稿我见过，谈不上出色，比不上鲁迅比不上知堂，也没有胡适那么文雅，但好在工整。前些年有人将《四世同堂》手稿影印出版，书虽早已读过，还是买了一套，放在家里多一份文气，"我看着舒服"。

这些年见过不少老舍的书法对联，还有尺幅见方的诗稿、书信，一手沉稳的楷书，清雅可人。他的大字书法，取自北碑，线条凝练厚实，用笔起伏开张，并非一路重按到底，略有《石门铭》之气象。老舍的尺幅楷书，楷隶结合，波磔灵动，有《爨宝子》《爨龙颜》的味道，古拙，大有意趣，比大字更见韵味。

老舍早年入私塾，写字素有训练。去年在拍卖会上见到一幅老舍的书法长条，60年代的手书，内容是毛泽东诗词。凑近看，笔墨自然蕴藉、浑朴有味，线条看似端凝清腴，柔中有刚，布局虽略有拘谨，但气息清清静静，落不得一丝尘垢，看得见宁死不屈的个性看得出忠厚人家的本色。

课堂文学史上的老舍从来就不如时人笔墨中的老舍有趣。住在重庆北碚时，有一次，各机关团体发起募款劳军晚会，老舍自告奋勇说一段对口相声，让梁实秋先生搭档。梁先生面嫩，怕办不了，老舍嘱咐说："说相声第一要沉得住气，放出一副冷面孔，永远不许笑，而且要控制住观众的注意力，用干净利落的口齿，在说到紧要处，使出全副气力，斩钉截铁一般迸出一句俏皮话，则全场必定爆出一片彩声，哄堂大笑，用句术语来说，这叫做'皮儿薄'，言其一戳即破。"这样有趣的人下笔才有真情真性真气，才写得了《赵子曰》写得了《老张的哲学》写得了《骆驼祥子》。

少年时在安庆乡下读老舍的小说。大夏天，暑气正热，天天不睡午觉洗个澡在厢房的凉床上躺着细细观赏老舍的文采。围墙外蝉鸣不断，太阳渐渐西斜，农人从水塘里牵出水牛，牛声哞哞，蜻蜓在院子里低飞，飞过老舍笔下一群民国学生的故事。小说是借来的，保存了民国面目，原汁原味是老舍味道。只有一本旧书摊买来的《骆驼祥子》，字里行间的气息偶尔有《半夜鸡叫》的影子，读来读去，像一杯清茶中夹杂了一朵茉莉花，不是我熟悉的老舍，后来才知道那是50年代的修改本。

老舍的作品向来偏爱，祥子、虎妞、刘四是他为中国现代文学画廊增添的人物。后来读到民国版的《骆驼祥子》，最后，祥子不拉洋车了，也不再愿意循规蹈矩地生活，把组织洋车夫反对电车运动的阮明出卖给了警察，阮明被公开处决了。小说结尾写祥子在一个送葬的行列中持绋，无望地等待死亡的到来。调子是灰色的，但充满血性，是我喜欢的味道。

都说老舍幽默，太简单也太脸谱，幽默二字不过是老舍的引子，概括不了他的风格。《赵子曰》写北京学生生活，写北京公寓生活，逼真动人，轻松微妙，读来畅快得很。写到后半部，严肃的叙述多了，幽默的轻松少了，和《骆驼祥子》一样，最后以一个伟大牺牲者的故事作结，使人有无穷的感喟。老舍的小说始而发笑，继而感动，终而悲愤，悲愤才是老舍的底色本色。湖水从来太冷，钱谦益跳不进去老舍跳得进去。

汪曾祺在沈从文家里说起老舍自尽的后事，沈先生听了非常难过，拿下眼镜拭泪水。沈从文向来感谢老舍，"文革"前老舍在琉璃厂看到盖了沈从文藏书印的书一定买下来亲自送到沈家。

二十年后，汪曾祺先生想到老舍心里兀自难过，写散文写小说表示牵挂表示怀念。《八月骄阳》写老舍投湖：骄阳似火、蝉鸣蝶飞，湖水不兴，几位老人闲聚一起，谈文说戏，议论时势。穿着整齐的老舍，默默地进园，静静地思考，投湖而逝。井上靖1970年写了篇题为《壶》的文章怀念老舍，感慨他宁为玉碎。玉碎了还是玉，瓦全了不过是瓦。

巴　金

快十年了，在郑州古玩城旧书店搜书。百十家古旧书店，在那里买过不少新文学旧文学著作，也买过不少作家签名送人的文集，有汪曾祺、冰心、巴金。有一回见到老舍的手稿，巴金的信笺，没能买下，现在想来后悔。旧书店的老板用宣纸仔细包了一层又一层，小心翼翼翻开，说从笔迹上看，老舍巴金一手字四平八稳，是个忠厚人。

巴金信笺上的字写得一般，晚年手抖，笔力虚浮，像中学生体。巴金的签名有意思，潦草又认真，说不出的味道，偶尔签名赠书友朋辈，落款后盖一枚小指头盖大的印张，阳文"巴金"二字，红彤彤鲜艳艳比樱桃好看。我见过几枚巴金的印文，不知何人操刀，件件都是奇品：生机勃勃，一纳须弥。

巴金本姓李，是西化人。巴金的笔名也是西化的，据说是从巴枯宁和克鲁泡特金两个名字中取首尾二字而来，还据说巴字是纪念法国亡友巴恩波，金字和其译作克鲁泡特金的《伦理学》有关。李家人相信西医，巴金的母亲和几个英国女医师做朋友，她们送李母《新旧约全书》，西洋封面西洋装帧西洋排版，巴金很喜欢。巴金后来在家自学外语，进外国语学校读书。这是巴金的底色，巴金的基因。

巴金早年认为线装书统统都应该扔进废纸堆，他晚年未竟之作《怀念振铎》说自己曾批评郑振铎"抢救"古书，批评他保存国宝。看见巴金晚年用印章，送线装书给人，我心里高兴，这才是中国读书人的面目。九旬大寿时，朋友们想送给巴金一件有意义的礼物，精制一批《随想录》线装本，老人家很赞赏。

《家》的开头写大雪，十几年过去，有些句子竟然背得下来。

风刮得很紧，雪片像扯破了的棉絮一样在空中飞舞，没有目的地四处飘落……雪片愈落愈多，白茫茫地布满在天空中，向四处落下，落在伞上，落在轿顶上，落在轿夫的笠上，落在行人的脸上……"三弟，走快点。"说话的是一个十八岁的青年，一手拿伞，一手提着棉袍的下幅，还掉过头看后面，圆圆的脸冻得通红，鼻子上架着一副金丝眼镜。

很多年的事情了，风散了，雪化了，戴金丝眼镜的十八岁的青年也成了旧人。巴金小说写得好不好，轮不到我说，也不想多说。读的熟，情怀还在，牵念还在，不便说字字珠玑也不忍嗤为废话。

距离第一次读《家》《春》《秋》，至今已十五年，那时候觉得觉新觉民觉慧真好，梅表姐也好，鸣凤也好，都好看，不像张恨水笔下的人物那么新潮那么儒雅那么深情，灰长袍配白围巾黑皮鞋自有一股斯文通透。

巴金小说暌违经年，今春读《寒夜》，六十年前的故事，平平常常波澜不惊，三十年前的老书，深蓝色的封面一钩残月，素到不能再素。开始是汪文宣在寒夜中寻找树生，结尾是树生在寒夜中回到旧居。情节是寒夜的故事，意境是寒夜的悲凉，读来感叹不已，有冷月葬诗魂的凄清美。挑剔点说，语言上还是带文艺腔，文艺腔也无所谓，比粗俗来得高级。

《寒夜》之后，巴金的创作也进入寒夜了。一场运动接一场运动，作家思维跟不上执政家手腕。小说也在写，散文随笔特写，书依旧一本本地出，但不是老巴金了，而是戴了面具的执笔人。"文革"中，文章的面具不让戴了，巴金被发配到上海郊区的农场劳动，"肩挑两百斤，思想反革命"。法国几位作家不知巴金是否还在人世，准备把他提名为诺贝尔文学奖候选人来作试探。日本作家井上靖和日中文化交流协会更是想方设法寻找他的踪迹。肩膀上的两百斤终于放下，巴金着手翻译俄罗斯作家赫尔岑的《往事与随想》。

巴金的翻译不硬译，不死抠，流畅，自然，传神，富于感情，和他的创作风格统一。草婴喜欢巴金的译文，说既传神又忠于原文，他所译高尔基的短篇小说至今"无人能出其右"。高莽说巴金译文"语言很美"，表现出"原著的韵味"。巴金翻译的《小王子》我读过，至今还记得那句："风一吹，芦苇就行着最动人的屈膝礼。"

1978年12月1日，上海笼罩在初冬的微寒中，年近八十的巴金颤巍巍写下一篇《谈〈望乡〉》。自此老人正式启动了《随想录》的写作，直至1986年8月20日。

我读到《随想录》已经是巴金写完之后的第二十个年头了。黄昏萧瑟，暮气渐渐笼罩着北方的城市，暖气不够热，坐在椅子上还需要铺个毛毯，看巴金怀念萧珊，怀念老舍，有真情有真意有真气，是地道老到的白话文，白如雪如棉如絮，但分量不轻，一个个字灌满铅，沉甸甸的，胡适先生看了一定会喜欢。

《随想录》重点是随想，但归根是录，记录。《广雅·释诂三》云：录，记之具也。《后汉书·章帝纪》云：融为太尉，并录尚书事。这个录是总领的意思。《世说新语·政事》说陶侃在做荆州刺史期间"敕船官悉录锯木屑，不限多少"，这里的录指的是收集收藏。《孔雀东南飞》：君既若见录，不久望君来。这里的录却是惦记了。过去的旧人旧事忘不了，这里有一份眷恋。

巴金写旧人旧事，文人之叹也有史家之思，还有对人性美质的向往，一篇篇文章平白沉郁，又清秀又智慧，严明深切，非虚妄之作。《随想录》虽为实录，不少篇章亦为旧梦重温，其中生死离别，自然情切，有无量悲欣。

《随想录》时期的巴金，是智者是仁者也是长者尊者。谈起自己，写日常的冷暖，怎样的麻木，怎样的怯懦，怎样的后悔，失落、逃逸，笔锋正而直，丝毫不带斜风细雨、王顾左右。世人写巴金，往往仰视惊叹，巴金偏偏以平常之心平常之情平常之笔写世俗中的人和事，这样的文章我喜欢读。

2005年10月17日，巴金去世。人走烟消，民国余脉快飘散净了。

原载《山花》2015年第9期